피터팬신드롬

날개 잃은 그대를 초대합니다

피터팬신드롬

오재현 장편소설

한솜미디어

작가의 말

　본디 미스터리 소설에 광적으로 빠져 기타 장르 소설에는 거의 손도 대 본 적이 없었던 제게, 문득 그런 생각이 들었습니다. 미스터리 소설은 특유의 긴장감과 말 못할 스릴로 글을 쓰고 있는 저까지 중독시키지만 또 한편으로는 제가 실제로 살고 있는 현실 속의 삶과는 한없이 동떨어진 것이 아닌가 하는 생각이요. 새로운 소설을 쓰겠다고 마음을 먹으면 언제나 '누구를 어떻게 죽일까', '살인자는 어떤 사람으로 할까'부터 고민하곤 하지만, 실상 제 삶에는 의문의 살인 사건이나 끔찍한 트라우마 같은 건 전혀 없었거든요. 또 앞으로도 없어야 하겠고요.
　곧이어, 십팔 년을 살아오는 동안 제 가슴속에 콕 박히게 된 선명한 기억들, 소설로 엮어보고 싶은 특별한 추억들이 하나 둘 떠올랐습니다. 이 소설에 등장하는 현정이 어머니처럼 모든 과외활동이며 교우관계를 금하신 것은 결코 아닙니다만(전 저희 어머니를 이 세상에서 가장 존경하고 사랑합니다. 진심이에요), 저희 어머니도 아주 어릴 적부터 당신의 큰딸에게 유다른 기대를 거신 것은 사실이고, 고등학교 3학년이 된 지금까지도 남자친구만큼은 절대, 만들 생각조차 하지 말라고 하신답니다. 어머니의 명령으로 중학교 적 남자친구와 어쩔 수 없이 헤어져야만 했던 가슴 아픈 기억도 있지요. 여기 머리 한구석에는, 지금이야 제 꿈과 희망을 든든하게 지원해 주시고 응원해 주실 수 있을 정도로 넉넉하시지만, 제가 어렸을 적만 해도 저를 업고 하루 종일 과외를 하러 사방팔방 뛰어다니셔야 했던 존경스러운 부모님에 대한 기억마저도 뭉클하게 남아 있답니다. 이 모든 것, 이 모든 과거에 대한 이야기를 꺼내면, 어른들은 곧 잊어버릴 거라고, 앞만 보고 힘차게 달려 나가라고 말씀을 해 주세요. 하지만 도리어 크면 클수록 더욱 그리워지는 것이 추억인걸요.

그래서 그 모든 추억들을 담아, 이 모자란 소설을 써 보았습니다. 이제 몇 개월만 지나면 청소년 딱지를 완전히 떼게 되는 사람으로서, 소중한 후배들에게 늦기 전에 말해 주고 싶었거든요. 한 순간 한 순간이 전부 소중한 거라고. 다 잊어버릴 거라는 말만 철석같이 믿지 말고, 하고 싶은 것, 가까워지고 싶은 사람, 모두 다 최선을 다해 잡으라고요. 하고 싶었는데 하지 못했던 것, 말을 걸어 보고 싶었는데 차마 용기가 안 나 놓쳐 버린 사람, 그게 모두 후회가 되잖아요.

  이런 예쁜 의도에도 불구하고, 습관상 짓궂게도 미스터리 요소가 섞여 들어가는 것은 어쩔 수가 없더군요. 예쁘고 달달한 동화 같은 소설을 한 번 써보려 했었는데, 저도 저를 어쩔 수가 없나 봐요.

  이 글을 쓰며 여러 가지로 너무 많은 것을 깨닫게 된 것 같아서 뿌듯합니다. 수도 없는 영감을 준 사랑하는 가족들과 친구들을 비롯해, 이 소설이 완성되는 데 도움을 주신 모든 분들께 진심으로 감사드립니다. 깊이 숨겨 두고 한참이나 꺼내 보지 않았던 빛바랜 추억들이 새록새록 떠올라, 쓰는 내내 미소가 떠나지 않았답니다.

오재현

차례

작가의 말 / 5

결말 / 9
이상한 날 / 19
엄마의 결혼반지 / 33
비밀 친구 / 49
옥상의 햇살 / 65
고백 / 83
한 걸음씩 천천히 / 105
난 참 바보처럼 살았군요 / 119
신데렐라처럼 / 137
별이 빛나는 밤에 / 157
사랑과 미움 사이 / 187
Forget me not / 213
20년 후 / 227
피터팬의 이야기 / 251

결량

여느 때와 다름없는 아침이라고 생각했습니다.

해는 언제나처럼 동쪽에서 떠올라 옅은 색 커튼을 뚫고 들어와 그녀의 눈 속을 파고들었고, 그녀는 졸음 섞인 신음소리를 한 번 내고는 벌떡 일어나 욕실로 향했거든요.

"야, 얼른 아침 먹어! 네 책 기증하러 복지관 간다며!!"

"알아, 엄마! 씻고 있단 말이야!!"

엄마 말씀대로, 그녀의 소설책을 기증하러 복지관에 가기로 한 날입니다. 또한 엄마 걱정대로, 얼른 아침을 먹지 않으면 지각을 하리라는 것도, 똑똑한 그녀는 잘 알고 있습니다. 하지만 엄마의 독촉은 아무 이유 없이 짜증으로 응수하게 되는 법이죠. 이 나이가 돼서도 변함없이 말예요.

주름이 지기 시작하는 거울 속 얼굴을 들여다보면서, 그녀는 깊은 한숨을 내쉽니다. 마음은 여전히 초등학교 꼬마 애인데, 잔인하기도 하지. 어차피 인생 한 번 사는 거, 시간 좀 많이 주면 어디가 덧나나.

"얼른 나와, 이것아! 이러다 복지관 선생한테 전화 오면 내가 받아야 할 거 아녀!!"

"아우, 정말! 알았어, 나갈게!!"

머리 감을 시간도 없네, 하고 작게 투덜거리면서, 그녀는 감으려던 머리를 위로 올려 단정하게 묶습니다. 이리저리 고개를 돌려보니, 그래도 감지 않은 티가 많이 나지는 않아요. 순간, 공부할 시간도 부족하다며 감지 않은 머리를 며칠씩 땋고 다니던 20년 전이 떠오릅니다. 그리고 그 시절을 떠올릴 때면 언제나 함께 떠오르는 그 사람도….

이젠 어느새 자신이 삼십 대의 작가가 되어, 똘망똘망한 눈을 가진 초등학교 아이들에게 꿈을 선사해 주려 애쓰고 있다는 생각에 어깨가 다 무거워집니다. 그래도 복지관에서 기다리고 있을 밝고 순수한 얼굴들을 떠올리니, 다시금 미소를 머금게 됩니다.

"알람 좀 맞추고 자라니까, 네가 애냐? 아직도 엄마가 깨워줘야 혀?"

"깨워주지도 않았으면서. 내가 스스로 일어났거든."

"계속 깨웠는데 네가 하도 안 일어나서 잠깐 가만히 내버려 뒀던 겨, 이년아!"

"알았어, 알았어. 앞으론 꼭 알람 맞추고 잘게. 응, 응, 미안하다고."

식탁에 앉아 건성으로 고개를 끄덕이며, 텔레비전에서 흘러나오는 아침 뉴스에 귀를 기울입니다. 일기예보를 듣고 싶어서요. 베란다 바깥으로 보이는 하늘이 꾸물꾸물한 게, 비가 올 것도 같거든요. "비 오면 다른 걸로 갈아입어야 하는데"라고 작게 중얼거리면서 레이스 달린 옷을 만지작거리는 그녀. 엄마는 아직도 자기가 어린애인 줄 아나 보다고 비웃곤 하시지만, 쇼핑을 할 때마다 그녀의 시선은 어김없이 이런 옷에 멎곤 한답니다.

"다음 소식입니다. 어제 저녁 5시 반경 △△로에서, 불법 장기 기증 혐의 및 미성년자 희롱죄로 여러 차례 징역을 살았던 한 전과자가, 달리는 차에 뛰어들어 스스로 목숨을 끊었습니다."

일기예보를 기다리며 토스트를 베어 물던 그녀의 입이 가만히 멈춥니다. 서늘한 공기가 갑자기 주위를 에워싸 온몸을 칭칭 감아 버린 듯 꼼짝도 할 수가 없습니다.

좋지 못한 예감. 얼굴이 창백하게 질려 가는 게 스스로도 느껴집니다.

어제? 저녁 5시 반경? △△로? 그건···.

"···사후, 그의 주머니에서 장기기증 카드가 발견되어 논란이 되고 있는데요. 몇 년 전 이미 기증한 왼쪽 각막을 제외한 모든 장기를 필요한 환자들에게, 그것도 될 수 있는 한 가장 어린 환자들에게 기증해 달라는 일종의 유언이···."

토스트가 바닥에 뚝, 떨어집니다.

"아니, 이년아, 정신을 엇다 팔고···!"

그녀를 혼내려던 어머니는 그녀의 표정을 보며 잠시 할 말을 잃습니다. 쉽사리 흔들리는 법이 없는 그녀의 어머니이기에 놀랄 만한 일이지만, 지금 이 순간 그녀에게는 아무것도 보이지 않습니다. 멍하니 텔레비전 화면에 시선을 고정시킨 채, 찬찬히 고개를 저으며 바들바들 떨고 있습니다.

"…심각한 정신 장애에 시달리고 있던 그는, 자살 직전 매우 불안정한 태도를 보이며, 전혀 연고가 없는 근처의 한 여성을 끌어안았던 것으로 확인되는데요. 이 여성에 따르면…."

"연고가 없는 여성이라고?"

그녀가 멍하니 중얼거립니다. 다음 순간 그녀는 가슴을 들썩이며 조금씩 웃기 시작합니다.

뭐야, 그런 거였어?

네가, 감히 나를 그딴 식으로 속여 넘긴 거였어?

말을 했어야지!

겁쟁이. 어떻게, 어떻게 나한테 이럴 수 있어?

죽었어? 왜 이렇게 무책임해? 나는, 나는 어떡하라고?

아니겠지. 아닐 거야. 또 나 혼자 착각하는 걸 거야. 내가 너무 이기적이라서, 나랑 전혀 관계없는 일을 또 내 일인 것처럼 착각하는 걸 거야. 그래, 그럴 리가 없잖아. 네가 나한테 그럴 리가 없잖아….

"그가 들고 있던 가방에서는 서적 한 권 외에는 아무것도 나오지 않았고, 오랜 기간 정해진 거처도 없이 떠돌이 생활을 했던지라, 본래 정해 놓은 행선지가 있었는지조차 밝혀지지 않은 상태입니다. 경찰은 그에게 정신 병력이 있는 점을 감안해, 정신착란에 의한 충동적 자살로 보고 수사를 진행 중에 있습니다."

기자의 말과 동시에, 텔레비전 화면에 비춰지는 책 한 권. 모자이크 처리가 돼 있긴 하지만, 그녀만큼은 알아보지 못할 리 없지요.

그녀는 날카롭게 웃으며 의자 밑으로 떨어집니다. 바닥을 구르며 한참을 웃어댑니다. 감지 않고 묶어 올린 머리가 다 흐트러져 엉망이 되고, 레이스 달린 옷도 다 구겨져 가지만, 그녀는 눈에 한가득 눈물이 고일 때까지 그칠 줄 모르고 웃어댑니다. 너무나 그녀답지 않은 행동에, 그녀의 어머니는 입을 떡 벌리고 그녀를 바라보는 것 외에는 그 무엇도 할 수가 없습니다.

"엄마! 엄마!!"

그녀가 눈물을 주르르 흘리면서 소리칩니다. 어머니는 여전히 입을 벌린 채로, 가만히 혀만 움직여 대답합니다.

"왜 그러니, 아가."

"저 사람 죽었대…. 진짜로… 죽었대!"

그녀는 자신의 말을 찬찬히 곱씹어 보듯이 입을 오물오물거립니다. 그래도 여전히 실감이 나지 않아, 다시 한 번 눈물이 차오릅니다.

죽었다고? 죽었다고? 그동안의 내 인생은? 앞으로의 내 인생은? 나 혼자 잘 먹고 잘 살아보라 이거야? 도대체 나를 뭐로 보는 거야?

"아는… 사람이니?"

엄마의 떨리는 목소리.

참 나, 다 알면서 뭐하러 물어봐요, 이 바보 엄마….

정말 20년 전으로 돌아가는 기분이구만. 모두들, 다함께, 처음으로 돌아가는 거야. 어영차, 어기여차.

"아아니, 모르는 사람!"
"······."
"모르는 사람인데, 분명히 모르는 사람인데…. 엄마, 진짜 모르는 사람이야. 엄마, 엄마는 나 믿지? 그렇지?"
"…그럼, 믿고말고."
"그래, 엄마, 진짜 모르는 사람인데, 나는 저런 사람 모르는데. 그런데 내가 죽였어."
"…아가."
"내가 그만… 내가 생각이 없어서… 죽여 버렸어, 엄마. 나 좀 신고해줘. 하하하…. 나 신고 좀 해줘요!"
"…아가."
"얼른, 얼른 신고해. 난 살인자란 말이야, 하하, 하하하! 저 자식이 나를 살인자로 만들었단 말이야. 평생 짊어지고 살라고, 나를 살인자로 만들어 버렸단 말이야! 잊어버리지 말라고. 하하, 자기를 잊어버리지 말라고…."
"아가, 괜찮아, 다 괜찮아질 거야. 일단 진정하고, 아가…."
"얼른! 당장 신고해! 안 그러면 후회할 거야! 후회할 거라고!!"
얼떨결에 전화기를 향해 달려가는 어머니를 눈으로 좇으며, 그녀는 자기도 모르게 오늘의 스케줄을 머릿속에 떠올립니다. 오늘이 정상적인 날이었다면 밟았어야 할 스케줄을. 그녀를, 그녀의 책을 목 빠지게 기다리고 있을 복지관 아이들과 선생님들을 떠올리니 너무나 미안해집니다.

세상에, 정말 20년 전의 판박이로군요. 그때의 추억들이 하나하나, 물밀 듯이 머릿속으로 밀려옵니다.

 자, 그럼 우리도 그녀와 함께, 20년 전으로 여행을 떠나봐야겠죠. 결말이 있다면, 반드시 발단도 있는 법이니까.

이상한 날

"쩌어기 쟤가 전교 1등이라며."

"에에이, 짜증나. 이번에 나 등수 더 떨어지겠다."

"쟤, 아니, 저기 쟤… 그 옆에. 응, 걔! 걔가 우리 학교 1등이래."

애들이 다 수군수군해요. 6학년이나 됐으면서 무슨 말이 저렇게 많은지 모르겠어요. 1학년 때랑 똑같잖아요. 진짜 재미없어요.

난 그냥 고개를 푹 숙이고 연필로 끼적끼적 장난을 쳐요. 아무 생각도 안 하고 하는 건데도, 내 손이 지나간 뒤에는 수학 문제가 예쁘게 짠 하고 풀려 있어요. 내가 생각해도 마법 같아요. 그치만 난 수학보다도 영어를 더 잘해요.

"야, 딱 봐두 알겠다. 첫날부터 공부하고 있냐, 치사하게."

"울 엄마가 그러는데, 쟤는 사육성이 없대."

"바보. 사교성이거든?"

맞아요, 나한테 하는 소리예요. 아뇨, 바보 말구요. 전교 1등이라는 거요. 저번 기말고사에서 두 문제나 실수를 해 버렸는데도요.

이건 비밀인데요, 그래서 사실 나 요번엔 2등으로 6학년에 올라온 거예요. 엄마한테는 정말 비밀로 해야 해요. 전에는 언제나 1등으로 반이 짜였었으니까, 엄마는 이번에도 그냥 그런 줄로만 알지요.

어쨌든 그래서 이번엔 못 보던 친구들이 많이들 같은 반이 됐네요. 물론 애들도 다 내가 1등인 줄로만 알죠. 다 바보들이라서, 여기가 1등 반인지 2등 반인지 그런 건 꿈에도 생각 못하니까요. 아니, 시험 점수로 뺑뺑 돌려서 반에 넣는 거란 것부터 모를 거예요. 나한텐 지구가 핑핑 돌고 심장이 덜컹덜컹할 만큼 중요한 일인데 말예요.

애들은 대체 뭐가 중요하다고 생각하는 걸까요? 팽이놀이? 딱지놀이? 만화? 나 참 원….

"야, 뭐야! 내놔!"

"아무것도 안 가져갔어!"

"내 가위 가져갔잖아! 다 봤어!"

"없거든? 없거든? 뒤져 봐!"

이것 봐요, 처음 보는 애들이 많으면 뭐해요. 다 똑같이 시시해요. 고등학생쯤 되면 나처럼 성숙해질까요? 아니면 대학생?

에잉, 그냥 얼른 새 담임선생님이나 들어오셨으면 좋겠어요. 그나마 담임선생님들은 애들보다는 나은 편이니까요. 물론 선생님들도 날 흘긋흘긋 곁눈질하구, 수업시간에도 자주 내 이름을 부르구, 여러 모로 귀찮기는 해요. 그래두 '사육성'이 없다느니 바보 같은 소리는 안 하잖아요.

사실, 선생님들은 '사교성'이 없다는 소리도 안 해요. 그런 건 상관 안 해요. 난 그냥 '훌륭한 학생'이지요. 공부 잘하고 똑똑하면 된 거니까. 선생님들은 늘 그렇게 말해요. 음, 선생님들도 속으로는, 다른 애들이 얼마나 바보 같은지 잘 알고 계시는 게 틀림없어요.

"서언쌤님 오신다아!"

애들은 자꾸 저런 장난을 치고 그래요. 선생님이 오시지도 않는데 오신다고요. 도대체 저게 무슨 놀이에요? 유치하게. 그런데 한 명이 하기 시작하면 다들 좋다고 따라하는 거예요. 저 애가 한 것만 해도 벌써 세 번째인걸요. 작년에 우리 반에서 제일 공부를 못했던 연수도, 이젠 저런 장난엔 안 넘어갈 정도랍니다.

'드르륵!'

하지만 가끔씩 애들은 날 놀라게 하기도 하죠. 지금처럼요. 하긴 뭐 계속 거짓말만 하면, 그게 초등학생이겠어요?

네, 이번엔 정말로 선생님이 오신 거예요. 새로운 담임선생님이요. 하늘하늘 예쁜 치마에 굽 슬리퍼가 먼저 눈에 띄어요. 그것도 모자라, 머리띠로 단정하게 뒤로 넘긴 생머리랑 생기 넘치는 밝은 얼굴까지. 이런, 피곤하게 됐어요. 젊은 여자 선생님들은 이것저것 조잘조잘 참견이 많잖아요.

"안녕, 애들아!"

좋아 죽겠다는 듯 생글생글 웃으면서, 손까지 살짝 들어 인사를 하시네요. 6학년 애들한테 1학년 선생님을 준 걸까요? 이제 내년이면 중학교에 가야 하는데 말이에요. 그 3년 후면 고등학교에 가야 할 테구요. 그 3년 후면 대학교에 가야 하는데도요. 그렇잖아요, 초등학교가 6년짜리인데, 지금부터 6년만 더 있으면 난 대학교에 들어갈 준비를 해야 한다구요. 그런데 저런 선생님이라니요.

어? 그런데 선생님만 들어오시는 게 아니에요. 어떤 남자애가 따라 들어와요. 우와아, 키가 정말로 커요. 새 담임선생님보다도 훌쩍 큰 게, 남자 선생님들이랑 세워 봐도 비슷할 것 같은 거 있죠.

뭐라고요? 어유, 아뇨, 부러운 건 절대 아니에요. 그냥 입이 헤 벌어졌어요. 우리 또래 나이에 저렇게 키가 큰 사람을 못 봐서요. 아니라니까요, 왜 캐묻고 그래요.

솔직히 키 커서 뭐해요? 우리 초등학교 책상은 어차피 쪼끄매서, 저렇게 키가 크면 허리를 푹 숙이고 공부해야 될걸요? 그게 짜증나서 점점 공부를 안 하게 될 테고, 꼭 그러면서 바보가 되는 거라고요.

그래요, 난 예습하고 복습하고 숙제하느라 교과서들을 맨날맨날 가방에 다 챙겨 갖고 다니기 때문에, 어깨가 찐빵처럼 푹 눌렸어요. 그래서 키가 무지 쪼끄매요. 앞으로 많이 클 것 같지도 않고요, 계속 공부를 할 테니까.

하지만 그래서 어쩌라고요? 저렇게 키 큰 애들, 난 하나도 안 부러워요. 키가 작은 만큼 나는 공부를 무지 열심히 한다는 거니까. 딱 보기만 해도 내가 모범생이라는 걸 모두들 알 수 있는, 어떤 상징 같은 거잖아요. 나는 그걸로 자랑스러우니까. 이제 6년째, 한 번두 숙제를 빼먹은 적이 없으니까. 그리고 우리 엄마는, 키가 인생에서 중요한 거라는 얘기는 한 적 없으니까. 그러니까,

저렇게 멀대같이 큰 애가 트럭으로 실려와도 나는 눈 하나 깜짝 안 해요.

"선생님 이름은 박성이예요. 만나서 반가워요. 흔히들 6학년이 초등학교 시절 중 가장 기억에 많이 남는다고 하는데, 앞으로 함께 멋진 1년을 보낼 수 있었으면 해요. 알겠지요, 우리 9반?"

하지만 그래요, 저 남자애는 정말 크긴 커요. 바로 앞에 앉아서 올려다보고 있으니까 진짜 거인 같아요. 내가 저렇게 키가 크면 과연 어떨까요? 저 위에서는 어떤 공기를 마시고 살까요? 뭐, 적어도 후덥지근한 여름날, 울창한 사람 숲에서 숨이 턱턱 막힐 일은 없겠지요. 그냥, 가끔 그런 생각을 해요. 저 위 세상은, 머리가 텅 빌 만큼 공기도 깨끗하고 맑지 않을까 하고…. 흥.

"아참, 내 정신 좀 봐. 여기는 요번에 우리 반으로 들어오게 된 이성민이라는 친구예요. 네, 전학생이지요."

담임선생님이 여전히 생글생글 웃으면서 말을 해요. 그런데 참 이상하죠? 그렇게 수군수군 시끄럽던 애들이 갑자기 한 마디도 하지 않고 조용해요. 진짜 귀신이라도 나온 것 같이 조용해요. 등골이 다 오싹해질 만큼.

나도 모르게 홱 뒤를 돌아봐요(습관이에요. 뒤를 돌아다볼 일이 많거든요. 나는 원래 맨 앞자리에만 앉으니까요. 키가 작아서라기보다, 난 원래 선생님들 바로 앞에 앉아서 열심히 수업을 듣는 게 좋거든요. 중요한 걸 설명하실 때 한 마디라도 놓치면 어떡해요. 맨 앞줄에 앉아서 선생님들 입술을 하나하나 꼼꼼히 쳐다보고 있어야 한다고요. 그래요, 둘째 줄 뒤로 앉으면요, 진짜 바보 되기 십상이에요. 그럴 것 같다고요).

　당연한 얘기지만, 애들은 다 자기들 자리에 그대로 앉아 있긴 해요. 근데 이상한 게, 다들 유령을 본 것처럼 입을 헤 벌리고 멍하게 앉아 있는 거예요. 안 그래도 바보 같은 얼굴들이 더 바보들 같네요. 앞뒤로 아무리 고개를 돌려 봐도, 틀림없이 이 전학생 애를 보고 저렇게 멍해진 것 같거든요. 2등 반 애들은 원래 다들 이렇게 이상한 건가요, 짜증나게? 나만 쏙 빼놓고, 정말 왜들 이러는 거죠?

　인상까지 찌푸리면서 전학 왔다는 이성민을 골똘히 뜯어봤지만, 애들이 왜 갑자기 이상해진 건지는 여전히 오리무중이에요. 어휴, 이런 애들 생각 따라잡는 것보단, 중학교 수학 문제를 푸는 편이 백배는 더 쉽다니까요.

　그래요, 키는 커요. 정말로 커요. 하지만 키 큰 게 이상한 거라면, 덩치 큰 남자 선생님들 수업 시간마다 조용해야 되는 거잖아요. 하지만 수업을 제대로 듣기는커녕 다들 지들끼리 떠드느라 바쁜걸요, 뭘. 내가 선생님 대신 "조용히 해!" 하고 소리를 지르고 책상을 탕탕 쳐야 했던 게 한두 번이 아니에요. 그래도 조용히 하지를 않아서 선생님이 말리실 때까지 나한테 한 소리 들은 바보들이 여러 명이라고요. 그런데 지금은, 수업을 하면 분필 부러지는 소리도 크게 울릴 것 같잖아요, 세상에….

　그러니까 키 때문은 아닐 거예요.
　음, 그럼 머리 색깔 때문일까요?
　네, 저 애는 나랑 머리 색깔이 아주 달라요. 맨 처음에는 큰 키에만 신경이 쓰여서 몰랐는데요, 가만히 보고 있으니까, 음, 원숭이 엉덩이가 저렇게 빨갈까요? 옆에서 보면 잘 모를 것도 같은데, 키가 크니까 형광등 빛에 바로 비쳐서 더 그렇게 보이는 것 같기도 하구요.

음, 아, 그리고요, 잘 올려다보니까 양쪽 귀에 뭐가 걸려 있어요. 저게 뭐지, 잠깐 생각을 해요. 어디서 많이 봤는데….

나도 모르게 시선이 담임선생님한테로 향해요. 역시, 내 생각이 맞았어요. 선생님도 귀에 그런 걸 하고 있어요. 그러고 보니 여자 선생님들은 다들 하고 다니는 것 같았어요. 아, 그리고 조연주나 오수현 같은 여자애들도 하고 다니는구나. 걔들은 갑자기 재작년부터 얼굴에 허옇고 시뻘건 걸 바르고 다니기 시작하더니, 작년부터는 귀에 저런 걸 달기 시작했답니다. 그러다가 선생님들이 다가오면 번개처럼 빠르게 휙 빼서 어디로 휘리릭 숨기고, 막 그래요. 참 나, 선생님들도 하고 있는데 왜 그렇게 겁을 먹는 건지 모르겠어요. 그뿐이 아니라니까요. 선생님들이 지나가시고 나면 자기들끼리 까르륵 까르륵 웃으면서 서로 다시 끼워주고 있는 거예요.

뭐, 더 이상 알고 싶지도 않고 알 필요도 없어요. 저런 건 중요한 게 아니니까요. 엄마가 그런 건 몰라도 된다고, 하나도 안 중요한 거니까 다시는 귀찮게 물어보지 말라고, 내가 아주 어렸을 때 인상을 확 찌푸리면서 소리를 지르셨어요. 그러니까 몰라도 되는 거예요.

"자, 성민이도 자리에 앉아야지. 성민이 옆에 앉고 싶은 사람?"

선생님의 그 말에 애들이 깜짝 놀라며 싹 풀려나서는, 지들끼리 또 수군수군거려요. '피어싱'이라느니 '복학'이라느니 심지어 '무섭게 생겼다'느니 그런 말들이 들려요. 애들이 나 말고 다른 사람 갖고 수군거리는 게 얼마나 오랜만인지 몰라요.

'피어싱', '복학', 이런 건 무슨 말인지 모르겠어요. 공부랑 관련된 단어도 아니고(그러면 내가 알았겠죠), 엄마가 알아야 한다고 한 말도 아니에요. 한 마디로 몰라도 되는 말이란 얘기죠. 그런데, '무섭게 생겼다'니요?

그래요, 이젠 왜들 이러는지 알긴 알겠어요. 키도, 액세서리도, 머리 색깔도 다 눈감아 준다 해도, 이 전학생은 얼굴 생김새 자체부터가 뭐랄까, 우리보다 훨씬 어른스럽거든요. 우리 반 다른 남자애들이나, 5학년 때 같은 반이었던 남자애들 얼굴을 아무리 떠올려 봐도, 저렇게 또렷또렷하고 날카롭게 얼굴 윤곽이 딱딱 잡힌 애는 없었다고나 할까요. 눈은 큼지막하고 뚜렷하고, 코도 가파르게 딱 날이 서 있고, 보조개며 선 하나하나까지 딱 제자리에 있는. 더 이상 바뀌거나 자랄 게 없을 것 같은 그런 얼굴…

아무리 그래도, 애들도 참, 얼굴이 어른스럽다고 무조건 무서워하면 되나요. 내가 볼 적엔 자기들도 다 이상하긴 마찬가지인데. 대화 한 번도 안 나눠 본 주제에 얼굴 갖고 따돌리고 수군대다니, 얼마나 우스워요. 어른들이 무섭다고, 어른스럽게 생긴 아이까지 무서워하다니.

하긴 나도 어른들이 싫긴 싫지만요. 이건 진짜 비밀인데요, 난 우리 엄마도 싫어요.

세상에, 벌써 내 비밀 1호를 발설하다니….

"뭐야, 성민이랑 같이 앉고 싶은 사람, 아무도 없나요? 에이, 얘들아. 6학년이나 됐는데, 전학생한테 잘 해줄 줄도 알아야지."

아무리 기다려도 애들이 술렁거리기만 하니까, 선생님이 당황스러운가 봐요. 6학년 어쩌고저쩌고 하면서 이 바보들을 좀 어른스럽게 만들어 볼 생각인가 보죠? 자긴 딱 1학년 선생님처럼 생긴 주제에.

뭐라고요? 아, 내가 선생님들 말 잘 듣고 공부 열심히 하는 애니까, 손을 번쩍 들 줄 알았다고요? 흥, 나 그렇게 어리지 않거든요?

네? 마음속으로 전학생 편을 들어 주기에 쟤랑 짝 해줄 생각인 줄 알았다고요? 아이고, 난 쟤한테 관심 없어요. 선의를 베풀어 줄 마음은 손톱만큼도 없다고요. 첫날부터 애들한테 공연히 외면 받기에 불쌍하긴 했지만 그뿐예요.

어른스럽게 생기면 뭘 해요, 키 좀 크면 뭘 해요. 어차피 이 교실에 들어온 거 보면, 얘도 여기 있는 다른 애들이랑 똑같은 바보인걸요. 그냥 재미없는 보통 사람이라구요. 그런 바보를, 내가 뭐 하러 챙겨줘야 돼요? 귀찮게. 내 공부하기만도 바빠요.

아유 참, 수학책을 펴놓고선 정신을 어디에다 팔고 있는 거람. 아까 외웠던 공식이 기억에서 날아가 버렸을지도 몰라요.

근데, 내 연필이 종이에 마악 닿았을 때였어요. 난 또 방해를 받아야 했어요. 갑자기 내 오른쪽 귓가에서 '쿵' 하는 소리가 나서 간이 떨어지는 줄 알았거든요. 옆으로 고개를 홱 돌려 보니까 글쎄, 전학생이 가방을 내려놓은 거예요. 그래요, 내 책상 옆 책상에요!

뭐라고 소리라도 질러주고 싶었지만, 내가 손가락 하나도 까딱

하기 전에 전학생은 벌써 의자까지 빼서 내 옆자리에 쏙 앉았어요. 선생님이야 안심이 되시는 모양이지만, 나는 정말 어이가 없지요.

이런 곤란한 상황에서 도대체 무슨 말을 어떻게 해야 하는지 정답을 알려주는 책이 있다면, 당장에 사서 달달 외우고 싶네요. 하지만 그런 책은 없어요. 학교에서 배우지도 않아요. 엄마가 공부하라고 하지도 않아요. 당연하죠, 그런 건 쓸데없는 거니까.

"그래, 거기 앉고 싶으면 앉으렴. 음, 그런데 말이지, 맨 앞줄인데 성민이가 키가 워낙 커서, 뒤에 애들이 잘 보이려나 모르겠네?"

"안 보이니?"

아이구 깜짝아. 선생님 말씀이 떨어지자마자, 이성민이라는 애가 직접 내 뒷줄에 앉은 애들을 돌아보면서 물어요. 나도 모르게, 그 앨 따라서 뒤를 돌아봤어요.

그래요, 생각대로 내 옆자리 말고도 빈자리가 군데군데 많아요. 맨 뒷줄에도 두 자리나 있는걸요? 그런데 왜, 왜 하필이면 나지?

이보다 우스꽝스러운 선택이 어디 있겠어요. 여자애처럼 귀에 이상한 걸 달고, 머리는 원숭이 엉덩이를 엎어 놓은 것 같고, 나이는 나보다 여섯 살은 많아 보이는 애가, 스스로 맨 앞줄, 그것도 내 옆자리를 택하다니요.

이건 너무 비현실적이라고 생각해요.

"아, 아니! 아니에요, 선생님! 저희는 잘 보여요! 그치?"

"아, 응! 그럼! 저, 저도 괜찮아요!"

내 뒷줄에 앉아 있는 애들 두 명이 엄청 열심히 고개를 끄덕거리면서 그래요. 전학생은 다시 선생님 쪽으로 몸을 돌리면서 씩 웃어요. 선생님도 웃으면서 고개를 끄덕거려요.

아주 좋아들 났어요. 정작 중요한 건 내 의견이잖아요. 나는 누가 내 옆에 앉는 게 싫다고요. 대놓고 그렇게 말하기는 뭔가 부끄럽지만.

"그래, 그럼… 음, 성민이 짝꿍, 이름이 뭐지?"

처음엔 나한테 한 말인 줄도 몰랐어요. 세상에, 짝꿍 이름이 뭐냐니요. '짝꿍'이라는 유치찬란한 말도 당황스러웠지만, 아니 이 학교 선생님이면서 내 이름을 모른단 말이에요?

"조… 조현정이요."

"뭐라고? 좀 더 크게!"

"조현정이요!"

정말 모르셨던 모양이에요. 젊긴 해도 분명 작년, 재작년에도 이 학교에 계셨던 선생님인데. 작년엔 실수로 2등 했지만 재작년까지는 계속 1등이었던 조현정인데….

"그래, 현정이가 처음 며칠만이라도 짝꿍 좀 잘 챙겨 주렴! 알았지?"

선생님은 내가 멍하니 고개를 끄덕이는 걸 보시더니, 만족하신 듯이 생글생글 웃으며 다시 말씀하시네요.

"자, 여러분. 정식으로 소개도 못 했네요. 반가워요. 내 이름은 박성이구요…."

선생님들 말씀은 토씨 하나도 안 빼먹고 다 듣는 게 습관이 된 나인데, 지금은 아무것도 안 들려요. 왜냐고요? 아니, 내 '짝꿍' 말이에요, 이놈이 글쎄, 내가 흘긋 쳐다보는데도 내 눈길을 안 피하는 거 있죠.

다들 내 등 뒤에서 내 뒤통수를 보면서 내 얘기를 하다가도, 내가 이렇게 흘긋 보면 입을 꾹 다물고 얼른 다른 일을 하는 척하고, 늘 그러거든요. 처음 보는 애들도요. 내가 이렇게 쳐다보면 얼른 창밖을 내다보거나 괜히 책을 막 넘기거나 그런단 말예요. 내 시선을 되돌려 주려고 하질 않았어요. 내 나이 또래 애들은 지금껏 단 한 번도. 마치 내가 무서운 괴물이라도 된다는 듯이요.

근데 얘는, 도리어 내가 먼저 고개를 돌려 버렸어요. 너무 골똘히 쳐다봐서 어쩔 수가 없었다고요. 진짜 무슨 중요한 생각이라도 하듯이 골똘한 시선 있죠. 너무 뻔뻔해서 도리어 상대방을 멋쩍게 만드는 그런 시선.

아, 뭔가 지는 기분이라서 짜증이 막 나요. 막 덥고요, 얼굴이 막 빨개지고요.

그래요, 오늘은 정말로 이상한 날이네요. 내 이름을 모르는 바보 선생님을 처음으로 만났고요, 그리고.

내 옆에 앉고 싶어 하는 바보를, 처음으로 만났어요.

엄마의 결혼반지

　우리 집은요, 18평이에요. 다른 애들 생일 파티에 초대받아 본 적도 없고 숙제도 언제나 혼자서 하기 때문에 이게 넓은 건지 좁은 건지 그런 건 모르니까 묻지 마세요.
　아, 18평인 건 대체 어떻게 아냐고요? 전에요, 내가 베란다 문턱에 앉아서 공부를 하다가 깜빡 졸았는데요. 또 입을 커다랗게 벌리고 앞뒤로 고갯방아를 찧어가면서 자고 있었나 봐요. 내가 수학 문제를 풀다가 자면 늘 그러거든요.
　어쨌든, 엄마가 내 등을 철썩 때려서 눈을 번쩍 떴을 땐, 입에서 침이 질질 흐르는 채로 천장을 올려다보고 있었어요. 눈썹이 이마 끝까지 올라간 엄마의 얼굴 옆으로, 저 높이 베란다 위쪽 문턱에 '18'이라는 검은 글자가 선명하게 보였지요.
　엄마가 뭐라 뭐라 말하는 걸 나도 모르게 중간에 가로막고, 물어봤어요. 궁금하기도 궁금했지만, 어쩌면 그냥 엄마가 웃는 모습을 보고 싶었던 건지도 몰라요. 왠진 몰라도, 내가 네 살 때 수학을 배우기 시작하면서 처음으로 '18'을 발음했을 때, 엄마가 쓰러질 만큼 크게 웃었단 말예요.

그게 마지막이었던 것 같아요, 엄마가 예쁘게 웃는 걸 본 거.

"엄마, 저 18이 무슨 뜻이야?"

물론 그 다음 엄마의 표정을 보자마자 웃음 작전은 실패했다는 걸 알았지요.

"아이구 이것아, 요 코딱지만 한 집구석이 18평이란 뜻이다 왜! 요만한 집도 내 돈으로 못 사서 주인집한테 전세 내면서 산다."

엄마는 가끔 내가 못 알아듣는 말을 해요. '전세'라느니 그런 말이요. 그러고도 내가 무슨 뜻이냐고 물어보면, 공부랑 상관없으니까 물어보지도 말라고 더 화만 내요. 넌 그런 건 모르고 살아야 한다고요. 나 참, 대화가 안 된다니까요.

"떫으냐? 18평 전셋집이라니까 떫어? 응? 떫으면 요년아, 네가 죽어라고 공부해서 잘살 생각을 해야지 지금 뭐하는겨? 엄마만 일하다 죽으라는 거여 뭐여? 등짝을 하안 번 더 때리기 전에 얼른 깨서 공부 안 할래?"

네, 뭐 그렇게 해서 우리 집이 18평이란 걸 알았어요. 엄만 진짜 좁다고 생각하는 모양이지만, 난 정말 다른 집엘 들어가 본 적이 한 번도 없으니까요.

물론 집에 오는 길에 다른 아파트들을 보기는 봐요. 우리 아파트보다 학교랑 훨씬 더 가깝고요, 그 높은 건물들마다 무지 예쁘게 알록달록 색칠도 잘 돼 있고요, 꽃도 자라고 나무도 자라고요. 그런 아파트들 안으로 우리 학교 애들이 하나 둘씩 들어가다 보면,

결국 우리 집까지 반도 오기 전에 나 혼자만 오도카니 남아요.

하지만 그런 멋진 아파트도, 안에서 본 적이 없으니까 하나도 안 부럽다니까요. 그런 걸 부러워하면 엄마가 또 화를 낼 거예요.

우리 집은요, 305호예요. 이렇게 계단을 타고서 3층까지 올라가야 돼요.

아, 예전에 과학책에서 승강기라는 걸 본 적은 있어요. 난 무슨 무지 큰 건물에만 있는 건 줄 알았는데, 요즘 아파트엔 다 있으니 넘어가겠다고, 선생님이 당연한 것처럼 얘기를 했었지요. 선생님들 중에도 바보가 있는 법이에요. 뭐, 난 이제 익숙해져서 상관없어요.

열쇠로 문을 따고 들어서니, 매운 냄새랑 쉰 냄새가 코를 훅 찔러요. 현관에서 왼쪽으로 꺾기만 하면 바로 부엌이니까, 우리 집은 언제나 이런 냄새가 나죠.

우리 집은 그냥 현관으로 들어가자마자 거실이에요. 더 정확히 말하면 거실이라고 치는 거죠. 가구라고 할 만한 가구도 없으니까. 현관에서 왼쪽으로 꺾으면 얼룩덜룩한 가스레인지가 하나 있으니까 부엌이구요. 오른쪽으론 문이 두 개 있는데, 엄청 쪼끄만 문은 화장실로 들어가는 문, 그나마 좀 더 큰 문은 서재로 들어가는 문이에요. 물론, 난 이제 서재는 쓰지 않아요. 엄마도 서재는 쓰지 않아요. 이유는 아직 묻지 마세요. 복잡한 얘기거든요.

뭐 어쨌든, 봐요. 그래도 살 만하겠죠? 우리 반 애들처럼 이보다 훨씬 넓은 집에서 살면서 바보가 될 바에야, 여기서 이대로 사는 게 훨씬 좋아요, 난.

나, 조현정은, 평범한 애가 아니라고요.

엄마는 또 거실 바닥에 누워 있어요. 자고 있다가, 내가 들어오는 소리에 깬 것 같아요. 아무리 그렇다고, 날 저렇게 무섭게 노려볼 필요는 없잖아요. 또 엄마가 한 소리 할 것 같네요.

난요, 엄마가 싫어요. 욕쟁이구요, 화만 내구요, 용돈이고 뭐고 단 한 푼도 준 적이 없고요, 뭘 사달라고 하면 엉덩이를 짝 때리기만 하구요, 내 얘긴 하나도 안 들어 주구요, 내가 울어도 콧방귀 한번 안 뀌고요, 다른 건 정말 다 쓸데없는 거라고, 죽어라고 1초도 안 쉬고 공부만 해서 돈 많이 벌고 사는 거, 그거 하나밖에 없다고, 그런 생각밖엔 안 해요.

하지만요, 난 절대 엄마를 화나게 하고 싶지 않고요, 혹시라도 슬프게 하고 싶지도 않아요. 날 미워하지도 말았으면 좋겠고요, 내가 힘들더라도 엄마만큼은 절대로 실망시키고 싶지가 않아요. 왜냐면요, 그건 아마 엄마가 너무너무 불쌍하기 때문일 거예요.

예전에 국어 시간에 엄마에 대해서 글을 쓴 적이 있었는데요, 그때 누가 그랬어요. 자기 엄마는 매일 그, 뭐라더라, 꽃꽂이 학원, 서예 학원, 그리고 헬스클럽에 다닌다고. 그러니까 다른 애들도 너도나도 "어? 우리 엄마도!", "진짜? 우리 엄마도 그런데!", "너희 엄마는 무슨 헬스클럽 다녀?" 이러더라고요.

그제야 난 우리 엄마만 그렇게 불쌍하게, 만날 305호 18평 우리 집 거실에서 잠자고 라면 끓여 먹고 길거리 청소하고 아파트 청소하고 가정부 일도 해 가면서, 그리고 사는 거라는 사실을 알았어요.

솔직히 그 전엔 엄마가 공부 빼고 다른 건 다 쳐다보지도 말라고 하는 게 이상하고 화나고 섭섭하고 그랬는데요, 그 이후론 어쩔 수 없이 그게 맞는 말이란 생각이 들어요. 엄만 내가 엄마처럼 불쌍해지지 않았으면 좋겠다, 그렇게 생각하는 게 틀림없어요.

그리고 솔직히 나도 같은 생각이에요. 불쌍해지기 싫어요. 엄마처럼 살고 싶지 않다고요. 우리 엄마, 아무도 도와주지 않잖아요. 도와줄 마음이라도 품는 건 나뿐이지요.

엄마 말이, 세상이 그렇대요. 나도 공부 안 하다가 나중에 돈 많이 못 벌면, 아무도 안 도와줄 거라고. 그럼 나도 이렇게 좁고 더러운 방구석에 드러누워서, 어린 딸한테 평생 짜증만 내면서 살아야 될 거 아니에요. 싫어요. 그런 거 싫어요. 난 내 딸한테 불쌍하단 소리 듣기 싫어요.

하지만 우리 엄만 이미 불쌍해요. 절대로 속상하게 하고 싶지 않을 만큼 불쌍해요. 아무리 못나게 굴어도 미워하기 싫을 만큼 불쌍해요. 엄마를 미워하면 나쁜 사람이 될 것만 같은걸요. 그래서 엄마가 원하는 대로 공부를 죽어라 하는 거죠.

음, 뭐, 어쩜 우리 엄마가 아니었으면 나도 그냥 바보가 돼 버렸을지도 모르겠네요. 그렇게 생각하면 엄마가 좀 좋기도 해요.

"다녀왔어요."

엄만 아무 말도 안 하고 날 계속 노려봐요.

번역하자면, 얼른 공부 안 하고 뭐하냐! 예요.

척하면 척이죠. 베란다 문턱에 놓여 있는 공부용 개다리소반 위에, 가방에서 꺼낸 수학책을 얼른 올려놔요.

엄마는 언제나 내가 수학을 얼마나 열심히 하나 검사해 보고 싶어 하는 것 같지만, 물론 그렇게는 못해요. 엄마가 볼 적엔 그냥 하얀 게 종이고, 검은 게 글씨거든요. 재미있는 책을 봐도 꼬부랑꼬부랑 지렁이 기어가는 걸로밖에 안 보일 거예요. 이것 봐요, 불쌍하잖아요.

"아, 엄마! 오늘 나 짝꿍 생겼어!"

아무 쓸데없는 거 알아요. 엄만 이런 정겨운 학교 얘기는 들어 주지도 않지요. 언제나처럼 화만 낼 거예요. 그래도 얘기하고 싶어요. 내가 만약 불쌍한 엄마라면, 속으론 심심해할 테니까요.

"친구?"

어? 오늘은 좀 달라요. 엄마가 대꾸를 해 줘요. 물론 난 '짝꿍'이라고 했고 엄만 '친구'라고 했지만요. 엄마는 대화를 나누는 게 익숙하지 않은 사람처럼, 내 말을 잘못 알아듣곤 해요.

"아니, 엄마. 친구 말고 짝…!"

"친구, 그런 건 뭣에도 필요 없는 거여! 나중에 누가 친구 같은 거, 기억이나 하는 줄 아니?"

늘 이렇다니까요.

오, 마침 엄마가 귀에 털이 나도록 자주 하는 얘기들 중 하나네요. 친구는 모기나 거머리 같은 거라서 사귀어 봤자 좋은 건 하나도 없고, 내 좋은 건 다 야금야금 뺏어먹기만 한다고요. 그러고도 돌아서기만 하면 입 싹 씻고 모른 척하는 게 또 친구라고요.

하긴, 엄마를 찾는 친구가 단 한 명도 없는 건 사실이에요. 과연 엄마한테 친구라는 게 있긴 했나요, 라고 물어봐 주고 싶을 정도로.

"친구 생기면 네 시간도 뺏기고 성적도 뺏기고, 공연히 정신만 팔리는겨! 너만 고생하는 거라고! 알아들어, 이것아?"

네, 네, 그럼요. 책을 넘기며 고개를 끄덕끄덕. 그냥 그런가 보다, 하는 거죠 뭐. 어렸을 때부터 하도 많이 들어온 말이라서 나도 당연히 그런 줄로만 알고, 엄마가 굳이 매일 저러지 않아도 친구 같은 거 만들어 본 적 없으니까요.

솔직히 그럴 듯한 게, 애들 보면, 모이면 모일수록 점점 더 바보가 되더라고요. 왁자지껄 떠들어 대고, 공부가 잘 안 된다느니 어쩐다느니, 할 일 없으니까 이번 주말에도 놀러 가자느니…. 아니, 공부가 안 된다고 떠들어 댈 거면, 바로 그 시간에 공부를 하란 말이에요. 붙어 모이기만 하면 놀 궁리부터 하더라니까요? 나 참 원.

그리고 엄마 말로는요, 그렇게 매일 함께 싸돌아다니던 친구들도 나중엔 서로 기억도 못하게 된다는 거예요, 글쎄. 엄마는 나보다 훨씬 오래 살았으니까 잘 알겠지요.

좋은 건 다 뺏어가고 나중에는 기억조차 해 주지 않는다니. 친구라는 거, 정말 무섭죠? 이건 뭐, 엄마가 비유하곤 하는 모기보다도 더한 것 같아요.

맞아요, 나도 그런 위험은 무릅쓰기 싫어요. 지금 이대로 이렇게, 혼자서도 잘 살고 있는걸요.

"응, 알아 엄마. 근데 친구 말구, 짝꿍. 오늘 내가 6학년 됐잖아. 근데 우리 반에 새로 들어온 전학생이 있어. 남자앤데 키가 엄청나게 커. 근데 걔가…!"

"조용히 좀 하구 얼른 공부 안 할텨? 엄마 좀 자게 내버려 둬, 이것아!"

엄마가 인상을 잔뜩 찌푸리면서 아랫입술을 꽉 깨물어요. 어차피 이제 나 공부하는 거 감시하려고 깨 있을 거면서도, 여전히 방바닥에 누운 채로 날 흘겨봐요. 엄마가 무지무지 화가 났다는 소리예요. 난 그냥, 오늘 학교에서 있었던 일을 얘기해 주려고 그런 건데요.

하지만 엄마 말이 맞아요. 오늘 풀려고 했던 수학 문제, 반도 못 풀었잖아요. 이게 다 바보들이랑, 내 짝꿍이랑, 담임선생님 때문이고요. 친구가 아닌데도 벌써부터 이렇게 방해가 되잖아요. 그래요, 그런 거예요.

오, 엄마가 일을 나가야 하는지 끙 하고 일어나 앉아요. 벽에 코딱지만 한 거울이 하나 붙어 있는데(집주인이 줬다나요 뭐라나요), 고걸 보면서 머리를 주섬주섬 손질해요.

갑자기 학교 학예회 때 다른 아줌마들이 반지르르하게 비치도록 머리를 다듬고 왔던 게 생각이 나네요. 물론 다들 그, 엄마가 알 필요 없다고 때리는, 그 하얗고 뻘건 걸 얼굴에 칠하고 왔는데요. 번쩍번쩍하고 반드르르하고 아무튼, 다들 우리 엄마랑은 다른 세계 사람들 같더라고요. 헬스클럽이라든가, 꽃꽂이, 요리학원 같은 데 다녀서들 그런 걸까요?

아, 우리 엄마요? 당연히 안 왔죠. 나도 학예회 준비조차 안 했고요. 공부랑 관련 없는 거니까요.

학예회 날 나는, 그냥 맨 뒤 책상에 혼자 앉아서 영어 단어를 외웠어요. 엄마가 그때 담임선생님한테 전화를 걸어서(네, 우리 집, 전화도 있어요. 두 달에 한 달꼴로 끊기지만요) 그랬다나 봐요.

"애들이 나중에 이런 거 기억이나 할 것 같수? 못 해요. 아니, 이런 걸 해서 배우는 게 뭔데? 얘기해 보쇼, 선생님 어릴 때 초등학교 때 학예회 했을 거 아뇨? 그래서 배운 게 뭐요? 기억나는 게 뭐냐? …거 보쇼, 공부해서 머릿속에 꽉꽉 우겨넣은 지식들만 기억하는 거요, 그걸로 밥 먹고 사는 거고. …됐고, 우리 애는 빼주쇼. 뒤에 앉아서 혼자 공부하면 될 테지!"

선생님들은 언제나 우리 엄마 말에 쩔쩔매요. 내가 볼 적엔, 이것도 우리 엄마가 하도 불쌍해서 그런 것 같아요. 엄마가 하도 불쌍하고 난 진짜 천재니까, 엄마가 그런 부탁을 할 땐 언제나 "네. 네, 네, 알겠습니다, 현정이 어머님. 그럼요, 어쩔 수 없죠, 걱정하지 마세요." 이러면서 들어주는 거죠. 엄마도 그걸 알고 있는 것 같아요. 그러니까 자기가 써먹고 싶을 때마다 써먹죠.

"근데 엄마, 전학생 말이야, 걔가 좀 특이하게 생겼거든. 어른스럽다고 해야 하나? 아무튼 그래서 다른 애들이 짝꿍을 안 해 주겠다고 막 그리는 거야. 난 물론 얌전히 공부하고 있었고. 근데 그 전학생이 갑자기 가방을…!"

"아유, 엄마 일 나갈 준비하잖아 이것아! 너 그러다 영어 공부는 언제 할 거여?"

"…내 옆자리에 떡 놓는 거야! 깜짝 놀라서 쳐다봤더니! …어라?"

이상해요.

숱도 얼마 안 남은 잿빛 머리를 대충 다듬고, 사계절 옷이라곤 네 벌이 다인 빈곤한 옷장을 뒤적거리는 엄마의 비틀린 손.
왼손, 네 번째 손가락….
반지.
매일 그렇게 욕을 해도 뺀 적은 단 한 번도 없었는데. 샤워할 때도 끼고 하는 거 내가 다 알거든요.
이상해요. 뭔가가 많이 잘못됐어요.
"엄마… 그, 저, 음, 결혼반지는?"
엄마가 오늘 정말 이상하죠. 꼭 우리 엄마가 아닌 것 같아요. 우리 엄마 탈을 쓴 다른 사람 같다고요. 결혼반지도 없고 참 수상하죠. 물론 나도 외계인이 없다는 것쯤은 누구보다 잘 알지만요.
아니 글쎄, 내가 그렇게 물어보니까 엄마가 아무 말도 안 하고 날 가만히 바라보는 거예요. 욕도 안 하고, 화도 안 내고, 그냥 가만히, 노려보는 것도 아니고 '바라본다'고요. 꼭 아까 내 짝꿍이 날 가만히 바라봤듯이 그렇게 골똘하게.
엄마가 나를 저렇게 바라본 적은 여태껏 단연코 단 한 번도 없었어요. 너무 불편해져서 발가락만 몰래 꼼지락거렸어요. 안 그러면 우리 집이 이대로 얼어붙어 버릴 것만 같아서요.
어휴, 다행히 엄마가 갑자기 정신을 차리고 눈썹을 확 짜부러뜨리네요. 그래요, 우리 엄만 바로 저런 표정을 지어야 제정신인 거랍니다.
"거참, 요년이 오늘따라 왜 이렇게 요령을 부리지? 얼른 공부 안 혀?"
그리고선 엄마는 그냥 고개를 돌려 버리네요.

하지만 난 똑똑한 애예요. 엄마 말끝이 살짝 갈라진 것도 알고요, 그래서 엄마 눈가가 뜨거워졌다는 것도 알아요.

드센 우리 엄마가 왜 저러는 걸까요. 이상하죠. 엄마가 오늘따라 친구 얘길 더 격하게 하는 것도 그렇고….

음, 왠지 말예요, 설마 설마 하지만, 나 엄마의 결혼반지가 어디로 간 건지 알 것 같아요. 그래요, 확인해 봐야겠어요.

"엄마, 나 물 좀 마실게."

엄만 아무 말도 안 하고, 작은 거울만 뚫어져라 들여다보고 있어요. 나도 울고 싶어질 때마다 저러는데, 그게 저렇게 불쌍해 보인다면 앞으론 하지 않을래요. 하지만 저거, 효과가 있긴 있어요. 바보같이 토끼눈이 되어서 콧물을 훌쩍훌쩍 대는 내 한심한 꼴을 보고 있노라면, 그만 울어야겠다는 생각이 저절로 들거든요. 선생님들이 하는 '뚝 그쳐!'보다 백배는 나아요.

엄마 옆을 조심스럽게 지나서 왼쪽에 있는 부엌으로 들어가요. 매운 내랑 쉰내가 머리를 어지럽혀요. 엄만 집에 혼자 있을 때 매일 라면만 끓여 먹는데, 라면만 끓여서 이런 냄새가 나려면 도대체 얼마나 많이 끓여야 하는 건지, 난 짐작도 안 가요.

아, 물론 내가 있을 때도 거의 라면이에요. 하지만 아주 가끔씩 엄마가 일하는 집 아줌마가 준 건지 뭔지, 고구마나 햄 같은 걸 먹기도 해요. 그래도 엄마 혼자 계실 때 그런 걸 몰래 드시진 않아요. 내가 오면 같이 먹죠. 엄마 말로는, 그런 건 공부하는 데 좋은 거라 내가 먹어야 된대요. 공부에 도움이 되는 건 다 해야 된다고, 나중에 다 돈이 돼서 돌아오는 거라고, 엄마가 내 입에

먹을 걸 욱여넣어 주면서 자주 그래요. 그럴 때면, 난 왠지 목이 메고 가슴이 찡하고 그렇더라고요.

 엄마가 갑자기 이쪽을 돌아보지 않나 슬금슬금 눈치를 살피며, 얼룩진 싱크대 밑에 있는 수납장 문을 슬며시 열어요. 먼지 냄새가 훅 끼쳐요. 엄만 늘 이 안에 라면을 넣어 두죠.

 내 생각대로예요. 어제까지만 해도 두 개밖에 안 남아서, 요번 달은 밥을 굶거나 전화를 못 쓰거나 아니면 둘 다겠구나 했었는데, 오늘은 라면이 수두룩하게 쌓여 있잖아요. 대충 세어 보니까 한 50봉지쯤 되는 것 같아요. 역시….

 결혼반지는 사라졌고 라면은 생겼죠.

 가슴이 찌르르 아프다가 밑으로 뚝 떨어져 버려요.

 엄마가 들을까 봐 손가락을 사이에 넣어 아주 살짝 수납장 문을 닫은 다음에, 냉장고 문을 일부러 세게 열고 시원하지도 않은 물을 벌컥벌컥 마셔요. 분명히 입으로 물을 마시는데, 이상하게 눈에서 물이 나오려고 그래요.

 엄마가 너무 불쌍해요.

 자, 혹시라도 엄마가 슬퍼하면 안 되죠. 불쌍한 엄마를 속상하게 하면 안 되죠. 못 본 척, 모른 척해야죠. 고개를 쳐든 채로 열심히 눈을 끔벅끔벅하니까 다행히도 눈물이 쏙 들어가요.

 거실로 들어가면서 일부러 큰 소리로 씩씩하게 말해요.

 "근데 있잖아 엄마, 내가 그 전학생이 하도 신기해서 빤히 쳐다보는데…!"

 "얼른 공부해."

어쩌죠. 내가 개다리소반 앞에 얼른 다시 앉았는데도, 엄만 가만히 거울만 들여다보고 있네요. 짜증도 안 내요. 성질도 안 내요. 노려보면서 감시하지도 않아요. 그냥 갈라지는 목소리로 로봇처럼, 공부하라는 말만 계속 반복해요.

좋은 일인데 좋지가 않아요.

그래요, 나도 더 이상은 말 못하겠어요. 특이한 바보 짝꿍 얘기가 중간에 끊기긴 했지만, 어차피 엄만 처음부터 안 들어 줬는걸요 뭐.

엄마 말이 맞아요. 난 1초도 아껴서 열심히 공부해야 해요. 나 스스로가 그러고 싶어요. 공부 열심히 해서, 돈 많이 벌고 살 거예요. 절대로 불쌍해지지 않을 거예요. 내 딸이 날 불쌍하게 생각하거나 내가 불쌍해서 울게 만들지는 않을 거예요. 바보랑 결혼하지도 않을 거고요, 나보다도 더 똑똑한 딸을 낳을 거라고요.

고개를 푹 숙이고 수학 문제를 풀어요. 손은 숙숙 잘 풀어 내려가는데, 희한하게도 그 위에 자꾸 물방울이 하나 둘씩 떨어져요. 자꾸 엄마의 허전한 손가락이 생각나는 거 있죠. 너무 허무하게 텅 비어 버린, 엄마의 왼손 네 번째 손가락이….

그렇게 아꼈으면서. 다 잃어도 그것만큼은 꼭 붙들고 있으려고 했으면서. 결국엔 이렇게 허무하게.

그래요, 우리 엄만 라면 50봉지를 사려고, 하나밖에 없는 결혼반지를 팔아버린 거예요.

순전히 나를 위해서라는 생각에, 그만 목이 꽉 막혀 버렸어요.

비밀 친구

지금은 2교시, 영어 시간이에요. 내가 제일 좋아하는 교과서 주인공들이, 선생님 컴퓨터 안에서 신나게 얘기를 하고 있네요.

하지만 난 그냥 멍하니 칠판만 보고 앉아 있어요. 엄마가 결혼반지를 팔아버렸다는 거, 그게 어떤 의미인지 곰곰이 생각해 봐야 하니까요.

그래요, 라면을 사려고 팔았다는 게 일차적인 이유이긴 하지요. 하지만 가만히 생각해 보니까 우리 엄마 고집에, 단지 밥 몇 끼 굶는 게 무서워 그토록 소중히 여기던 반지를 영영 떠나보낸다는 건 말이 안 되거든요. 뭔가 숨겨진 의미나 내가 모르는 이유가 있는 거라고요.

아무리 나라도 이런 심각한 고민을 하면서 동시에 영어 공부까지 열심히 할 수는 없지요. 엄만 그래도 어쩔 수 없이, 내 인생에서 제일 중요한 사람이니까. 엄마가 그렇게 만들어 버렸으니까.

결혼반지. 엄마의 결혼반지. 더 이상 엄마의 굵고 짧고 누런 넷째 손가락에선 찾아볼 수가 없게 돼 버린 엄마의 싸구려 결혼반지.

정말이지 이해가 안 가요. 외할머니가 옛날부터 팔아 치워 버리라고 했었는데도, 굶어 죽어도 결혼반지만큼은 못 판다고 그렇게 난리를 쳐 놓고서는. 결국 외할머니가 돌아가시던 순간까지도 엄마는 결혼반지를 빼지 않았었단 말예요. 덕분에 외할머니는 돌아가시던 순간까지도 혀를 차셨었죠. 우리 엄마 고집을 누가 당하겠어요.

라면이 떨어져 가고 있었던 건 맞아요. 하지만, 난 어차피 학교에서 급식 많이 먹어 놓으면 저녁까지도 진짜로 배 하나도 안 고프고요, 엄마두 자기가 일하는 데서 어떻게든 때우면 되긴 되거든요. 전화도 한 달 연결되면 한 달 끊기는 건 원래부터 규칙 같은 거였고. 뭐 언젠 우리가 부자였나요?

역시 엄마한테 뭔가 일이 있었던 거예요. 엄마 마음에 거대한 소용돌이를 치게 만들 만큼 엄청난 일이 있었던 거라고요. 나는 알아요. 아빠랑 관련 있는 일이겠죠. 도대체 무슨 일이었을까요?

아빠가 엄마를 더 실망시킬 수도 있었던 걸까요? 어떻게요?

"자, Go straight and turn right at the next corner, 해석해 볼 사람?"

내가 손을 번쩍 들지 않자, 영어 선생님이 걱정된다는 듯이 나를 바라보시네요. 아유, 집중이 하나도 안 되는 걸 어떡해요. 한 귀로 들어가지만 다른 귀로 바로 뚝뚝 흘러나와 버리잖아요. 이런 꼴을 보면 엄마가 얼마나 화를 낼까.

역시 어제 엄마한테 물어봤어야 하는 걸까요? 도대체 무슨 일이냐고? 하지만 역시 그럴 순 없었어요. 엄마가 화를 낼까 봐 안 물어봤던 건 여태까지 무지 많았지만요, 어제는 그보다 더했죠. 차라리 엄마가 화라도 내 줬으면 했다니까요. 그러면 적어도 내가 잘 아는 우리 엄마 같을 테니까.

어젯밤 12시가 돼서야, 그러니까 내가 6학년 사회 예습을 좀 해보려고, 학교 공터에 버려진 걸 주워온 낡은 교과서를 척 펼쳤을 때, 그제야 엄마는 일 나갔다가 집에 돌아왔거든요. 그런데 들어오자마자 그 구멍 나고 때 묻은 목도리를 벗어던지고, 화장실에 가서 얼굴을 대충 씻더니, 바로 거실 바닥에 드러눕는 거에요. 다른 날은 거실 바닥에 누워가지고는, 내가 입을 열 때마다 다물라 그러고, 눈을 부릅뜨고 나 공부하는 걸 노려보다가 아주 천천히 잠들곤 했는데, 어젠 심지어 나한테 등을 보이고 돌아눕더라니까요. 이건 진짜 큰일이거든요.

왜 그런 말 있잖아요. 사람이 안 하던 짓을 하면 죽는다고. 바보 같은 소리인 거 알지만 갑자기 그 말이 생각나서 어린 난 너무 불안해졌어요. 엄마가 싫지만, 그냥 불쌍해서 착한 딸로 살아 주는 것뿐이지만, 그래도 없어졌으면 좋겠단 생각은 단 한 번도 해본 적 없단 말예요. 없어질지도 모른다는 생각조차 제대로 해본 적 없다고요.

한번 확인이나 해보자는 마음으로 천천히 목을 내밀어서, 거의 저쪽 벽에 닿을락 말락 하는 엄마 얼굴을 흘긋 봤는데, 아니 글쎄 우리 엄마가 울고 있는 거예요! 나는 앉은 채로 펄쩍 뛸 만큼 깜짝 놀랐어요. 울다니. 다른 엄마도 아니고 우리 엄마가….

6학년이나 됐으면서 그게 뭐 그리 놀랄 일이냐고 할지 모르지만, 우리 엄마가 우는 건 진짜 장난 아닌 일이라고요. 나한테 들키지 않으려고 앞니로 아랫입술을 꾹 깨물고, 눈을 아주 꼬옥 감고, 온몸을 번데기처럼 웅크린 채로 부들부들 떨면서, 진짜로 불쌍하게.

양쪽으로 쫙 찢어진 엄마 눈에서 자꾸만 눈물이 떨어져 내려 방바닥을 온통 적시고 있었어요. 원래는 내가 실수로 물 한 방울만 흘려도 난리를 치는 엄마인데. 치우기 귀찮다고요. 난 공부할 시간도 부족한 애니까 그런 건 엄마가 하죠.

나는 정말 뭘 어떡해야 하는지 알 수가 없어서, 그냥 다시 고개를 푹 숙이고 연필을 들었어요. 내가 잘하는 건 이거 하나니까. 엄만 이미 어쩔 수 없다고, 엄만 어차피 영원히 행복해질 수 없을 거라고, 나는 저렇게 살지 않으면 되는 거라고. 그렇게 언제나처럼, 엄마가 가르친 대로, 공부 중심으로, 내 중심으로 생각을 해 봤어요. 하지만 어젯밤만큼은 그렇게 생각해도 전혀 공부가 되질 않더라고요.

엄마가 우는 걸 본 건 딱 두 번뿐이죠. 옛날 그날, 그리고 어제.

하지만 사실은, 우리 반 애들 엄마들 중에 가장 울 일이 많은 사람이 바로 우리 엄마일 테죠.

그래요, 우리 엄만 그렇게 강해요. 그렇게 억세고 드세요. 울고 싶어도 다른 사람한테(나 말예요, 나) 화내고 짜증내고 그러면서 다 풀어 버리고, 일하고, 자고, 라면 먹고, 그러면서 또 풀어 버리고….

그렇게 강하게 잘 살아왔어요. 그렇기 때문에 도대체 무슨 일에 저렇게 항복해 버린 건지, 너무 궁금한 거지요.

나는 개다리소반 앞에서, 사회책 2쪽을 펴놓은 채로 밤을 꼬박 샜어요. 더 웃긴 건 엄마도 같이 샜다는 거예요. 엄만 잠만 들면 코끼리처럼 코를 고는 바람에 내 잠을 깨워놓곤 했는데, 어젠 말예요, 그 소리를 들으면 나도 자야지, 하면서 밤새 귀를 쫑긋 세우고 기다리고 있었는데도 듣지 못했어요. 그 대신 엄마의 등이 자꾸만 바들바들 떨면서 엄마 옷을 스치는 소리, 그리고 엄마가 자꾸 허전한 왼쪽 손을 들었다 놨다 안절부절못하는 소리만 들었어요.

난 숨조차 쉴 수가 없더라고요.

"아까부터 무슨 생각을 그렇게 해?"

갑자기 눈앞 한가득 허연 얼굴이 보여요. 소스라쳐서 뒤로 확 얼굴을 뺐어요.

누구긴 누구겠어요, 내 새 짝꿍이지. 용기도 가상해요, 바보 주제에 이 조현정한테 얼굴을 들이밀다니.

주위를 둘러보니 어느새 쉬는 시간. 애들이 전부 다 술래잡기를 하듯이 사방으로 뛰어다니고 있어요. 자리에 앉아 있는 건 나와 내 짝꿍, 두 명뿐이에요. 요즘 애들은 정말 시끄럽다니까요.

네, 영어 선생님도 벌써 나가셨네요. 일주일에 두 시간뿐인 영어 시간을 이렇게 별 소득도 없이 놓쳐 버리다니, 너무 아쉬워서 입맛까지 다셨어요. 엄마가 알면 난리를 칠 테죠. 아, 어제 같은 이상한 엄마 말구, 진짜 엄마 말예요. 화내는 엄마. 그래요, 진짜 엄마는 내가 공부하는 걸 바라겠죠. 공부해야겠어요.

그런데 이 바보가 또 나를 방해하네요. 진짜 미칠 것 같아요. 내 영어책 위로 철푸덕 엎어져선, 무슨 길 잃은 고양이처럼 날 올려다보는 거예요. 뭘 어쩌라는 건지 모르겠어요.

"왜요?"

아, 내가 왜 이 인간한테 존댓말을 쓰냐고요? 그게요, 다른 애들이 다 존댓말을 써서 나도 어쩔 수가 없어요. 정말 우습죠.

어제 선생님 소개가 끝나고 자유 시간이 주어졌을 때, 남자애들 몇 명이 계속 우리 앞을 쭈뼛쭈뼛 돌아다니다가, 결국엔 내 짝꿍한테 슬그머니 말을 걸어 보고 그러더라고요. 뭐라드라, 무슨 게임을 하시냐느니, 이 주위 PC방은 잘 아시냐느니. 근데 다들 존댓말을 쓰기에 나는 속으로, 내 짝이 다른 애들한테는 진짜 무슨 도깨비처럼 보이나 보다 했어요.

근데 오늘 아침에 내 짝꿍이 오기 전에, 내 뒤에 애들 둘이서 소곤대는 게 어쩌다 들렸는데요, 사실 내 짝꿍이 우리 학년 애들보다 나이가 몇 살이나 더 많다나 봐요. '복학'이 그런 뜻인가 했어요. 공부랑 상관없는 거니까 알 필요는 없는 말이지만, 난 한번 알아차린 건 절대로 잊어버리지 않지요.

아, 왜 내 짝꿍이 우리보다 나이가 많으냐고요? 나도 몰라요. 애들은 수군수군하는데요, 애들이랑 얘기하기도 싫고요, 관심도 없고요, 무엇보다 어차피 애들마다 하는 얘기가 다 다른걸요.

"짝꿍아, 무슨 생각을 그렇게 하냐고 물어봤잖아. 대답해 줘, 응?"

나 참 원, 나잇값 좀 하라는 소리가 목까지 차 올라오네요. 이 왕바보의 왕방울만 한 눈망울을 보고 있노라니까, 어쩌면 고등학생이 돼도 난 여전히 혼자 성숙할 것 같기도 해요. 뭐, 상관은 없지만.

"내가 무슨 생각을 하든 무슨 상관이에요? 내 대신 생각해 줄 것도 아니면서…."

용기를 내서 그렇게 말해요. 아니, 그렇잖아요. 공부할 시간도 모자란 주제에 남의 마음속에 왜 신경을 쓰냐고요. 아까 보니까 'girl'이라는 단어 스펠링도 제대로 모르던데.

"짝이랑 얘기 좀 하자는 건데, 그게 그렇게 싫은 거야?"

내 짝은 여전히 싱글거려요. 이 재수 없는 미소는 내가 아무리 심한 말을 해도 사라지지 않을 것만 같아요. 짜증도 나지만 어떻게 보면 편하기도 해요. 무슨 말을 해도 괜찮으니까. 엄마처럼 화를 내지도, 다른 바보들처럼 도망치지도 않으니까.

"흥. 내가 손해 보는 게 없으면, 다른 사람이랑 얘기 같은 건 할 필요도 없는 거예요."

맞아요. 엄마가 늘 하는 말 좀 빌려다 썼어요. 아주 가끔씩, 뭣도 모르는 애들이 나한테 말을 걸어올 때마다, 난 이렇게 말하면서 걔들을 떼어내곤 했어요. 그럼 자기들끼리 눈썹을 치켜 올리고 어깨를 한 번 으쓱하면서 혀를 내두르고, 그 담부턴 절대로 나한테 말을 안 걸더라고요.

"하하 하하하! 누가 그래. 너희 어머니가 그러시는구나?"

근데 내 짝은 진짜, 진짜 이상한 애예요. 이렇게 웃긴 건 처음 들어본다는 듯이 세상모르고 웃어요. 30센티 자를 휘저으면서 교실 뒤쪽에서 칼싸움을 하던 애들까지, 얘 웃음소리 때문에 우릴 돌아보는 것 같아요. 얼굴이 새빨개진 나는 어쩔 줄 몰라서, 얼른 검지를 입술에 갖다 대요.

세상에, 이쯤 되니 외계인들이 내 주위를 스멀스멀 감싸오는 것 같은 느낌이에요. 엄마부터 짝꿍까지.

"비켜요 좀. 영어책 구겨져요."

"괜찮아, 현정아. 나한테는 비밀 얘기해도 돼. 나, 잘 들어줄 자신 있어."

내 이름을 부르니 가슴이 한 번 철렁해요. 그런 나를 아는지 모르는지, 짝은 천연덕스럽게 씨익 웃으면서 손가락으로 자기 입에 지퍼 잠그는 시늉을 하지 뭐예요. 여전히 내 책상 위에 엎드려서 날 빤히 올려다보면서요. 그 모습을 가만히 보고 있노라니까, 가슴속에서 뭔가가 덜걱덜걱해요.

그래요, 화가 치미나 봐요. 이렇게 화가 나는 건 또 처음인가 봐요.

하긴, 다들 날 무지 쉽게 떠나 줬었으니까. 여태까지는.

"아니, 내가 왜 다, 당신한테 비밀 얘길 해야 되냐고요. 내 공부만도 바빠요. 아, 얼른 좀 비켜요!"

"우와, 잘생긴 수학 선생님이네. 벌써 4교시군!"

그러더니 날 보면서 환하게 웃네요. 난 또 쉬는 시간 내내 공부를 하나도 못했단 생각에 약이 올라서 이 인간을 잡아먹을 것처럼 노려보고 있었는데, 그렇게 웃으니 도리어 내가 더 무안해지는 거 있죠. 할아버지가 손녀 보면서 웃는 웃음이 이런 웃음일까 싶을 만큼 환하게 웃는 거예요.

근데 하필이면, 내 뒤쪽으로 큼지막하게 뚫린 창문에서 햇빛이 양껏 쏟아져 들어와, 활짝 웃고 있는 이 바보의 얼굴이 하얗게 빛나기까지 하지 뭐예요. 반짝이는 입술을 멍하니 바라보고 있는데, 그 입술이 그래요.

"우리, 밥 같이 먹는 거 알지?"

"네 것도 내가 받아줄게!"

나 자신이 이렇게 멍청하게 느껴진 적은 없었어요. 이 인간이, 수학 시간이 끝나자마자 무슨 호랑이처럼 내 손을 홱 낚아채더니, 이 조현정을 무작정 식당으로 끌고 왔답니다.

난 원래 점심 안 먹고 교실에 혼자 남아서 공부하는데. 그게 좋은데. 근데 이 바보가 힘은 또 어찌나 세던지, 항의도 제대로 못하고 그냥 질질 끌려왔어요. 바보 같은 게 힘만 세서는.

아, 왜 점심을 안 먹으려 그러냐고요? 뭐, 너무 배가 고파서 공부가 안 되는 날은 꼭 먹으니까 걱정 마세요. 엄마가 공부에 도움 되는 건 다 하라고 그랬으니까. 하지만 그렇지 않은 날은 밥을 안 먹고 공부를 하는 게 더 공부에 도움이 되는 거잖아요. 나 똑똑하죠?

그리고 뭐, 사실 우리 엄마가 급식비를 내준 것도 아녜요. 불쌍한 엄마한테 6년 내내 급식을 먹일 돈이 어디 있겠어요. 그냥 학교에서 나 공부 잘한다고, 무슨 장학생식으로 해서 공짜로 먹게 해준 거예요. 고맙긴 하지만, 내 입장에선 점심을 먹을 때마다 그 생각이 나니까, 괜히 먹기가 싫어지죠. 밥풀 하나하나, 아무 이유 없이 목이 멘다고 해야 되나요? 얹혀사는 자식이 눈칫밥 먹는 기분?

내 심정은 전혀 몰라준 채로, 짝은 식당에 도착하자마자 식판 두 개를 척 집어 들더니, 이렇게 내 앞에 줄을 서서 내 밥까지 받아 주고 있어요. 이쯤 되면 진짜 이 인간이 뭘 원하는 건지 알 수가 없죠. 덕분에 나는 아무것도 안 들고, 바보처럼 짝꿍 뒤만 쫄쫄쫄 따라가고 있잖아요. 이건 수치예요, 수치. 조현정 평생의 수치.

"왜 이래요, 정말! 내 꺼 줘요!"

"왜 이래요, 정말! 내가 할 거예요! 내가 키도 더 크고, 힘도 더 세고, 훨씬 더 착하니까."

내 말투를 똑같이 흉내 내면서 잘난 척까지 해요. 흥, 착하면 누가 밥 먹여 준대요? 그러다 자기 꺼 다 뺏기고 평생 바보로 사는 거지. 나이만 많지 순 어린애잖아요.

"우와 맛있겠다아, 그치?"

어느새 오늘 나온 반찬을 다 받고, 내 짝은 좋아라고 웃으며 식판 두 개를 마주 보게 식탁에 올려놔요. 그러더니 조금 더 많이 받은 쪽에 앉아서는 두 손을 비비며 "잘 먹겠습니다!" 그래요.

내 식판을 보니, 아무리 이 바보 것보다는 적다지만, 내가 평소 먹는 양의 열 배는 되는 것 같아요. 얼른 돌아가서 공부해야 되는데.

점심시간이 얼마나 긴데요. 그동안에 내가 수학 문제를 얼마나 많이 풀 수 있는지 알아요? 오늘은 잔반도 못 남기는 날인데, 진짜 미치겠어요.

식판을 홱 들고 내가 원래 밥을 먹곤 하던 저쪽 구석 자리로 걸어가요. 다짜고짜 끌고 나와서 책도 못 갖고 나왔는데, 어떡해요 정말.

"어디 가!"

"아 또 왜요!"

"내 앞에 앉아. 같이 먹자!"

어이가 없어서 멍하니 쳐다봐요.

이봐요. 난 바보들이랑 달라서, 내 성적에 도움 되는 일만 한단 말예요. 가엾은 엄마가 원하는 일이요.

다른 바보들은 다 척하면 척 아는데, 나를 그냥 내버려두는데, 너는 왜 이렇게 이해를 못하는 거야? 더 잘 어울리는 바보들이 주위만 둘러보면 산더민데, 왜 이렇게 나를 옆에 두려고 하냐고!

귀찮아 죽겠어요, 정말.

"싫어요. 공부하는 데 방해돼요."

"공부보다 더 좋은 게 있다는 건 안 배우냐?"

무슨 소리예요. 그런 건 없어요. 그런 게 있다면 우리 엄만 행복할 수 있겠죠.

"…다른 애들이랑 같이 먹으면 되잖아요. 아까 전에 쟤도, 저기 쟤랑 쟤도, 같이 밥 먹자 그랬는데 댁 입으로 싫다 그래 놓고는 왜 나한테…."

"나는 네가 더 좋으니까."

그러고선 또 그 할아버지 웃음을 웃어요. 순간 또 철렁해요. 내가, 이런 내가 더 좋다고?

알아요, 헛소리예요. 앙큼한 거짓말. 내 친구가 돼 보려는 수작이라고요.

친구라는 모기 한 마리를 붙이고 다니는 거, 나는 정말 싫어요. 엄마가 알았다가는 기겁을 할 테고요.

밀어내야 할 이유가 산더미네요.

근데 무슨 말을 어떻게 해서 밀어내야 할지 도통 모르겠는 거예요. 그렇게 말하고 저렇게 웃는데, 내가 무슨 말을 해요. 머릿속이 하얗게 흐려져서요.

"정말이야, 현정아. 나는 네가 더 좋아. 네가 나랑 같이 안 먹어주면 나도 혼자 먹을 거야. 근데 난 혼자 먹기가 싫거든. 그러니까, 제발 좀 앉아주세요, 네?"

기도하듯이, 소원 빌듯이, 두 손을 가지런히 모으고 씨익 웃으면서 그러는 거예요.

정말이래요. 내가 더 좋대요. 제발 내가 자기 옆에 앉아줬으면 좋겠대요. 내가 그렇게나 좋대요, 글쎄….

그럼, 전학 오자마자 내 옆자리를 택했던 것도 내가 좋아서 그랬던 걸까요? 나를 맨 처음으로 봤던 순간부터 내가 그렇게 좋았던 걸까요?

바보 같은 생각들이 저절로 드네요. 알아요, 한심한데, 그냥 그런 생각이 저절로 들잖아요. 나도 어쩔 수 없이 어린애라고.

또 가슴속에서 뭐가 덜걱덜걱 대요. 근데 이상하게 화가 난 것 같진 않아요.

 그냥…. 그냥 처음이어서 이래요. 누가 이런 나를 좋아한다고 해준 건, 아니 좋아하는 척이라도 해준 건, 난생 처음이니까.

 처음은 언제나 불쾌하죠. 엄마의 첫 결혼처럼.

 그래요, 불쾌해요. 불쾌하다고요. 도망치고 싶어요.

 "하지만 다른 애들이 나보다 훠, 훨씬 더 편하고, 훨씬 더 재밌고…!"

 "너도 똑같아. 너도 혼자서 밥 먹으면 똑같이 외롭잖아."

 아니라고, 난 특별하다고, 혼자가 더 좋다고. 그런 말이 목까지 차오르는데 보조개까지 파이는 예쁜 웃음에 그냥 삼켜 버리게 돼요. 더 이상 거절할 핑계조차 떠오르지 않아서 에라 모르겠다, 하는 심정으로 짝꿍을 마주보고 털썩 앉아버렸어요.

 늘 저 구석 자리에서 혼자 공부를 하고 있었어요. 누구나 볼 수 있었다고요. 누구든 마음만 먹으면 나한테 다가와서 이렇게 웃어 줄 수 있었을 텐데. 왜 하필 이제야, 왜 하필 이 사람이.

 첨엔 밥도 혼자 먹는다고, '왕따'라고 수군거리며 킬킬 웃던 애들도, 이젠 정말 당연한 것처럼 내 식탁은 아예 비워 두고, 난 아주 없는 사람처럼 싹 무시하면서 밥을 먹거든요. 다른 애들이 저희들끼리 무슨 재미있는 얘기를 하면서 와자지껄 배꼽을 잡고 웃어댈 때마다, 난 느닷없이 체해서 눈물이 핑 돌았어요. 가슴이 먹먹하고 밥이 안 넘어가고, 그래요, 꼭 체한 것처럼.

 그래서 더 깊이 책에 얼굴을 파묻어 버리고, 더 빠르게, 눈이 핑핑 돌아갈 만큼 열심히, 수학 문제를 풀고 영어 단어를 외웠어요. 그게 내 방식이니까.

내가 그런 방식이 아닌 다른 방식으로도 살 수가 있을까요? 나도 다른 아이들의 방식을 이해할 수가 있을까요?

"어때, 나랑 같이 먹으니까 훨씬 맛있지? 솔직히 좋지?"

얄밉게 킬킬킬 웃던 내 짝꿍한테 나는 톡 쏘아붙여 줬죠.

"계속 매달릴까 봐 귀찮아서 같이 먹어주는 것뿐이거든요. 착각하지 말아요."

"그럼 앞으로도 매일 귀찮게 해야지."

"참 나…."

"있잖아, 현정아. 우리 이제 밥도 같이 먹으니까, 그냥 친구가 아니라 '비밀 친구'인 거야. 비밀 얘기 있으면 나한테 다아 얘기해 주기!"

"그런 게 어딨…!"

"으흐흥, 내 마음이지롱!"

어쩔 수가 없었어요. 어이가 없어 나오는 헛웃음이었지만, 어쨌든 나는 내 짝꿍 앞에서 나도 모르게 웃기 시작하고 있었어요.

알아요, 변명으로 들리겠지만 정말 그 사람 앞에서는 어쩔 수가 없었다고.

그 앤 '다아'라는 말을 참 자주 했었어요.

하하, 참 이상하죠. 나는 지금까지도 '다'라는 말을 할 때마다 저절로 '다아'라고 길게 발음하게 되고, 뭐 그렇거든요.

옥상의 햇살

    우리 초등학교는 학년 초마다 매번 가정환경조사와 학생 설문 조사서를 내라고 그래요. 참 웃기죠. 나에 대해 알고 싶으면 직접 물어보면 될 텐데.

    그래도 한 가지 나한테 좋은 점이 있긴 있어요. 거짓말을 써서 내는 게, 다른 사람 얼굴을 마주 보고 거짓말을 하는 것보다 백배는 더 쉽다는 거.

    뭐, 3학년 때 처음 가정환경조사서를 받았을 때부터 거짓말을 하려고 생각했던 건 아니에요. 하지만 엄마가, 똑똑하게 살려면 거짓말도 좋은 거랬어요. 그리고 음, 몰라요. 그냥 왠지 거짓말을 해야 할 것 같았어요. 그래서 거짓말을 한 번 했더니, 그 후론 계속 거짓말을 하게 됐어요. 3학년, 4학년, 5학년, 6학년. 벌써 네 번째인데, 별 게 아닌데, 이번엔 좀 마음에 걸리네요.

    아무래도 결혼반지 사건 때문에 그런가 봐요.

    "오, 너희 아버지 PC방 하셔?"

깜짝 놀라서 옆을 보니까, 내 짝이 내 조사서를 들여다보고 있어요.

그래요, 내 짝은 다른 6학년 애들이랑 말투부터가 다르답니다. 하긴 목소리도 다른걸요, 뭘. 더 깊고 약간 쉰 듯한, 이런 걸 허스키하다고 하나요. 말하는 내용을 들어보면 꼭 애 같은데, 생긴 거며 목소리는 어른이니, 뭐 이런 경우가 다 있대요.

나는 화들짝 손을 뻗어서, 시험시간에 시험지 가리듯이 내 조사서를 홱 가려요. 얼굴이 새빨개진 게 스스로 느껴져요. 내 옆에 앉는 사람은 물론이구, 학교에서 내 일에 간섭하는 사람조차 없었는데, 바로 이틀 전에 무슨 호박처럼 날름 굴러 들어온 요 녀석이 자꾸 귀찮게 굴잖아요. 그리고 사실 내가 쓴 거짓말 때문에, 심장이 타는 것처럼 빠르게 뛰고 있기도 하구요.

"이야, 진짜 부럽네. PC방 이름이 뭔데? 네 친구라고 하면, 하루쯤은 서비스로 어떻게 되지 않을까?"

하여간 배짱도 좋아요, 또 저놈의 친구 타령. 지겹지도 않은가 봐요. 솔직히 내가 친구라고 인정한 적도 없는데 말예요.

게다가 왜 하필 아빠에 집중을 하는 거죠? 받아 본 적은 없지만, 경찰한테 조사를 받을 때 드는 마음이 이런 마음일 거라고요. 조마조마하고요, 불안하고요. 뭣보다 좀 많이 찔리고요.

하지만 어쩌라고요, 나도 거짓말은 하기 싫었다고요. 내 가족사가 이 모양이니 어쩔 수가 없는 거죠.

에휴, 이런 생각하면 엄마는 또 화를 내겠죠. 그런 말이 어디 있냐고, 그럼 당장 나가서 네가 직접 그 잘난 가족 한번 만들어

보라고.

"상관하지 마요."

귀찮고 짜증난다는 표정으로 그렇게 말하니까, 짝은 또 싱글싱글 웃기만 해요. 이 인간은 한 대 쳐도 웃을 인간이에요, 저렇게 짜증나게 밝게. 얘랑 있으면 언제나 지는 것 같은 기분이 드네요.

실은 3학년 때까지만 해도, 몇몇 간 큰 남자애들이 나한테 장난을 걸기도 하고 막 그랬었거든요? 왜 바보들이 흔히 하는 장난 있잖아요. 내 물건을 몰래 뺏어 간다든가, 괜히 집까지 미행을 한다든가. 물론 우리 집까지 미행한 애들은 자기들이 더 고생을 했지만요.

어쨌든 난 그런 바보짓들이 정말 싫고 귀찮아서, 허리에 손까지 얹고 하지 말라고 소리를 지르곤 했어요. 하지만 당연히 바보들은 더 신이 나서 나를 괴롭혀 댔지요. 나같이 똑똑한 애도 그런 장난에 당한다니, 아주 쌤통이었을 거에요.

그러다 3학년 여름이었나 가을이었나, 아무튼 그때쯤 남자애들이 내 연필을 뺏어서 자기들끼리 던지고 받는 장난을 쳤어요. 내가 돌려 달라고 소리소리 지르면서 달려가면 또 다음 사람한테 얼른 넘기는, 그런 장난 있잖아요, 왜. 그러다 어떤 남자애 하나가 실수로, 내 연필을 아예 창밖으로 내던져 버렸던 거에요.

난 헐레벌떡 운동장으로 뛰어나가서 내 연필을 찾았지만, 결국 찾을 수가 없었답니다.

한 시간 내내 울며불며 연필을 찾던 난 교실로 뛰어올라가서, 창밖으로 내 연필을 던져버린 그 남자애를 손톱으로 엄청나게 길고 깊게 할퀴었어요.

죽어도 엄말 실망시키고 싶지 않은데, 불쌍한 엄마를 짜증나게 하고 싶지 않은데, 하나밖에 없는 연필이 없어져 버렸잖아요. 물론 공부와 관련이 된 거니까, 화내고 짜증내다가도 결국엔 어떻게든 사 주겠지만, 그 화, 그 짜증이 문제라고요. 엄마가 날 아주 미워하게 돼 버리면 어떡해요. 책임질 거냐고요.

그 사건 이후로 이런 애가 없었는데. 정말 전학이란 불편한 거예요. 이 인간도 그 사건에 대해 알게 되면 나를 좀 가만히 내버려 두겠죠. 나중에, 아주 급할 때 써먹어야겠어요. 설마 그렇게 할퀴어도 이렇게 웃겠어요, 설마.

"형, 이거요."

"이거 오수현 조사서예요, 오빠!"

애들이 삼삼오오 이쪽으로 몰려와서는, 내 짝꿍 책상 위에 자기들 조사서를 올려놔요. 내 짝꿍은 웃으면서 그것들을 다 모아 탁탁 정리를 해요.

어제 종례 시간에 선생님이 "혹시 내일 쉬는 시간에 가정조사서 모아서 선생님한테 갖다 줄 사람 있니?"라고 물으시니까, 말이 끝나기가 무섭게 이 녀석이 손을 번쩍 쳐들면서 "저요!" 하고 외쳐서 우리 반 애들을 전부 다 웃게 만들었거든요. 하여간 나서긴.

뭐, 처음엔 내 짝을 마냥 무서워하기만 했던 애들도, 이젠 서서히 내 짝이 어지간히 재미있어 보이는 모양이에요. 오늘따라 얼굴에 그 하얀 걸 더 진하게 바른 오수현은, 내 짝 얼굴을 보면서 좋아라고 헤실헤실 웃기까지 하잖아요. 뭔가가 또 가슴에서 덜컥 하려고 해요.

 가만히 보니까, 짝은 조사서들을 애들 번호 순서대로 쫙 정리하고 있네요. 누가 그렇게 하라고 시킨 적도 없는데, 이런 귀찮은 짓을 왜 굳이 도맡아 하는 걸까요?

"이런 게 재밌어요?"

"오, 이제 나한테 말도 거네!"

"아니, 얻는 것도 없는데 뭐하러 남들 일에 그렇게 공을 들이고 도와주고 그래요? 답답하게."

"원래 사람은 다른 사람을 돕고 살아야 살맛이 나. 너처럼 자기 공부에만 틀어박힌 사람이야말로 무지 답답한 거라고."

 흥, 말은 번지르르하게 해도, 사실은 우리 박성이 선생님을 좋아해서 칭찬을 받고 싶다거나, 뭐 바보다운 이유가 있겠죠, 안 그래요? 사람은 다른 사람에게서 좋은 걸 뺏기만 하는 거니까. 엄마가 그랬으니까.

 내 짝도 사람이잖아요. 어쨌든 사람 모습은 갖추었는걸요.

"걱정 마, 넌 내 비밀 친구니까, 너한테도 가르쳐 줄게. 그 살맛 나는 거. 단, 네가 나한테 네 비밀을 알려 주면."

 뭐라는 거예요. 아무튼 헛소리 대마왕이라니까요. 한 마디 한 마디 헛소리 아닌 게 없잖아요. 진짜로, 지구가 아니라 다른 별에서 살다 온 사람 같아요.

 비밀은 비밀일 때가 아름다운 법이에요. 바보한테 우리 아빠 얘기를 해 봤자 무슨 소용이 있겠어요. 금방 잊어버릴 텐데. 엄마 말대로 나라는 애조차 기억해 주지 않을 거면서, 내가 해 주는 시시껄렁한 가족 얘기를 기억해 줄 리가 있나요?

살맛나는 걸 가르쳐 준다고요? 다른 사람을 돕고 사는 게 살맛나는 거라고요? 어이구, 아주 그냥, 세상에 살맛 안 나는 사람들다 도와주고 오지 그래요? 우리 엄마부터 말예요. 그럼 내가 인정해 주죠.

설문지를 들고 우우 몰려드는 애들 때문에 짝꿍이 다시 정신이 없어지네요. 그 틈을 타서 내 설문지를 완성해 보려고요. 짝꿍이랑 얘기하다 보면 정신이 산만해져서 아무것도 안 되거든요. 이러면 안 되는데 하면서두요. 워낙 정신 사나운 애여야 말이죠.

가정환경조사서는 어찌어찌 다 채웠는데(거짓말은 했지만 어쨌든요), 설문조사서는 너무너무 이상하고 짜증난답니다. 말로는 내가 어떤 사람인지, 장점이 뭐고 단점이 뭔지, 내가 원하는 게 뭔지 알아내서 나를 도와주기 위한 거니까, 최대한 성실하게 답해 달라고 하죠.

하지만 진짜로는, 그냥 시시한 주관식 심리테스트예요. 다만, 대충대충 답변하면 호랑이 한명수 선생님이 잡아가는 심리테스트요.

그래도 이제 마지막 두 문제밖에 안 남았어요.

하나는 '20. 요즘 말 못할 고민 때문에 힘들지는 않은가요?'예요. 속셈이 뻔해요. 말 못할 고민을 말하게 만들 속셈이죠.

괜한 질문이나 상담 같은 거 죽어도 받고 싶지 않고(공부할 시간도 없는걸요), 또 왠지 모르게 짝꿍이 자꾸 흘긋흘긋 쳐다보는 것 같기도 하구, 그래서 그냥 '없다'라고 천천히 써요.

하지만 머릿속에서는 자꾸 엄마의 짜글짜글한 얼굴이 떠올라요. 다른 아줌마들이랑 나이는 분명 비슷할 텐데, 20년은 더 늙어 보이는 엄마의 누우런 얼굴이. 그리고 텅 빈 왼손이.

반지를 팔았던 그날 이후로 요 며칠 내내 엄만 계속 아팠어요. 더 문제는요, 그래도 일은 다 나간다는 거예요. 도리어 평소에 하루 두 개씩만 번갈아 나갔던 일을 이제 하루에 네 개씩 다 하고 와요. 너무 힘들어서, 일하면서라도 잊어버리고 싶은가 봐요. 뭐가 힘든지는 아직 나도 모르겠지만요.

아픈 몸으로 그렇게 일을 하니 집에 돌아오면 어떻겠어요. 무섭게 비틀거리면서 들어와서는, 곧바로 픽 쓰러져서 새우잠만 자요. 저러다가 밖에서 쓰러져 버리면 도대체 어떡하려는 건지 모르겠어요.

그렇게 자다가 가끔씩 깨어나도 내 쪽은 봐주지도 않고, 꺼멓게 검버섯이 오르는 벽지만 멍하니 바라보고 있답니다. 특히 요 이틀 동안은 나한테 공부하라는 말을 단 한 번도 안 했어요. 하긴 그뿐이 아니라 아예 말을 한 마디도 안 했어요.

엄마가 싫지만, 속으로 매일 투덜투덜 어쩌고저쩌고 했지만, 죽어도 엄마처럼 되고 싶진 않지만, 그래도 난 엄마가 강하다는 거 하난 정말 부럽단 말예요. 그런데 요즘의 엄만 자꾸만 무너지는 것 같아요. 여자 몸으로 10층짜리 건물에 독한 페인트칠까지 혼자 했던 우리 엄만데, 요즘엔 두 다리로 서 있지도 못하고 자꾸 픽픽 쓰러지잖아요. 늙어버린 나무처럼. 짜증나게. 걱정되게….

드디어 21번, 마지막 문제예요. 무슨 수학 문제 백 개 푼 것처럼 지치네요.

요 문젠 좀 특이해요. 컴퓨터로 친 글씨가 아니라, 손으로 쓴 글씨거든요. 원래 설문은 20번까지 인쇄돼 있는데, 아마 요 문제를 까먹었다가 뽑고 나서야 기억이 나서, 덜렁이 박성이 선생님이 부랴부랴 직접 쓴 것 같네요. 반듯하고 예쁜 글씨로 이렇게 쓰여 있어요.

'21. 학교 안에 나만의 비밀 장소가 있습니까? 있다면 어딘지 써 보세요.'

꼭 내 비밀을 엿보려는 것처럼 기분 나쁜 문제긴 하지만, 아까 전부터 '자기 별자리를 알고 있나요? 안다면 써 보세요'나 '집에 혼자 있을 땐 주로 무엇을 하나요?' 등과 같은 변태스러운 질문들이 가득했으니까요, 뭐.

비밀 장소라…. 잠깐 생각을 해 봐요.

비밀 장소란 게 나 혼자 잠깐 조용한 시간을 보내고 싶어질 때 몰래 갈 수 있는 그런 곳이라면, 내 답은 이미 정해져 있어요. '옥상'이거든요. 하지만 그런 답을 써서 내면 선생님들이 괜히 귀찮은 질문들을 해댈까 봐 걱정이 돼요.

뭐, 자주 가는 건 아네요.

생각해 보니까, 3학년 때 처음 간 이후로 딱 네 번 갔네요. 갈 때마다 매캐한 냄새 같은 게 나서 아주 좋지만은 않거든요. 자꾸 누가 들어올 것 같아서, 귀도 무지 예민하게 기울이고 있어야 하구요.

하지만 고개를 들었을 때 보이는 파아란 하늘과 하아얀 구름, 눈 사이에 엄마랑 비슷한 자글자글 주름이 지게 하는 눈부신 햇살. 코로 숨을 한껏 들이마시면 그런 예쁜 것들이 내 안으로 들어와 주는 것처럼, 기분 좋게 상쾌해지거든요. 말로 설명하긴 힘들지만, 아무튼 참 좋아요.

물론 안전상의 이유로 옥상 문이 잠겨 있긴 해요. 하지만 비밀번호 문이거든요.

3학년 때, 정말 쉬운 수학 문제 하나를 실수로 틀려 버리고는, 엄마한테 혼날 생각에 눈앞이 캄캄하고 머리까지 어질어질할 때였어요. 그 다음 시간이 사회 시험시간이니까 사회 공부를 해야 하는데, 수학 문제 때문에 자꾸 눈앞이 뿌예져서 도저히 할 수가 없었어요. 그런 데다 내 그런 모습을 보고 애들이 손가락질까지 해 가며 자기들끼리 낄낄대고 속닥거렸거든요. 그땐 아직 그런 속닥거림이 익숙지 않아서 그만 눈물이 흐르려고 했어요. 뭔가가 필요했어요, 뭔가. 수학 문제를 틀린 건 난생처음이었거든요.

복도 계단에 사회책을 들고 멍하니 앉아 있었는데, 이성수 선생님이 콧노래를 부르면서 내 옆을 지나 위층으로 올라가는 거였어요. 우리 학교는 4층까지 있는데, 우리 교실이 4층이었으니까 그 위는 옥상이거든요. 게다가 난 선생님 주머니에서 분명히 네모난 담배 곽을 봤어요. 선생님이 바보 같은 짓을 하시는 걸 직접 보고 싶어서, 발소리를 죽여 가면서 나도 따라서 계단을 올라갔어요.

선생님은 옥상 문 앞에 서서 비밀번호를 누르셨어요. 계단 난간 뒤에서 숨죽이고 지켜보는데, 비밀번호는 0528이었어요. 우리 학교 개교기념일이 5월 28일이거든요. 이렇게 쉬운 건 줄 알았으면 진작 시도해 볼 걸, 싶었어요.

선생님은 내가 지켜보고 있다는 것도 모른 채 옥상 문을 활짝 열고 들어가, 하얀 구름 아래서 담배를 피우셨어요. 난 그 모습을 쉬는 시간 내내 멍하니 바라보고 있었고요.

햇살이, 숨어 있는 나한테까지 넘쳐 들어와서 너무너무 따뜻하고 절로 위로가 됐거든요. 엄마를 실망시키게 돼 버렸지만, 그래도 왠지 웃음이 났답니다. 해는 나한테서 뭘 뺏어가지도 않을 거고, 나를 떠나지도 않을 테니까요. 엄마도 해가 필요 없다는 말은 못할 테고요. 그런 생각을 하니까 입을 틀어막아야 할 정도로 웃음이 나고 즐거워졌었어요.

고민 끝에, 결국엔 그 멍청한 21번 문제에 '옥상'이라고 쓰고 내버렸어요. 담임선생님이 의문을 품으실 수도 있겠지만, 뭐 대충 설명해 주면 그만이에요. 그래도 뭐라고 혼내면 앞으로 안 올라가겠다고 하지요, 뭐. 왠지 마지막 문제에는 거짓말로 답하고 싶지가 않았는걸요.

옥상은 내 친구니까. 이 세상 그 누구보다도, 옥상이 나를 더 기쁘게 해줬었으니까.

나도 친구가 생기면 의리는 지킨다고요.

"엄마! 엄마아! 엄마, 제발, 제발 눈 좀 떠 봐!!"
아무 생각도 나지 않아요. 머리가 그냥 하아애요.
엄마가 이대로 날 떠나 버리면 어떡해요? 결혼반지를 버린 것처럼 나도 버리면 어떡해요? 나도 결국엔 아빠가 엄마한테 남기고 가버린 안쓰러운 기념품 같은 건지도 모르잖아요.

"엄마, 정신 좀 차려봐!!"

학교에서 집으로 돌아오자마자 난 뭔가가 이상하다고 생각했어요. 쉰내랑 매운 내는 원래부터 나는 우리 집 냄새였지만, 오늘은 눈물 콧물이 쏟아질 만큼 매캐한, 연기 냄새까지 났거든요. 나도 모르게 엄마를 부르며 신발을 내팽개치고 부엌으로 들어가 보니, 엄마가 바닥에 쓰러져 있었어요.

부엌 꼴이 어땠냐 하면, 가스레인지는 켜져 있는데 불은 안 나오고 있었구요. 가스레인지 위에 냄비가 하나 놓여 있었는데, 온통 타고 다 눌어붙어서 어디까지가 가스레인지고 어디부터가 냄빈지도 모를 정도였어요.

난 얼른 가스레인지를 끄고 급한 대로 밸브를 잠근 후 매캐한 연기를 없애기 위해 문이란 문을 다 열었어요. 냄비에서 물이 흘러넘치고 가스가 새 나가면서, 여느 날처럼 거실 바닥에서 잠들어 버린 엄마의 숨을 막히게 한 게 틀림없어요. 엄만 도중에 깨서 가스레인지를 끄려고 부엌 쪽으로 기어왔지만, 끝내 힘이 빠져서 기절해 버린 거겠죠.

하지만 지금 이런 때, 그런 똑똑한 설명이 다 무슨 소용이겠어요. 엄마는 내 비명 소리를 전혀 들을 수 없는, 아주 먼 어딘가로 떠나 버린 사람처럼 미동도 않고 누워 있는걸.

"엄마! 엄마! 제발 눈 좀 떠 봐!!"

나는 아직 엄마를 충분히 미워하지도 못했단 말이에요. 왜 이렇게 힘들어하고 아파해요? 어차피 나한테 얘기도 안 해 주고 혼자서만 끙끙 앓을 거면서.

난 잠깐 고개를 돌려서, 냄비랑 같이 홀랑 타 버린 가엾은 라면 봉지를 바라봐요. 또 혼자서 라면을 끓여 먹으려 했던 거겠죠.

라면 물 끓는 시간도 못 견디고 그새 픽 잠들어 버릴 만큼, 도대체 뭐가 그렇게 힘들어요? 눈 뜨고 얘기 좀 해줘요.

아니, 때려 주기라도 해 주세요, 혼내 주세요. 아무 이유 없이 화내서도 좋으니까, 제발 나 혼자 이렇게 두고 가지는 마세요. 엄마랑 함께했던, 몇 되지도 않는 좋았던 순간들이 자꾸만 떠올라서, 눈물이 줄줄 난단 말이에요.

"엄마… 엄마, 제발! 제발 정신 좀 차려봐! 응? 엄마…."

엄만 공부와 관련 있는 거, 공부에 도움 되는 거 아니면 아무것도 하지도 말거니와 알지도 말랬어요. 거기에 엄마 목숨을 구하는 것도 포함되는지 안 되는지 그건 모르겠어요. 무섭지만 어쩌면 포함 안 될 것 같다는 생각도 드네요. 엄마 논리를 철저히 지키자면, 엄마 자신조차도 내 공부에 도움이 되는 건 아니니까. 엄마 없이도, 뭐 어떻게 해서든 지금이랑 비슷하게 공부를 할 수 있을 테니까요. 슬프지만 사실이에요. 엄마도 돈 한 푼 없으면서 뭘요. 돈 없다고 결혼반지까지 팔았으면서 뭘요. 그런 주제에 결혼반지가 그리워서 이렇게 죽으려고 하고 있으면서 뭘요.

하지만 그딴 생각 다 집어치우고, 난 언젠가 학교에서 배운 대로, 엄마 가슴에 양손을 얹고 열심히 눌렀다 뗐다 하고 있어요. 제대로 하고 있는 건가 하는 불안감 때문에 머리가 온통 새하얘져요. 공부랑 관련 없다고 무시하지 말고, 정말 제대로, 시험에 나올 것처럼 확실히 배워둘 걸 그랬다는 생각에, 나 자신이 너무너무 미워지기까지 해요.

 진짜 엄마라면, 진짜 엄마가 이런 내 모습을 본다면 어떻게 생각할까요? 욕쟁이, 잔소리쟁이 엄마라면? 엄마 구해 주지 말고 그 시간을 아껴서 공부를 했어야지 이것아, 할까요? 글쎄요, 과연 그럴 수 있을까요.

 이런 상황에서 왜 그 애가 생각나는 건지 모르겠지만, 내 짝꿍은 공부보다 더 중요한, 살맛나는 걸 자기는 알고 있다고 했지요. 그리고 난 그 말을 유치하다고 무시하고 비웃었고요. 하지만 분하게도, 지금 이 순간만큼은 그 말이 맞을지도 모른다는 생각이 들어요.

 지금 이 순간, 진심으로 간절하게, 엄마가 살아났으면 좋겠거든요. 무슨 대가를 치르더라도, 내가 가진 몇 안 되는 걸 다 바쳐야 한다고 하더라도, 그래도 엄마가 제발 깨어나 줬으면 하거든요. 혹시나 엄마를 살리려다 나까지 죽게 된다 해도, 그래도 지금 이 순간만큼은 엄마가 눈만 떠 준다면 좋겠거든요.

 "켈록. 케, 케, 켈록. 켁!"

 엄마가 쉰 기침을 하면서 뭔가를 뱉어내기 시작해요. 나도 모르게 크게 한숨을 쉬어요. 심장에서 새로운, 맑은 피가 온몸으로 확 뿜어져 나오는 그런 기분이에요.

 다행이에요. 이제 정신이 돌아오기 시작했으니까, 우리 드센 엄마는 절대로 포기하지 않을 거라고 믿어요. 흐리멍덩한 눈을 보니 지금은 내가 누군지도 모르는 것 같지만.

 기분이 참 이상하네요. 내가 엄마를 살리다니.

참 신기한 게, 평생 내가 했던 일들 중에서 가장 의미 있는 일인 것 같아요. 좋아하는 일도 아닌데, 잘하는 일도 아닌데. 공부랑 관련된 일도 아닌데.

"여보… 여보…."

드디어 엄마가 내가 알아들을 수 있는 말을 해요. 하지만 기쁘지 않네요. 실은 슬퍼요. 진짜 슬퍼요. 기왕이면 내 이름을 불러 주면 좋잖아요. 여보라니. 그 와중에도 아빠라니.

엄마도 슬픈가 봐요. 방금 전까지만 해도 죽을지 살지도 몰랐던 주제에, 눈가에 아주 작은 투명한 물방울들이 맺혔다 부서졌다 그러잖아요. 그런 꼴로 계속 '여보'를 찾는다고요.

속상해요. 가슴이 쿡쿡 쑤실 만큼.

엄만 바보예요. 엄만 내가 엄마처럼 되지 않길 바라고, 나도 내가 엄마처럼 되지 않길 바라죠. 엄만 강하지만 실은 매일 혼자 몰래몰래 울어야 하잖아요. 꿈속에서도 울고, 기절해서도 울지요.

"결혼… 축하해."

엄마의 그 말을 듣고서야 난 이 모든 게 이해가 돼요. 결혼반지를 판 것부터 시작해서, 요 며칠 동안 그 모든 이상한 일들이.

"보고 싶어… 죽을 것 같아…. 보고 싶어…."

엄만 그 말만 남기고 다시 잠드는 거예요. 그렇게 슬픈 말을 해 놓고는, 아무렇지도 않은 표정으로요. 언제나 저런 식이죠.

그래도 코를 고르게 골면서 잘 자서 다행이에요. 수건을 가져와서 땀이랑 눈물로 더러워진 엄마 얼굴을 깨끗이 닦아 드려요. 오랜만에 너무 잘 자는데, 그래도 괜찮은지 물어봐야 안심이 될 것 같아 엄마를 깨워요.

한참 흔드니까 엄만 실눈을 뜨고 나를 가만히 보더니, 무슨 말을 하려는 듯이 입을 벌렸다가 그냥 다물어 버려요. 병원 가고 싶으냐고 물어보니까, 고개를 설레설레 저으며 "됐어"라고 갈라진 목소리로 말하고는 그냥 다시 잠들어 버려요.

그래요. 엄만 자기가 정말 죽는다 해도 병원 간다고는 안 할 거예요. 엄마는 의사들이 못 미더워서 그런 거라고 하지만, 물론 병원비 내는 것조차 싫어서 그러는 거죠. 그 돈 다 모아서 내 대학 등록금을 준비하고 있을 게 뻔해요. 그게 우리 엄마니까요.

엄마가 잠결에 자꾸 마른기침을 해요. 그때마다 나는 간이 떨어질 것 같아요. 다시 '여보'를 부를까 봐, 그게 너무 무서워요.

울고 싶어요. 엄마뿐이 아니라 나도 울고 싶다고요. 나는 겨우 열세 살이라고요, 이 나쁜 엄마….

엄만 아빠가 보고 싶대요. 하지만 엄마가 찾는 그 아빤 이미 없지요. 엄마가 찾는 건 그 옛날의 아빠잖아요. 나도 그리워하는 그 아빠.

엄마는 그 아빠가 보고 싶다는데, 그뿐이라는데, 나는 엄마의 소원 하나 들어드릴 수가 없네요. 어떡해야 해요, 엄말 실망시키고 싶지 않은데.

갑자기 너무 외로워져요. 주위를 둘러보았을 때 아무도 없다는, 그 아찔한 느낌에 온몸이 오싹 떨려요. 그래요, 나도 외로움이라는 걸 알아요. 이런 건 혼자 감당하기엔 너무 벅찬 일이라고요.

그저 누군가의 옷소매를 꽉 잡고 가슴에 얼굴을 묻고, 마음껏

소리를 지르고 한없이 울어 젖히고 싶어요. 그런 추한 내 모습을 비웃지 않고 웃으며 이해해 주는, 같이 얘기를 나눠 주고 따듯한 손으로 내 눈물까지 찬찬히 닦아 주는, 그런 누군가가 어딘가에 있다면 참 좋겠다 싶어요.

엄만 친구 같은 거 만들면 안 된다고 했지만, 사실 도덕책에서는 사람은 함께 살아가야 한다고 했는걸요. 이렇게 혼자 속으로만 중얼중얼 나 자신한테 얘기하는 것도, 가끔은 싫어요. 지루한걸요.

기도 같은 거 전혀 소용없다는 거, 하느님 같은 건 없다는 거, 나는 잘 아는데요, 그런데도요. 언젠가는 옥상의 햇살처럼 따스한 누군가를 아주 우연처럼 그렇게 만날 수 있을 것만 같아서.

착각인 걸 알면서도, 그런 사람은 없다는 걸 엄마한테 배웠으면서도, 그럼에도 누군가가 어딘가에서 이런 나를 손꼽아 기다리고 있는 것만 같아서.

그런 바보 같은 착각 덕분에 버틴 날들도 꽤 되는걸요.

고백

"이야아아아, 좋다!"

내가 기억하고 있는 딱 그만큼, 햇살은 포근하고 눈부시게 나를 감싸 안아줘요. 선선한 바람은 내 머리를 조심조심 쓰다듬어 주고, 여유로운 구름은 얼굴 좀 펴라며 껄껄 웃는 것 같네요.

탁 트인 옥상. 내 마음을 달래주는 소중한 친구.

하지만 오늘은 옥상조차도 풀어주지 못하는, 가슴속의 먹먹한 응어리 같은 게 있네요. 손으로 만지면 딱딱하게 잡힐 정도예요.

오늘 아침 집을 나서기 전에 엄마한테, 오늘은 일 나가지 말라고, 제발 좀 쉬든지 병원에를 가보든지 하라고 그랬거든요. 대답 좀 해보라고, 아주 공격적으로 짜증을 내듯이 말했는데도, 엄만 눈만 껌벅거리고 소처럼 누워서는 아무 대답도 하지 않더라고요. 3학년 때 읽었던 현진건의 '운수 좋은 날'이라는 소설이 절로 생각나던데요.

아, 내 가정환경에 소설책은 어떻게 읽느냐고요? 걱정 마세요, 나 공부 잘한다고 학교 선생님들이 돈 쪼금씩 모아서, 소설을 전집으로 사 주고 그래요. 무슨 장학금 받듯이 무료 급식을 먹고 있는 거랑 비슷한 이치죠, 뭐. 내가 소설 읽는 걸 진짜 진짜 좋아한다는 거, 내 설문조사서에 별표랑 밑줄까지 쳐 가면서 단단히 알렸거든요. 엄만 돈을 많이 벌고 성공하려면 얌체가 돼야 한다고 가르쳤어요.

나 참 원. 엄마가 저러다 길거리에서 픽 쓰러져 다시 못 일어나면 어쩌나, 갑자기 우리 학교에 119 구급대원 아저씨가 찾아와서 어머니가 쓰러지셨으니 병원에 가봐야 한다고 그러는 건 아닌가. 바보 같은 걱정들이 머릿속에 가득했어요.

어제 기껏 끓이던 라면도 사고 때문에 못 먹었잖아요. 요 일주일 동안 몇 끼를 먹었냐고 물어보고 싶은 걸 간신히 참았어요. 어차피 대답을 안 해줄 걸 알았기 때문에.

그렇게 엄마 걱정으로 안 그래도 정신이 사나웠는데, 한술 더 떠서 내 짝은 아침 자습시간부터 무슨 미꾸라지처럼 내 머리를 온통 흐려놨어요. 울 엄마가 막노동을 하면서 고통을 잊는 것처럼, 난 공부하면서 고통을 잊고 싶은데, 이 바보가 내 마음도 모르고 자꾸 내 팔을 콕콕 찌르고, 내 머리를 콕콕 찌르고, 내 얼굴을 콕콕 찌르고….

이런 말 하긴 좀 그렇지만, 얜 뭔가 병이 있는 게 틀림없어요. 안 그러고는, 나같이 재미없고 자길 좋아하지도 않는 애를 이렇게 못 잡아먹어 안달할 리가 없잖아요.

그 뭐라더라, 내 비밀을 얼른 얘기해 달라고, 그래야 자기도 나한테 좋은 걸 줄 수 있다고, 그런 의미의 말을, 단어 몇 개씩만 바꿔가면서 계속 해대는 거예요. 정신 사납게.

"도대체 나한테 비밀이 있다는 생각은 어떻게 하게 된 건데요?"

엄마가 나를 노려보듯이 독수리눈을 번쩍 뜨니까, 그때부턴 입을 부루퉁하게 내밀면서 "우린 비밀 친구잖아!" 어쩌고저쩌고 혼잣말을 해대는 거예요.

진짜 유치하지 않아요? 나보다 나이가 많다니까 적어도 중학생은 됐을 텐데, 아니 '비밀 친구'라뇨?

아무튼 그렇게 입술을 쭉 내밀고 삐진 척을 하는데도 내가 상대도 해 주지 않았더니, 글쎄 3교시가 끝나자마자 새치름한 얼굴로 혼자 휙 나가 버리는 거예요. 교실 앞문을 쾅 닫으면서요.

쌤통이다 생각하면서 공부를 하려고 책을 폈는데, 텅 빈 옆자리에 시선이 닿을 때마다 나도 모르게 왠지 허전하더라고요. 뭐, 그냥 늘 필통에 들어있던 연필이 갑자기 없어진 기분이랄까. 쉬는 시간마다 내 옆에 앉아 조잘조잘, 어지간히 귀찮게 했거든요.

뭐, 오늘 점심은 오랜만에 안 먹게 될 것 같네요. 아니, 그 사람이 같이 안 먹어줄 것 같아서가 아니고요. 만난 지 얼마나 됐다고 내 인생에 그렇게 중요한 존재겠어요. 난 그렇게 쉬운 사람이 아니라고요.

그냥 오늘은 원래 안 먹으려고 했던 것뿐예요. 엄마가 그렇게 아픈데 내가 어떻게 밥을 먹어요. 그렇게 배고프지도 않구요.

어쨌든, 오랜만에 짝꿍의 레이더에서 벗어난 김에 내 비밀 장소에나 들러볼까 싶은 생각이 들어서, 이렇게 옥상에 올라온 거예요.
 조심조심 옥상 난간에 기대서니, 저어 앞에 있는 고층 아파트까지 다아 보여요. 저렇게 높고 큰 건물이, 잘도 꼿꼿하게 서 있네요. 저기에도 우리 반 애들 중에 네다섯 명이 살고 있는 걸로 알아요.
 시원한 바람이 다시 불어와 장난스럽게 내 머리를 흐트러뜨려 놔요. 원래는 머리 한 올만 흐트러져도 질색하는 나인데, 바람이 장난을 치니까 뭐 별것 아닌 것처럼 느껴져요. 그런 것 때문에 화내는 게 더 이상한 것처럼. 그래도 여전히, 가슴이 탁 트이며 시원해지는, 그런 건 없네요. 풀어내고 싶은데. 가슴에 응어리진 요거, 자꾸 걸리고 걸리는 요거. 없애버리고 싶은데….
 엄마의 말.
 "결혼… 축하해."
 엄마가 두 눈을 파르르 떨면서 그 말을 하던 걸 떠올리니까, 또 뭔가가 울컥 하고 치밀면서 눈가가 뜨거워지려고 그래요.
 하아, 여기서 소리를 빽빽 지르면 누가 들을까요? 그러면 좀 시원해질 것도 같은데.
 하긴 뭐, 누가 들어도 별 상관없겠다는 생각이 들어요. 어쨌든 엄마 말마따나, 누가 듣든 말든 내 성적과 내 인생과는 아무 관계 없으니까. 누구한테 잘 보일 이유도 없고, 잘 보이고 싶지도 않으니까. 그러니까.
 그냥 얼른 질러내 버리고, 맘 편하게 공부하러 가야겠어요. 맘

편하게. 다 떨쳐버리고.

"아빠."

아주 크게 소리를 지른다고 지른 건데, 부끄러워서 그런지 정작 나온 목소리는 꼭 개미소리 같아요. 그래도 속은 좀 풀리는 것 같네요.

그래, 누가 들을 테면 들으라지. 아빠한테 말을 걸어보는 게 얼마나 오랜만인데.

"아빠, 내가 '아빠'라고 이렇게 입 밖에 내서 크게 말해 본 거, 엄청 오랜만이지? 엄마만큼이나 나한테 소중해야 하는 것이 아빠인데. 아빠한테 하나밖에 없을 딸이 나인데…. 미안해, 아빠. 내가… 내가 미안해. 근데 좀 뻔뻔하지만… 오늘은 아빠가 필요해. 왜냐하면… 아빠한테 엄마 말을 전달해 줘야 하거든."

가슴이 부풀도록 숨을 크게 들이마시고, 더 크게 외쳤어요. 혹시 아빠가 들어줄까 봐. 엄마를 위해 최선을 다했다고, 나 자신을 위로라도 해 주고 싶어서.

"아빠! 있잖아요, 엄마가 많이 힘들어해요! 아빠를 만나고 싶어 해요! 나한텐 그렇게 못되게 굴면서, 속으론 죽을 만큼 아빠가 보고 싶대요! 엄만… 엄만…."

엄마를 좋아하지도 않는데. 아니 미워하는데, 싫어하는데. 그런데도 '엄마'라는 단어 끝에 아무 이유 없이 눈물이 고여요. 목에서 꺽꺽 소리까지 나잖아요, 무슨 못생긴 새처럼.

"엄마가 그리워하는 건 이미 없어진 아빠니까, 이뤄질 수 없는 소원이라는 건 알아요. 그래도…. 아빠를 만나지 않았다면… 아니, 엄마가 나를 낳지만 않았더라면… 엄마는 지금보다는 괜찮게 살았을지도 모르잖아. 다른 사람 만나서… 다르게 살았더라면, 그래도 조금이라도 덜… 불쌍했을 거 아니야."

우리 둘은 엄마한테 미안해 해야 하는 거잖아…. 왜 언제나 나 혼자 미안해 해?

아빠… 아빠….

"우네?"

심장이 쿵 하고 떨어지는 소릴 들은 것 같아요.

나만 있어야 하는, 나만 있는 줄 알고 날개를 활짝 폈던 나의 비밀장소에, 침입자가 있어요.

뿌연 눈물 사이로 아주 큰 키에, 선이 딱딱 잡힌 특유의 날카로운 얼굴이 보여요.

그렇게 삐치고 홱 나가 버리더니, 왜 여기에 있는 거예요. 내 이런 약한 모습, 부끄러운 모습, 아무에게도 보여줘선 안 되는 건데. 특히 매일 내 옆에 앉아 나를 톡톡 건드리는 짝꿍한테만큼은 절대로 보여주기 싫은데….

나도 엄마처럼 강해지고 싶었어요. 울더라도 몰래몰래, 다가오는 사람들을 밀쳐내서라도 어떻게든 잘난 모습만 보이고 싶었어요.

그런데 자꾸만 내 껍질을 깨고 들어오려고 해요, 이 왕바보가. 몇 겹이나 되는 단단한 껍질 속에 꼭꼭 숨겨 뒀던, 상처 받아 피 흘리는 내 진짜 모습을 보고 싶어 해요.

난 이 왕바보에 대해서 아무것도 모르는데. 이 애가 어쩌면 세상에서 제일 지독하고 치사하고 나쁜 놈일지도 모르는데.

약해졌어요. 엄마도 약해졌고, 나도 약해져 가고 있어요.

"딱… 2분 동안만 울자."

내 짝은 그렇게 말하면서 어느새 내 앞으로 다가와 내 머리를 토닥토닥 쓰다듬어 줘요.

내가 어제 그런 생각을 했던가요? 누군가의 옷소매를 꽉 잡고, 누군가의 가슴에 얼굴을 묻고, 원 없이 울어보고 싶다고?

그때 내가 원한 누군가는, 사실 나만큼 똑똑하고 나만큼 특별한, 그래서 외로운 내 마음을 툭 터놓고 얘기하면 여지없이 재깍재깍 이해해 줄 그런 사람이었어요.

그런데 내 짝은 바보인걸요. 진짜 바보 중에서도 왕바보구요. 요 며칠 내가 예전만큼 수업을 잘 듣지는 못했지만, 그래도 슬쩍 옆에서 문제 푸는 걸 보면요, 수학도 그렇고 영어도 그렇고, 완전 맹탕이거든요. 무지 답답한, 기본 원리부터를 모르는 타입. 그런데….

내 머리를 토닥토닥 쓰다듬는 손이 바람보다도 부드러워요. 조금은 어색하게 나를 달래주는 품도 햇살만큼이나 따뜻해요.

나한테서 뭘 뺏어가려는 거라고요?

오히려 내가 얘한테서 뭔가를 받고 있는 기분인걸요. 가슴이 막 벅차오를 만큼.

"우리 엄마 말이에요…."

울먹이는 나를 계속 따뜻하고 커다란 손으로 부드럽게 토닥거려 주면서, 내 짝은 내 말을 가만히 들어줘요. 아무도 내 이런 얘기 들어주지 않았는데, 앞으로도 절대 들어줄 일 없을 거라고 생각했는데. 그래서 난 남한테 어떻게 얘기를 해야 하는지조차 잘 모르는데.

그런데도 얘기하고 싶어요. 하긴 부끄러울 거 뭐 있겠어요, 벌써 이 왕바보 점퍼 앞섶이 내 눈물로 다 젖었는데.

"우리 엄마, 예전엔 지금처럼 외톨이에 고집쟁이에 이기적인 사람이 아녔어요. 아주 어렸을 때부터, 울 엄마랑 울 아빤 소꿉친구였거든요. 무지 가난한 동네에서, 바로 옆집 살던 사이니까."

돈보다 가치 있는 게 있다고 말하는 사람들은 다 위선자들이에요. 사랑도 돈 안 보면서는 못하구요, 양심도 돈 액수에 좌우되는 거예요. 울 엄말 봐요, 외할머니 외할아버지가 쫌만, 아주 쫌만 더 좋은 동네에서 사셨어도, 우리 아빠랑도 나랑도 평생 모르는 사이였을 텐데.

"아빤 어른이 돼서도 많이 가난했지만, 엄말 다른 사람한테 보내고 싶진 않았대요. 엄마도 같은 생각이셨고요. 결혼 이후, 두 분은 정말 악착같이 일을 하셨어요. 최대한 열심히 살아보자고. …그러다 내가 태어났을 때, 엄마는 솔직히 입이 하나 늘었다는 생각에 걱정도 많이 하셨다고 그래요. 하지만 아빤 그 누구도 안 부럽다면서 나를 애지중지 키우려고 하셨대요. 그러다가 내가 네 살 때…."

슬프게도, 나는 아직도 선명히 기억해요. 기억력이 워낙 좋아 두세 살 때 일도 토막토막 기억하는 나예요. 그러니 네 살 때 있었던 그 큰일을 기억 못할 리 없죠. 기억력이 좋다는 게 언제나 좋은 것만은 아니랍니다.

내가 네 살 때, 엄만 전화를 받았었어요. 더 자세히 말하자면 나는 한창 A, B, C, D 노래를 부르는 중이었고, 엄만 박수를 치면서 춤까지 추고 계셨지요(지금처럼 공부에 '목숨 걸라'는 주의는 아니셨지만, 그래도 나중에 엄마처럼 고생하지 말라고, 일찍이 공부에 손을 대게 하셨던 거죠. 다행인지 불행인지 나도 엄마의 그런 뜻을 잘 따랐고요). 내 노래를 끊으며 날카롭게 울리던 전화벨 소리에, 엄마가 엉거주춤 일어나 전화기 쪽으로 다가가던 게 기억나요.

전화를 받은 엄마는 갑자기 말이 없었어요. 눈을 커다랗게 뜨고 입을 헤 벌린 채로, 떨리는 손으로 수화기를 내려놓고 털썩 주저앉았지요. 엄마의 다리가 바들바들 떨리는 걸 보면서, 나는 내가 갖고 싶던 장난감 인형 같다는 생각을 했었어요.

다음 기억은 우리가 병원에 도착했을 때의 기억이에요. 잘 듣진 못했지만, 의사 선생님 말로는 아빠가 일을 하시다가 갑자기 쓰러지셨는데 아직 깨어나지 못하셨다고 하셨어요. 검사를 해 보니, 뭐더라, 뇌종양이었나. 어쨌든 뇌수술을 해야 했다고 하셨지요. 다시 깨어나실 수 있을지, 뇌라는 게 워낙 알 수 없는 기관이기에 깨어나신다 해도 어떤 부작용이 있을지 전혀 모른다고 하시더군요.

우린 며칠 동안 아빠 곁을 떠나지 않았던 것 같아요. 엄만 해고를 몇 번 당하는 한이 있더라도 아빠 병상을 떠날 수는 없다면서, 엄마가 일하던 곳들에 계속 전화를 거셨지요.

신기한 건, 나는 울고 싶지 않아도 절로 눈물이 나던데 엄마는 그 와중에도 울지를 않더라는 거예요. 난 단순히 아빠가 눈을 감고 누워만 있는 게 무서워서 울었지만, 엄만 그것 말고도 걱정이 태산이었을 텐데 말예요. 그때가, 나랑 엄마가 지금 살고 있는 18평짜리 아파트를 얻은 지 얼마 안 됐을 때니까요. 게다가 아빠 수술비나 병원비도 엄청났을 테고요. 아빠가 깨어나지 않으면 엄마 혼자 새끼 하나까지 길러야 될 판이니, 엄마 심정이 어땠을까요. 그런데도 울지를 않더라고요. 그게 우리 엄마라고요.

대신 엄만 그때부터 욕을 시작했어요. 하이얀 가운들을 입은 간호사 언니들이랑 의사 선생님들이 지나다니면서 눈치를 주기도 하고, 간혹은 "애도 있는데…"라고 중얼거려 보기도 했지만, 아무도 엄말 대놓고 나무랄 순 없었죠. 불쌍하면 딱 한 가지 장점이 있다니까요.

그러던 어느 날, 내가 고사리 같은 손으로 아빠의 큼지막한 손을 조물조물 어루만지고 있을 때였어요. 아빠 손이 꿈틀 해서 난 깜짝 놀랐었죠. 심장이 콩 하고 떨어지는 줄 알았다니까요.

침대에 엎드려 자고 있던 엄마를 급하게 깨워서 얘기를 해봤지만, 엄만 안 믿었어요. 졸리면 얼른 자기나 하라고 쏘아붙이면서 다시 엎드리려고 하더라고요. 하지만 잠시 후 아빠가 천천히 눈을 뜨시는 건, 엄마의 가는 눈도 놓칠 리 없었죠.

우린 당장 미친 듯이 의사 선생님을 불렀고, 나는 너무 좋아 팔짝팔짝 뛰어다녔어요. 엄만 계속 웃으면서 부들부들 떨었고요.

간호사 언니들이랑 의사 선생님이 부랴부랴 들어와 아빠의 상태를 확인해 보더니, 밝게 웃으시면서 우리를 향해 손으로 동그라

미를 만들어 보이셨어요. 아빠가 다시 깨어날 수 있게 됐다는 생각만으로도, 우리 모녀는 숨이 막힐 듯이 기뻤답니다.

의사 선생님은 "이제 곧 의식이 완전히 돌아오실 겁니다"라는 말씀을 하셨고, 그 말씀 그대로 우리의 초조한 기다림 속에 아빤 천천히 정신을 차리셨어요.

마침내 아빠의 눈이 우리를 향하고 아빠의 까칠한 입이 열리는 걸 보며, 나는 까르르 웃으며 아빠에게 안기러고 했었어요.

"누굽니까, 이 냄새나는 여자는?"

내 손이 공중에서 어색하게 멈췄어요. 병실 안에 있던 사람들 모두 잠시 동안 아무 행동도, 아무 말도 하지 못하고, 가만히 아빠의 말을 되새기고 있었어요. 아빠의 손은 엄마를 가리키고 있었지요.

의사 선생님은 얼굴이 시뻘게질 만큼 당황을 하셨어요. 나는 손이 너무 아팠고요. 엄마가 내 손을 으스러지도록 세게 쥐었거든요. 그런 엄마를 가리키며 아빠는 매정하게도 인상까지 찌푸리며, 다시 한 번 말했어요.

"저기요, 죄송하지만 이 냄새나는 여자 분은 누구시냐고요."

으음. 우리 집안 사정이 안 좋았던 건 다시 말할 것도 없겠고, 아빠 욕심에 그래도 외동딸인 어린 내겐 예쁜 공주 옷을 입혀 보고 싶어 했으니까, 엄마 꼴이 정말 말이 아니긴 했죠. 옷도 몇 개 없는 데다 잘 빨아 입지도 못하고, 그나마도 여기저기 기워 입어야 해서, 사실 길을 지나다니다 보면 사람들이 피해 다니기도 했었어요. 아빠가 어찌어찌 장만한 예쁜 옷을 입은 내가 엄마 손을 잡고 거리를 걷노라면, 지나가던 사람들이 멈춰 서서 나한테 괜찮으냐고 물어보는 경우도 있었어요. 그런 엄마가 아빠의 병실을 계속 지키느라 몇 날 며칠을 씻지도 않다시피 했으니, 엄마한테서 심한 냄새가 날 법도 했죠.

엄만 얼빠진 인형이 돼 버린 것처럼 김빠진 헛웃음만 짓고 있었어요. 그래요, 그때도 울지를 않았다고요. 거기서 울어버리면 그 끔찍한 상황이 정말 현실이 돼 버릴까 봐 두려웠다고, 엄만 나중에 술을 잔뜩 마시고 그렇게 말하더군요.

"조승헌 씨, 이분 기억 안 나세요? 이 아이도요?"

아빤 인상을 찌푸리면서 고개를 저었어요. 모른다고, 모르고 싶다고, 아빠의 찌푸린 이마가 그렇게 말했어요.

그렇게 어렸는데도, 내 심장이 자꾸 아프게 달각달각 댔어요. 아빠가 나를 모른대요. 엄마도 모른대요. 아주 싹 잊어버렸고, 더 이상 알고 싶지도 않대요….

"저기, 죄송한데, 여기 병원인 것 같은데, 맞죠? 제가 지금 머리가 심하게 아픈데… 그쪽 냄새가 너무 심해서 현기증까지 나거든요…. 정말 죄송하지만, 혹시 나가 주실 수 있으신가요? 부탁드립니다."

아빠가 엄마한테 그랬어요. 엄마는 뺨을 몇 대나 후려 맞은 사람의 표정으로 아빠를 멍하니 바라보고 있다가, 아빠가 다시 한 번 "부탁드립니다"라고 말하자 휘청 하고 몸을 일으켰어요.

엄마가 내 손을 잡고 걸어갈 때, 의사 선생님은 엄마의 부들부들 떨리는 얼굴을 똑바로 바라보지도 못했지요. 의사 선생님 잘못도 아닌데. 뇌는 민감한 기관이라서 깨어났을 때 어떤 부작용이 있을지 모른다고 미리 경고했었는데. 다 알면서도, 나조차도 우리 엄말 똑바로 바라볼 수가 없었어요. 아빠만 빼고, 나머지 우린 엄마에게 너무나 미안했어요.

그래도 사랑한다고, 그래도 평생 사랑해 온 사람이라고, 아픈 사람 원망하면 안 되는 거라고, 엄만 집에 돌아와서 나한테 연신 그랬어요. 다시 가볼 거라고, 다시 병원에 가서 계속 아빠 수발을 들 거라고. 자기 자신을 설득하듯이.
그래요, 우리 엄마도 한땐 그런 엄마였어요. 애비 없는 자식이란 소리를 들을지도 모를 어린 딸을 둔 초보 엄마의 두려움도 있었겠고, 우리 아빠라면, 가난까지 사랑으로 이겨내려고 했던, 엄마 평생 유일한 사랑이었던 아빠라면, 계속 기다리다 보면 언젠간 엄마를 알아봐 줄 거란 순진한 억지 희망도 있었을 테지요. 하지만 가장 중요한 건, 그런 상황에도 아빠 곁을 떠날 수가 없었던 엄마의 일편단심 로맨스였겠죠.
하지만 엄마가 자그마한 내 손을 꼭 붙들고 다른 손엔 도시락까지 들고서 다시 병원에 찾아가 봐도, 아빤 점점 더 냉랭해지기만 했어요. 누구한테서 나와 엄마, 불쌍한 우리 가족에 대한 얘기를 들었는지, 며칠 후부터는 아주 대놓고 가난한 엄마 가슴에 금을 긋고 칼을 꽂았어요.
"어린 딸도 있고, 정말 정말 미안하긴 한데, 댁의 모녀가 진짜 내 가족이었는지조차도 나는 모르겠고, 집안 사정이 넉넉한 것도 아니라던데(아빤 이 부분에서 엄마 시선을 피하고 고갤 푹 숙였어요), 기억이 전혀 없는 나로서는 같이 지내고 싶은 마음이 없습니다. 기억도 안 나는 사람이 자꾸 이렇게 찾아오면 내 입장에서는 불편하고 미안하기만 합니다….”

원망스럽냐고요? 아니요. 어이가 없다고요? 에이, 나는 이제 아무렇지도 않아요. 까놓고 말해, 생전 본 기억조차 안 나는 거지 모녀를 책임지고 싶어 할 사람이 어디 있겠어요. 아빠 말마따나 웬 냄새나는 여자랑 어린 계집애 하나가 캄캄한 기억 속에 비집고 나타나 자기 가족이랍시고 울고불고하는 게, 얼마나 당황스럽고 싫었겠어요.

사랑으로 가난까지 이겨내려 했었지만, 사랑이 없어진 아빠에게는 우리는 그저 잊어내고 싶은 가난한 사람들일 뿐이었겠죠. 나는 완전히 이해가 가요. 나도, 모든 불행과 고통을 싹 잊어버리고 새로운 사람처럼 다시 태어날 수 있다면야, 그렇게 하고 싶어질 정도니까.

내가 네 번째로 찾아갔던 날, 아빠 내 머리를 감겨주던 그 손, 엄마 손에 결혼반지를 끼워주던 그 손을 휘휘 저으면서, 이대로는 정말 안 되겠다고, 제발 다신 찾아오지 말라고, 다시는 만나주지 않겠다고, 우리의 시선을 슬쩍 피하며 그렇게 말했어요.

물론 그 뒤로도 계속 찾아가 봤죠. 하지만 아빠의 경고대로, 우리는 문전박대만 당했답니다.

그렇게 받아주지도 않는 아빠를 위해 도시락을 싸들고 병원에 찾아다니길 얼마나 했더라. 간호사들과 의사들이 전부 우리의 사정을 알게 되고, 우리가 찾아올 때마다 맛있는 음료수들을 갖다 주게 됐을 즈음, 어떤 간호사가 슬쩍 귀띔을 해 주더라고요. 환자들 중에 한 명이었나, 간호사들 중에 한 명이었나. 어쨌든 병원에 누군가랑 아빠가 서로 좋아하게 됐다고….

그것도 나는 전혀 원망하지 않았어요. 새로운 인생을 살기 시작하면서, 새로운 인연을 찾은 거죠, 뭐. 아빤 원래 잘생기고 성격도 좋았으니까요. 사람은 함께 사는 거라면서요.

그 소식을 들은 그날, 엄만 밤새 정말 많은 술을 마시고, 또 정말 많이 울었어요. 그래요, 엄마가 처음으로 운 날이에요. 동이 틀 즈음해서는, 허리가 끊어지도록 온몸을 고통스럽게 뒤틀면서 피까지 토했지요. 그러고도 계속 술을 마셨어요. 엄마도 아빠처럼, 모든 걸 다 잊어내고 싶다는 듯이. 네 살배기 나는 그런 꼴을 가만히 앉아 보고 있어야 했고요.

불행인지 다행인지, 그러고도 엄만 말끔하게 살아났지요. 대신 그날 이후로 엄만, 진짜 단 한 번도 아빨 보러 가지 않았어요.

엄만 가끔 잠꼬대로 "누굽니까, 이 냄새나는 여자는?"이라는 말을 중얼거리기도 해요. 얼마나 충격이었을까요, 불쌍한 엄마.

자기 딸만큼은, 자기의 유일한 혈육만은, 그런 말 절대로 듣지 않았으면 해서, 그래서 나한테 그렇게 죽어라 공부를 시키는 거란 것도 이해할 수밖에 없다니까요. 40년 사랑을 주고받았던 아빠가 단 한순간에 엄말 싹 잊었으니, 내 나이에 친구를 사귀어 봤자 다 잊어버리게 된다고 주야장천 설교를 해대는 것도 이해가 가고도 남구요.
 하지만요, 정작 사람을 사귀어 봤자 나중에 남는 기억 하나 없다는 엄마 본인은, 죽어라고 아빨 그리워하고 있다는 것도 알아요. 빛바랠 만큼 오래된 아빠 기억 하나하나를 꽉 붙들고 살고 있다는 거, 나는 똑똑해서 잘 안다고요. 그렇게 그리우니까 아빠 소식 하나에 이렇게 죽어나죠.
 요번 난리는, 아빠가 다른 사람과 결혼까지 하게 됐다는 소식을 어쩌다 알게 돼서 벌어진 게 틀림없다니까요. 그러니까 "여보, 결혼 축하해요" 따위의 말을 무의식중에도 해대죠. 내가 장담해요. 엄만 아빠를 단 한순간도 잊은 적이 없어요. 아빠와의 추억 한 조각도 잃어버린 적이 없어요.
 엄만 결혼반지를 절대로 빼지 않았어요. 18평짜리 집을 얻고 아빠가 쓰러지기 전까지 그 짧은 며칠 사이, 이제야 줘서 미안하다면서 아빠가 끼워 줬던 반지였어요. 비싼 것도 아니었고 솔직히 내 눈엔 예쁘지도 않았는데, 엄만 너무너무 좋아했어요. 지난 9년 내내, 엄마가 결혼반지를 멍하니 바라보면서 몰래 웃고 쓰다듬고 그랬었다는 거, 내가 다아 알아요. 아빠와 엄마, 둘만이 가지고 있는 어린 시절의 추억들, 그게 자꾸 떠오른다는 듯이.
 또, 음, 쓰러지기 전날인가 전전날에, 아빤 서재를 자기 방으로 정하고선 자기가 좋아하는 물방울무늬 벽지를 손수 발랐었어요. 그리고 엄마도 나도, 여태껏 그 벽지가 마르지 않은 양, 그 방문을 굳게 닫은 채로 단 한 번도 들어가 보지 않았단 말예요. 서재 안에 들어가면, 우리를 잊어버린, 우리를 버리고 떠나버린 아빠를 그리워하게 될까 봐, 못 견디게 사랑하게 될까 봐 그러는 게 아니면 뭐겠어요.
 엄만 아빠를 잊지 못했어요. 그래서 괴로운 거였구요. 그래서 나만큼은 그런 사랑 하지 말았으면 하는 거예요.

 내 짝은 여전히 내 머릴 가만히 쓰다듬고 있어요. 생각해 보니, 벌써 4교시가 시작된 지도 꽤 지났을 텐데.
 그런데 이상하죠? 전혀 걱정이 안 돼요. 드디어, 시원한 바람이 내 가슴속을 확 풀어 줘요. 가슴속에 꽉 잡혀 있던 응어리가 사르르 풀려나가고 있어요. 눈물도 천천히 말라가고 있고요.
 그냥 얘기를 한 것뿐인데. 머릿속으로 잘 알고 있는 이야기를, 입으로 풀어내 남에게 들려준 것뿐인데.
 내 짝은 진짜, 진짜, 진짜, 진짜 신기한 애예요.
 "털어놓고 나니까 시원하지?"
 얼굴을 들어서 짝을 가만히 올려다봐요. 인정하기 싫지만, 그래요, 정말 시원해요.
 가만히 고개를 끄덕이니까 뿌듯하다는 듯이 웃는 거 있죠. 약이 올라요. 보조개가 또렷한 볼을 한 번 꼬집어 주고 싶은 기분이에요. 참 이상하죠, 난 원래 그런 장난, 바보 같다고 싫어하잖아요.
 "네 비밀을 얘기해 주면 나도 너한테 살맛나는 걸 가르쳐 주겠다고 했지. 약속은 꼭 지킬 테니까 걱정하지 마."
 거짓말일지도 모르는데, 나는 이 애에 대해 정말 아무것도 모르는데, 이상하게 이 애의 말을 믿게 돼요. 믿고 싶어요.

이 애라면, 유일하게 내 얘기를 들어 주고, 유일하게 내 눈물을 달래준 이 애라면, 다른 바보들과는 좀 다르지 않을까 하는 생각. 이 애까지 나를 내쳐버리면, 이렇게 솔직한 내 모습을 보고도 나를 버린다면, 난 정말 어쩔 수 없는 외톨이가 돼 버릴까봐….

"그리고 딱 2분만 울기로 했으니까 이제 절대 울지 않는 거야."

그러면서 내 짝, 아니 음, 성민이는 내 눈에 마지막으로 고여 있는 눈물방울까지 깔끔하게 손가락으로 훔쳐 내 줘요. 그리고 씩 웃으면서 먼저 돌아서 걷기 시작해요. 내 손목을 가볍게 잡고서.

있잖아요, 너무너무 다행이에요. 내 짝이, 날 다른 애들보다 더 좋아한다는 이성민이, 유일하게 나한테서 도망치지 않은 이성민이, 내 더러운 성격조차 참고 견뎌 준 이성민이, 나와 같은 시간에, 나와 같은 장소에, 그 무한한 영원과 드넓은 세상 속에 하필이면 나와 똑같은 하늘 밑에 있어 줘서, 그게 너무너무 다행이에요. 이 사람을 만나지 못했으면 어쩔 뻔했어요.

태어나길 참 잘했어요. 이렇게, 이런 모습으로 태어나길 참 잘했다고, 나는 그 사람과 함께일 때면 그런 예쁜 생각을 할 수 있었어요.

"성민 오빠!"

그 애가 할아버지 웃음을 지으면서 날 돌아봐요. 내가 이름을 불러 준 게 그렇게도 좋은가 봐요. 아니면 역시 '오빠'라는 말이 좋은 건지도 몰라요. 어느 책에서 읽었는데 남자는 다 늑대랬어요.

"…고마워요."

엄만 결국 우린 서로 기억도 못하게 될 거랬어요. 그런 설교를 들을 때마다 그냥 그런가 보다 하고 쉽게 넘겼었는데요, 이젠 그게 얼마나 슬픈 건지 알 것만 같아요.
 잃고 싶지 않은 기억이 생겼나 봐요.

한 걸음씩 천천히

오늘은 단합대회가 있는 날예요.

원래 우리 6학년은 6교시 끝나고 3시 반에 집에 가거든요? 근데 오늘은 수업 끝나고 단합대회에 참가하고 싶은 사람은 남으라고 그랬어요. 언제나 1학년 선생님 같기만 한 박성이 선생님은 저번 주에 갑자기 단합대회 얘길 꺼내시면서, 정말 재미있는 게임을 많이 준비할 테니까 바쁜 일이 없다면 다들 참가했으면 좋겠다고 그러셨어요. 자기가 더 신나서 얼굴에 홍조까지 띠고 말예요.

그래요 상상이 돼요. 분명히 학교 곳곳에다가 자기가 손수 만든 보물들을 숨겨놓고, 밤 9시쯤 되면 애들끼리 둥그렇게 둘러앉아 무서운 얘기를 하자고 그러시겠죠. 다들 그런 걸 좋아할 테니까. 단합대회 같은 거 참가해 본 적 물론 한 번도 없지만, 선생님 얼굴만 봐도 뻔한 일예요.

물론 '단합대회'의 '단'자를 듣자마자 내 결심은 확고했어요. 절대 참가하지 않겠다. 알다시피 공부와 무관할뿐더러 심지어 시간을 잔뜩 뺏기잖아요. 바보들이랑 노는 게 얼마나 지루하고 진 빠지는 일인지는 말도 하지 말기로 하죠.

엄마도 문제예요. 물론 3주 전보단 많이 나아지셨고, 이제 슬슬 욕도 하고 계시지만(내가 학교에서 가져온 우유를 방바닥에 실수로 쏟으니까 "아이구, 이 작것아!"라고 했거든요. 난 너무 기뻐서 펄쩍 뛰었어요. 하지만 다시 한 번 해보라고 그랬더니 나를 노려보면서 드러눕더군요), 그래도 밤 9시, 10시까지 학교에 있으면 우리 집에 도착할 땐 몇 시가 될지도 모르는데. 좀 걱정이 되잖아요. 울 엄마는 진짜로 병원도 한 번 안 가셨는데.

하지만 이성민, 이 바보는 싱글벙글 웃으면서 좋아라 하더군요. 어휴, 결국 뭐라 뭐라 해도 애는 애라니까요? 글쎄, 선생님 말씀이 끝나자마자 나를 툭툭 치면서 막 난리를 치는 거였어요.

"야, 야, 조현정. 내가 무서운 얘기 아는 게 세 개 있는데, 다아 해 볼 테니까, 어떤 게 제일 무서운가 들어 봐."

"아오, 시끄러워 좀."

"아오, 들어봐 좀. 있잖아 음, 1번. 하루는 어떤 남편이 꿈을 꿨어. 근데…!"

"요즘 내가 오빠 때문에 공부 하나도 못하는 거 알긴 알아요?"

이렇게 미운 소릴 해도 오빤 킥킥 웃기만 해요. 한번 망설이다가 기분 안 나쁘냐고 물어봤는데, "내가 너보다 착한 건 맨 처음부터 알고 있었거든?" 이러면서 방긋 웃더라니까요.

"야, 내가 아는 다른 전교 1등은 학교에서 공부 하나도 안 하고도 전교 1등 하더라."

"누군데요? 웃지 말구. 진짜 누구냐고요. 여자예요?"
"어, 여자다. 엄청 예뻐."
"이름이 뭔데요?"
"이름은 코난. 탐정이지."
"아, 걔요? 아니 그냥, 내가 전교 1등에 관심이 좀 있거든요."
코난은 누굴까요.

아니 뭐 어쨌든, 나랑 이성민, 많이 친해졌죠? 그냥 어쩌다 보니 이렇게 됐어요. 옥상에서 둘만의 시간(이렇게 말하니까 이상하네요)을 보내고 난 다음부터, 난 자연스럽게 '성민 오빠'라는 호칭을 계속 쓰게 됐고, 이성민이야 뭐 언제나 헤실헤실 좋아했으니까요.

물론 호칭만 가까워진 건 아니죠. 보다시피 난 이제 어설프게나마 농담도 하고 그래요. 엄마가 알면 기절초풍할 일이지요. 하지만 오빠가 내 말에 웃는 걸 볼 때마다, 여기 한구석이 짜르르 떨리면서 즐거워지는 걸 어떡해요.

엄마 말대로 이성민도 나한테서 뭔가를 뺏어가고, 언젠가는 아빠가 엄말 잊었듯이 날 싹 잊어버릴 수도 있겠죠. 나를 차갑게 바라보면서 '냄새나는 여자'라는 말을 하게 될지도 모르고. 언제나 최악의 상황을 염두에 둬야 하는 거니까. 혼자 밤에 이불 위에 누워서 그런 생각을 하면, 몸이 저 아래 블랙홀로 뚝 떨어지는 것처럼 아찔하고 무섭고 그래요.

하지만 다음날 아침에 이 밝은 얼굴을 다시 보고 있노라면, 머릿속이 착 정리되는 것처럼 긍정적인 생각만 드는 걸 어떡해요.

나도 내가 왜 이러는지 몰라요. 다른 애들이 손도 못 대는 수학 문제를, 나는 왜 보기만 해도 답이 짠 하고 머릿속에 떠오르는지, 애들이 걸음마도 못 떼던 시절에, 난 어째서 알파벳을 다 뗐었는지, 내 일인데도 전혀 알 수가 없잖아요. 똑같은 거예요. 어쩔 수가 없다고요.

실은, 어쩔 수 있다고 해도 어쩌지 않을지도 모르고요.

"야, 너랑 나랑 같이 하자, 무서운 얘기. 내가 남자 역할을 할 테니까 넌 여자 역할을 하고…."

어쩌고저쩌고 이러쿵저러쿵 계속 떠들어 대는데, 뭐라고 하는지 듣지 않으려고 애를 써요. 귀를 착 닫아버리려고요. 그냥 오빠가 입을 다물자마자 "나는 단합대회 같은 거 참가 안 할 거예요"라고 하면 되는 거라고, 그렇게 생각했어요.

이러면 안 되는데. 남의 마음, 남의 생각 같은 거 신경 안 쓰는 사람. 그게 우리 엄마한테 배운 똑똑한 조현정인데. 자꾸만 오빠가 어떤 표정을 지을지가 걱정이 돼요.

결국 오빠가 "어때?"라는 말을 끝으로 입을 다물고 내 대답을 기다렸지만, 난 아무 말도 하질 못했어요. 일부러 지우개를 책상 밑으로 떨어뜨리고 바쁘게 줍는 척하면서, 선생님이 들어오실 때까지 시간을 끌었어요.

어느새 진짜 단합대회 날이 와 버렸고 이제 마지막 교시 수업인데, 여전히 어떻게 해야 할지 갈피도 못 잡겠는 거 있죠. 옆에서 이성민은 콧노래를 부르며 휘파람을 불고 아주 난리 블루스를 추고 있고요, 애들도 하루 종일 신나서 떠들어요. 담임선생님은 아침조회 시간부터 오늘 기대하라면서 한껏 분위기를 띄웠고요. 다들 날 당황하게 만들려고 작정을 한 것 같잖아요. 나만 나쁜 사람 같고요.

이봐요, 난 학예회도 참가 안 하는 사람이라고요. 이성민은 모르는 일이지만.

전학이란 참 편리한 거라니까요.

아아, 수업이 너무 빨리 훌쩍 끝나 버리고, 남자애들이 신나게 떠들면서 몸을 풀기 시작해요. 남자애들은 한 시간 반인가, 두 시간 동안 축구인가 농구인가, 아무튼 그런 걸 하기로 했거든요. 축구, 농구 중에 11명씩 하는 게 뭐예요? 그걸 하기로 했어요. 공부랑 관련 없는 거라 난 몰라요. 우리 집엔 TV도 없으니까요, 뭐.

아, 참고로 벌써 팀도 다 짰고요, 음, 이성민은 심지어 팀 주장이에요. 언제 축구 실력을 선보인 건진 몰라도, 어제 선생님이 팀을 짜려고 분필을 들자마자 남자애들은 다같이 "성민이 형을 주장 시켜 주세요!", "나, 그 팀으로 들어갈래!" 하면서 쟁탈전을 벌였거든요. 진짜 특이한 사람이라니까요.

난요, 여태껏 바보들의 세상이랑, 조현정이라는 천재의 세상, 이렇게 두 가지가 물이랑 기름만큼이나 딱딱 분리돼 있는 줄 알았거든요? 절대로 섞일 수 없고, 어른들의 손에 의해 억지로 한 병 안에 담겨 있긴 하지만, 서로 너무 달라 멀뚱멀뚱 쳐다보기만 하는 그런 거. 하지만 이성민은요, 두 세계에서 다 환호를 받아요. 약이 오를 만큼 두 쪽에서 다 잘 어울려요. 내 쪽에선 받아들이기까지 좀 더 뜸을 들이긴 했지만 말이죠.

여자애들은 남자애들을 마구 밀쳐가면서 책상들을 뒤로 밀어내요. 남자애들이 스포츠 경기를 하는 동안, 여자애들은 진실게임인가 뭔가, 아무튼 교실에서 무슨 게임을 하겠다고 했거든요. 박성이 선생님은 자기가 끼고 싶어서 피구를 하자고 구슬리셨지만, 여자애들은 깔깔대며 싫다고 했어요. 선생님은 진실게임에라도 끼워 달라고 떼를 썼지만 여자애들이 하도 완강하게 고개를 저어서, 결국엔 남자애들 경기에 심판을 봐 주기로 했어요.

후, 이젠 정말 결정을 내려야 할 시간예요. 어떻게 도망칠 것인가. 사실 이성민은 밖에서 정신없이 운동을 할 테니까, 슬쩍 집에 가 버리면 그만이긴 해요. 하지만 이따가 이성민이 다시 교실에 들어왔을 때 내가 안 보이면….

내일 아침에 막 화를 내거나, 아니면 예전에 한 번 그랬듯이 새침하게 삐치거나, 그러는 건 아닐까요? 아니면 혹시 전혀 신경도 안 쓰고, 내가 있었는지 없었는지조차 모르는 건 아닐까요?

왠지 그게 가장 싫어요. 벌써부터 나를 잊어버리면 안 되죠.

"나 응원해 줘!"

이성민은 어디서 가져왔는지 '주장'이라고 써져 있는 매우 유치한 노란 종이를 팔에 꽉 맸어요. 저쪽 팀 주장은 안 하고 있는 걸 보면 같이 맞춘 건 아닌데, 유치원생이나 초등학교 저학년 애들이 만든 것처럼 얼기설기 삐뚤빼뚤해요. 여기저기 뭔지 모를 작은 글씨들이 써져 있기도 해요.

하지만 지금은 그런 걸 궁금해 할 때가 아녜요. 가야겠다고 얘기하려면 지금밖에 기회가 없잖아요. 난 침을 한 번 꿀꺽 삼키고 입술을 혀로 적신 다음 겨우겨우 입을 열어요. 시험 문제에 답 쓸 땐 거의 한 번도 망설여 본 적이 없는데, 지금은 어떤 식으로 말해야 가장 괜찮을지 수만 가지 보기 중에 하나를 고르고 있는 기분이에요.

"성민 오빠, 나….."

그때였어요. 이성민이 갑자기 양 손으로 내 어깨를 잡았어요. 왠지 몰라도 오늘 아침에 집에서 먹은 고구마가 떠오르면서 괜히 먹었구나 싶었어요. 원랜 아침 안 먹는데.

"조현정!"

"네?"

"이거 참가하기 싫어하는 거 다 알아."

아무 대답도 할 수가 없었어요. 바보들은 가끔 날 놀라게 만들곤 하지요. 하지만 이렇게 놀라 본 건 단연 처음이에요. 매 수업 시간마다 내가 칠판 쳐다보듯 내 얼굴만 뚫어져라 쳐다보더니만, 이젠 내 얼굴만 봐도 내 속을 다 아나 봐요. 기분이 묘해요.

나 원래 누가 내 머릿속 마음속을 헤집고 들어오는 걸 가장 싫어하거든요? 그래서 학교 설문조사 같은 것조차도 싫어한단 말예요. 근데….

그냥 기분이 묘하다고만 해둘게요.

"그 대신 하루만 버티면, 오늘 딱 하루만 버티면, 우리 둘이서 살맛나는 거 하러 가자."

그놈의 살맛나는 거, 살맛나는 거. 아주 몇 번이나 우려먹는지 아세요? 도대체 뭐냐고, 언제 가르쳐 줄 거냐고 물어봐도, 쫌만 기다려 보라면서 웃기만 하더니만.

"지금 집에 가 버리면 취소야."

뭐예요, 치사하게 그런 게 어디 있어요. 우리 아빠에 대해서, 아무한테도 입도 뻥긋 안 하고 무덤까지 갖고 가려고 했던 그 비밀까지 울면서 얘기해 줬는데. 가정환경조사서에도 양심까지 버려 가면서 아빠가 PC방 주인인 것처럼, 가난하긴 해도 화목한 가족인 것처럼 거짓말하고, 그런 비밀을 품에 안겨서 털어놨는데.

하지만 내가 미처 입도 열기 전에, 내 머리를 쓱쓱 쓰다듬고는 발 빠르게 운동화를 들고 뛰어나가 버리는 거예요. 할 말 다 했으니 알아서 선택하라 이거죠.

정말 어쩔 수 없는 어린애라니까요. 나는 당해낼 수가 없어요.

한숨을 쉬면서 뒤를 돌아보니, 여자애들이 어느새 책상을 다 뒤로 밀어내고 하나 둘씩 원을 그리며 앉고 있어요. 어떤 애들은 신나게 창문 블라인드를 닫고, 어떤 애들은 남자애들이 갑자기 들어올지도 모른다면서 앞문도 잠그고, 뒷문도 잠그고 그래요.

그리고 몇 명은 안 나갈 거냐는 듯이 내 눈치를 살피고 있답니다.

이거, 정말 힘들겠어요, 그죠.

하지만 닫힌 창문 너머로, 저 밖 운동장부터 울리는 오빠 특유의 허스키한 목소리는 나를 다시 약하게 만들어요. 오빠도 내 생각을 하고 있는 걸까요. 그래서 일부러 크게 말해 주는 걸까요? 나 여기 있다고? 조금만 버티라고?

그래요. 하루뿐이잖아요.

난 미쳤어요.

으음, 정 못 견디겠으면 구석에 앉아서 귀를 막고 책이라도 읽죠, 뭐.

　"돈다, 돈다, 돈다, 돈… 어? 야, 야, 조현정이다."
　"오오우. 야, 진짜 잘 돌렸다."
　공부에 방해되는 일, 다른 애들과 함께하는 일에 이렇게 참여해본 게 생전 처음인데다, 이성민에게 꼼짝없이 낚여 반강제로 하게 된 일이니 당연히 아무런 기대도 하지 않았어요. 그냥 오늘 하루를 내 인생에서 없는 셈 치기로 했죠.
　하지만 다른 애들이 얼굴이 빨개져서 자기가 좋아하는 사람을 밝히는 거나, 나는 전혀 몰랐던 애정 관계, 소위 '커플들'에 대한 얘기를 듣는 건 의외로 재밌었어요. 물론 재미있다는 티를 안 내려고 영어 책을 읽는 척했지만, 사실 귀는 자꾸만 그쪽으로 향했고, 애들이 남자애들의 웃긴 모습 같은 걸 흉내 낼 땐 나도 모르게 슬쩍 눈을 들어서 훔쳐보며 몰래 웃고 그랬어요.
　난생처음으로 다른 애들이 어떻게 하루 종일 수다만 떨며 시간을 보낼 수 있는지가 조금이나마 이해가 가요. 자기 시간, 에너지, 성적, 다 잃어가면서, 왜 친구나 애인에 목숨을 거는지도. 아, 그러고 보니 '애인'이 정확히 뭔지도 알게 됐네요.
　평생 알고 지냈던 애인이라고는 아빠, 엄마 커플뿐이었으니, 제대로 된 개념이 있었을 리가 없잖아요. 내가 철들었을 땐 이미 나비, 꽃, 무지개가 판을 치는 그런 종류의 로맨스는 흔적도 없었으니까.

하지만 다른 애들이 성화에 못 이겨 얼굴이 빨개져 가지고 억지로 대답하는 것만 재밌었지, 정작 순서를 정하는 병이 떡하니 날 향하자 왜 이런 바보 같은 불장난을 하기로 한 건지 후회막급이에요. 조만간 그 살맛나는 일을 선보이지 않으면, 이성민을 그냥…!
음, 글쎄요, 좀 더 싫어하게 될지도 모른다고요.
"너, 이성민이랑 무슨 사이야?"
앙칼진 목소리, 오수현이에요.
오늘은 무슨 장미꽃마냥 새빨갛게 입술을 칠하고 왔고요, 얼굴은 밀가루를 펴 바른 것처럼 허옇게 떠 있어요. 귀에 건 건 꼭 팔찌만 하구요. 그래도 이성민은 손톱만 한 것만 하고 다니는데. 사실 뭔지도 모르고 상관도 안 하지만, 그래도 왠지 저 애가 하고 있으니까 꼴불견이라는 거예요.
거의 모든 애들이 날 없는 셈 치게끔 됐던 4, 5학년 때조차도 쟤는 다른 애들이 다 보는 앞에서 내 어깨를 툭툭 치고 지나가고, 나한테 발을 걸어 꽈당 넘어뜨리기도 했고요. 내가 뻔히 앞에 있는데도 꼭 내 뒷자리에 앉아서 내 키가 어떻고 얼굴이 어떻고 옷이 어떻고 머리가 어떻다면서 나보다도 더 자세히 날카로운 분석을 해 주곤 했어요.
"친구 사이야."
"친구 사이야!"
몇몇 애들이 내 말을 억양까지 똑같이 따라해요. 몇몇 애들은 막 웃고, 어떤 애들은 자기들끼리 속닥거리고 그래요.
왜 이렇게 관심들이 많은지 모르겠어요. 자기들 일에나 신경을 쓰지. 어차피 공부는 안 할 거라는 거 오래전에 알았으니까 그런 건 기대도 안 해요. 그냥 아무거나 해보란 말예요. 남의 뒷얘기 캐는 것보단 나은 일들이 많잖아요.

"너 조심해라. 성민 오빠, 너한텐 뭐라 그랬는지 모르겠는데, 너 같은 범생이가 상대할 인물이 아냐. 진짜 유명한 인물이라고."

오수현이랑 같이 킥킥대고 웃던 조연주가 그래요.

이제 진짜 화가 나려고 그래요. 내가 성민 오빠랑 훨씬 친한데, 자기들도 잘 알고 있으면서, '넌 모르지?'라는 투로 저런 말을 하다니요. 뭣보다 나랑 성민 오빠는 처음부터 친구도 해선 안 된다는 듯한, 저 생각이 미워요.

"야, 솔직히 쟤도 공부는 잘하니까 그 정돈 알고 있을걸? 솔직히 성민 오빠 같은 사람이, 왜 이 교실에 들어오자마자 쟤 같은 앨 눈여겨봤겠냐고."

그때 저 밑에서부터 와자지껄한 소리가 들려요. 남자애들이 언제나 그러듯이, 계단 벽에다 운동화를 쿵쿵 찍어대면서 올라오는 소리예요. 흐릿하게 박성이 선생님 목소리도 들리는 것 같고, 오빠의 들뜬 목소리도 들리는 것 같아요.

이상하죠. 왜 안심이 되는지. 이제 자신 있는 거예요, 이 모든 일이. 천군만마를 얻은 장군처럼.

"너, 이성민 좋아하는구나?"

내가 그러니까, 오수현을 비롯해서 여자애들 입이 다같이 쩍 벌어져요. 내가 아무 말도 못하고 꿀 먹은 벙어리처럼 가만히 앉아 있을 거라 생각했나 봐요. 하긴, 내가 오늘 단합대회에 참여했다는 것 자체가 미스터리겠지만요. 두고두고 얘기하고 욕하라지.

성민 오빠가 그랬잖아요, 공부보다 더 중요한 게 있는 거라고. 사실인지 아직 모르지만 만일 사실이라면, 남 앞에서 내 생각을 당당히 밝힐 줄 아는 것도 그 중요한 것 중 하나일 거예요.

"걱정하지 마. 오빠한테 꼭 전해 줄게."

오수현이 뭐라고 대답하려는 듯이 입을 벌렸을 때, 남자애들이 요란하게 앞문을 두드리기 시작했어요. 난 얼른 일어나서 문을 열어 줬어요. 땀 냄새가 훅 끼쳐 오지만, 기분이 이상하게 좋아요. 애들의 머리 위로 껑충 솟은 하얀 얼굴이 나를 향해 할아버지 웃음을 웃는 걸 보니, 나도 저절로 환하게 웃게 돼요.

잘 버텼어요.

정말 잘 버틴 거라고, 그런 생각이 들어요.

난 참 바보처럼 살았군요

있죠, 나도 솔직히 고집이 안 센 편은 아니거든요? 공부랑 관련 있는 거, 관련 없는 거, 딱딱 구분 짓고, 후자는 절대로 발도 안 들이려고 완강하게 버티며 어언 13년을 살아온 것만 봐도 그렇잖아요. "인간은 사회적인 동물이다"라는 말을 당연한 것처럼 떠들어 대는 사람들을 무시하고, 바보들이랑은 손끝도 스치지 않으려고 애를 써온 것도 그렇고. 그래요, 솔직히 울 엄마에 비하면 별 게 아니지만, 그 엄마에 그 딸이라고, 나도 고집이라면 자신이 좀 있는 편이거든요?

근데 있죠, 이성민을 보고 있으면요, 내 고집은, 그건 그냥 고집 축에도 못 껴요.

"어제 단합대회 맨 끝까지 남아 있었잖아! 같이 보물찾기도 하고! 나 어제 오빠 때문에 집에 몇 시에 들어간지 알기나 알아요?"

"그래, 하루 종일도 버텼으니까 이 정돈 별것도 아니겠네. 오늘 요것만 하면, 내일은 정말 같이 살맛나는 거 하러 가자고. 내일

토요일이잖아."

"이성민! 단합대회만 버티면 하러 가는 거라고 그랬잖아!"

"오늘 간다고는 안 했지롱."

난 정말 친구를 잘못 만난 것 같아요. 하긴 성민 오빠 아니었음 평생 친구 같은 거 있을 리도 없었겠지만.

오빠가 어제의 '단합대회 참석 미션'에 이어 오늘 내게 시키고 있는 건, 다름 아닌 '오래달리기 미션'이에요.

그래요, 오래달리기요. 저 드넓은 운동장을 다섯 바퀴나 뺑뺑 돌아야 되는, 그 미친 짓. 오늘 5교시, 6교시가 체육이거든요? 근데 이렇게 더운 날에 오래달리기를 한다잖아요.

그래요, 솔직히 내가 바보였어요. 아무 생각 없이 오빠한테 "나 1학년 때부터 오래달리기 한 번도 해 본 적 없어요"라는 말을 해 버렸거든요. 네, 이쯤 되면 바보 소리를 들어도 할 말이 없을 것 같네요. 이성민이 어떤 인간인지 뻔히 알면서….

딱히 오래달리기가 싫었다기보다도, 알다시피 공부랑 관련이 없어서 안 했을 뿐예요. 1, 2, 3학년 땐 선생님들이 시키려고 했지만, 내가 스탠드에 들러붙다시피 해서 수학 문제를 푸는 꼴을 보고 그냥 포기했었고요. 4학년쯤 됐을 땐 그냥 시키지도 않더라고요. 어른들조차 다들 그렇게 포기하고 마는데, 당최 이 인간은 왜 날 못 잡아먹어 안달인 거냐고요. 전생에 나한테 한이 맺힌 게 틀림없어요.

하지만 말마따나, 어제 단합대회 미션은 하루 종일 버텼으니, 까짓것 오래달리기가 힘들어 봐야 얼마나 힘들겠나 싶기도 해요.

오래달리기만 완주하면 내일은 정말 같이 살맛나는 걸 하러 간다 이거지, 까짓것 못할 게 뭐야, 이런 생각이 든다고요. 아무튼 설득의 대가라니까요?

"그럼 내일은 진짜 살맛나는 거 하는 거예요. 오늘 오래달리기 완주만 하면."

"오케이."

멋진 척하기는. 분명히 내가 양보한 거라고요.

"헥, 헥. 콜록, 콜록. 헥, 헤엑, 헥!"

부끄럽지만 호흡 관리 같은 거 죽어도 안 돼요. 남들이 나를 보면 얼마나 추한 짐승 한 마리를 보게 될지 상상하기도 싫어, 이젠 그냥 무작정 앞만 보고 달려 나가요.

내 생각에, 오래달리기는 아마 사람이 만든 운동이 아닐 거예요. 어떤 사람이 이런 힘든 일을 하고 싶어 해요? 그리고 비밀 친구랍시고 나한테 이딴 걸 시키는 이성민도 사람이 아니죠. 다섯 바퀴를 다 도는 그 순간 저 인간을 어떻게 처리할까 하는 생각으로 머리가 더 어지러워져요.

한 번도 해 본 적이 없어서 그런 건지, 24시간 중 23시간을 책상 앞에 웅크리고 앉아 있어서 그런 건지 몰라도, 난 다른 애들보다 열 배는 더 힘들어하는 것 같아요. 아직 한 바퀴짼데도 벌써 왼쪽 다리는 단단하게 굳는 것처럼 당기고, 오른쪽 다리는 힘이 다 풀려서 흐느적거려요. 이마에선 무슨 샤워하는 것처럼 땀이 흘러 내리구요. 땀 때문에 시야가 다 가려져서 그냥 감으로 뛰다시

피 할 지경이에요.

　이 와중에, 이 나쁜 오빤 어디 갔나 보이지도 않아요. 내가 어이가 있겠어요, 없겠어요. 그래도 난 같이 뛰어줄 줄 알았다고요. 뭐 그래봐야 옆에서 놀리면서 힘들게만 할 테지만, 그래도요.

　내가 맨 꼴찌인데도, 꼴찌에서 2등이랑 한 200미터는 차이가 나는 것 같아요. 난 나름대로 다리를 열심히 휘젓는다고 휘젓는 건데, 왜 이렇게 점점 뒤로 처지기만 하는지 이해가 안 가요.

　쳇, 뭐든지 다 잘하면 그게 인간이에요? 하늘에 닿을 만큼 높이 바벨탑을 쌓으니 신이 진노했다잖아요. 인간한텐 한계가 있는 거예요.

　간신히 두 바퀴째에 접어들었는데, 역시 가슴이 칼로 베이는 것처럼 아파서 견딜 수가 없어요. 무릎을 붙들고 헉헉대며 잠깐 쉬다가, 천천히 걷기 시작했어요. 체육 선생님은 안쓰럽다는 듯이 나를 보면서 "한 바퀴!"라고 외치세요. 내가 꼴찌니까 나를 주시할 수밖에 없겠죠.

　그래요, 나도 알아요. 난 공부밖에 할 줄 모르고요, 완전 운동부족이에요. 그래서 공부하고 산다잖아요.

　그래도 이제 한 바퀴만 더 뛰면 거의 반 뛴 거예요. 별로 위안이 안 되지만 위안이 되는 척해요.

　아 그리고 솔직히요, 아까 내가 오래달리기를 하겠다고 했을 때 체육 선생님이 지은 표정은요, 뭐랄까, 통쾌했어요. 나는 3학년 때부터 지금까지 체육 선생님이 쭉 이 선생님이었거든요. 그러니 이 선생님은, 내가 온갖 수행평가며 체육활동에 참가 안 하고, 운

운동장에 나온 것만으로도 큰 수고라는 듯이 스탠드에만 붙어 앉아 있는 애라는 거, 잘 알고 계시죠. 교무실에서 다른 선생님들한테 나에 대해서 욕인지 푸념인지를 하시는 것도 들은 적이 있어요.

그래도 뭐, 선생님이 막 밉진 않았어요. 솔직히 선생님이 날 싫어하는 것도 이해가 되고도 남았으니까. 변명 좀 해 보자면, 엄마한테 배운 게 그건 걸 어떡해요. 공부해서 돈 많이 벌고 사는 것만 중요한 거고, 체육 같은 건 쓸데도 없는 거라고. 그냥 스탠드에서 배 째라고 책 들고 엎어져 있으라고. 게다가 체육 선생님을 뺀 나머지 선생님들은 다들 날 자기들 자식처럼 예뻐해 주시니까요.

그러다 오늘, 당연히 스탠드에 앉아 있을 거라고 생각하고 제대로 쳐다보지도 않았던 내가 갑자기 오래달리기를 하겠다고 스타트 줄에 섰으니, 체육 선생님이 얼마나 놀랐겠어요. 두꺼비같이 쌍꺼풀이 진 큰 눈을 꿈벅꿈벅거리면서, 옆에 서 있던 애한테 "쟤, 걔 맞지?"라고 물어봤어요. 그러더니 내가 뛰기 시작한 이후로 내내, 나를 저렇게 불쌍하다는 듯이 쳐다보고 있는 거예요.

좀 기분이 나쁘기도 하지만 한편으로는, 저 선생님이 오늘만큼은 교무실에서 내 욕을 할 수 없을 거란 생각이 들어 뿌듯하기도 해요. 하긴 나도 내가 운동장을 이렇게 빠르게(나한텐 진짜 빠른 거예요) 돌 일이 생길 줄은, 정말 어젯밤까지만 해도 상상도 못했으니까. 스타트 근처에서 다른 애들도 다 깜짝 놀란 것처럼 날 곁눈질하면서 앞질러 나가고 그랬어요. 중간고사 기말고사에서 1등 하고, 글짓기 상을 한 주에도 서너 개씩 받고, 수학 문제 제일 먼저 풀고, 과학 경진 대회에서 1등상 받았을 땐 지루하단 표정으로 박수도 안 치더니만, 오늘은 그냥 시작만 했을 뿐인데도 입들이 떡 벌어져선 쳐다보는 거예요.

그래요, 이성민이 아니라면 누가 날 이렇게 만들겠어요. 해가 서쪽에서 뜨진 않았나, 다들 허벅지를 꼬집어 보죠. 나도 스스로 놀라우니까. 공부 아닌 걸 하면서도 이렇게 열심일 수 있다는 게.

"헤이, 거북이!"

손 하나가 내 등을 툭 쳐요. 인상을 찌푸리며 힘겹게 고개를 돌려 보니까 물론, 오빠예요. 머리가 반짝반짝 빛날 만큼 땀이 많이 났지만, 그놈의 보조개는 어디로 가지도 않아요. 아마 사람이 한 천 명쯤 모여 있어도, 난 이제 이 보조개 하나만으로도 오빨 찾을 수 있을 거예요.

"거… 거북이라…고 하지 마…요! 하아, 하아…. 이게 다아… 하아, 누구 때문…인데, 하아!"

선두가 꼴찌를 따라잡은 거죠. 오빠가 나를. 힘들게 뒤로 고개를 돌려 보니까, 2등은 저어 뒤에 있네요. 오빤 진짜 엄청난 격차로 1등이에요. 대단하죠, 무슨 기차도 아니고 어떻게 그렇게 잘 달리죠? 난 이제 겨우 세 바퀴째지만 오빤 이제 네 바퀴째잖아요.

그리고 갑자기 생각난 건데, 여자는 다섯 바퀴만 뛰면 되지만 남자들은 여섯 바퀴를 돌라고 했었어요.

그럼 오빤 혹시 나랑 같이 끝까지 달려 주고 싶어서, 한 바퀴를 앞서 돌아 내 옆으로 이렇게 와 준 걸까요? 왜 자꾸 이런 이상한 생각들을 하게 되는 거죠?

가슴이 미친 것처럼 뛰어요. 엄마의 화난 얼굴이 눈앞에 아른거리지만, 사막에서 보인다는 신기루 정도로밖에 안 보이네요.

"그래서, 그냥 기분 나쁘기만 해? 솔직히 말해 봐, 땀 흘리니까 개운하잖아."

"그래도…!"

"무엇보다도, 다섯 바퀴 다 뛰고 나면 얼마나 뿌듯할지 한번 생각해 봐. 네가 다 뛴 걸 보고 다들 깜짝 놀라는 모습을…."

"하아… 하아. 그건… 하하, 그래요!"

오빠 말이 맞아요. 궁시렁거리면서도 계속 달리고 있는 걸 보면, 나 역시도 다섯 바퀴를 다 뛰고 나면 얼마나 행복할지, 그게 너무너무 기대되는 게 틀림없으니까.

엄마한텐 정말 비밀이지만요, 기말고사에서 올백 성적이 찍힌 꼬리표를 받으려고 내 번호가 불릴 때까지 기다릴 때보다도 훨씬 기대돼요. 꼬리표는 어찌 보면 너무 당연하고 빤한 결과잖아요. 솔직히 학교 시험은 내가 공부한 것보다 훨씬 쉽게 나와요. 실수만 안 하면 쉽게 백 점이라고요.

하지만 이건, 정말이지 결과를 알 수가 없어서 너무 긴장되고 재미있는 거에요. 포기하고 싶지만, 한 번 포기하면 결과가 실패로 정해지기 때문에 내 성격에 그럴 수가 없고, 하지만 또 뛰다 보면 포기하고 싶어지고. 진정한 나와의 싸움이잖아요. 이길 확률 반, 질 확률 반인, 진짜 괴물과의 싸움. 약해 빠진 내 몸과 싸우는 거, 이거야말로 정말 대단한 전쟁이에요.

"넌 공부로는 너무 쉽게 1등을 할 수 있잖아. 하지만 공부 말고 다른 건, 완주할 수 있을지 없을지도 모를 정도로 위태위태하지.

어머니를 위해서, 그리고 너 자신을 위해서 공부만 해야 한다고 생각해서, 그래서 이 모든 걸 피해 왔다고 너야 말하지만, 하아, 사실은… 남들 앞에서 너의 이런 약한 모습을 보여주기 싫었던 거 아냐?"

또, 또. 또 경찰한테 심문 받는 것처럼 양심이 콕콕 찔려요. 오빠 말이 틀리지 않다는 걸 잘 아니까.

사실은 초등학교에 처음 들어와서 얼마 안 됐을 때, 처음으로 단거리 달리기 경주를 했었거든요. 50미턴가 그 정도였어요. 엄만 그때부터도 공부 아닌 건 꿈도 꾸지 말라고 했지만요, 난 그땐 당연한 것처럼 참가했었어요. 해 보고 싶었고, 안 할 이유가 없다고 생각했으니까.

하지만 아무리 열심히 땅을 박차고 양 팔을 휘저어 봐도, 토끼처럼 쌩 뛰어가는 다른 애들의 동작을 어설프게 흉내 내 봐도, 난 영락없이 꼴등이었고, 다른 애들도 지켜보시던 선생님들도 내가 뛰는 걸 보면서 신나게 웃더라고요. 공부할 때보다 백배는 더 열심히, 백배는 더 힘들게 뛰었는데도. 이건 불공평한 거잖아요.

잊고 싶은 추억이지만, 그날 혼자 결승선에 주저앉아서 다들 가 버릴 때까지 소리소리 지르면서 엉엉 울었답니다.

그래요, 실은요, 그때부터였어요. 공부 아닌 다른 것들이 정말로 싫어져 버려서, 스스로가 하지 않겠다고 작정하게 된 건. 아마 내가 달리기에도 소질이 있었다면 얘기가 많이 달라졌겠죠.

공부만 해야 하고 다른 것에 낭비할 시간이 없다는 건, 사실 말도 안 되는 핑계죠. 다른 걸 안 하는 게 아니라, 겁이 나서 못하는 거죠.

 다른 것에 시간 뺏기는 사람들은 바보들이라고, 평생 그렇게도 악을 써왔어요. 하지만 사실 마음속 깊은 곳에선 알고 있어요. 사실 나, 조현정이야말로 바보라는 거. 내가 잘 못하는 것들로부터, 바보 겁쟁이처럼 도망쳐 버린 거란 거. 그나마 자신 있는 공부란 껍질을 아주 고집스럽게 쌓아서 그 안에 날 쏙 가둬 버린 거란 거.

 쬠만 용기가 있었다면 달리기 하나쯤 금방 딛고 일어나 다른 걸 찾아봤을 텐데 말예요. 악기 연주도 해 보고, 음, 요리도 배워 보고요, 강아지도 키워 보고, 수영도 배워 보고, 십자수도 배워 보고. 친구들도 사귀어 보고요, 애들이 말하는 '시내'에도 놀러가 보고요, '노래방'에도 가보고요, '영화'도 보러 가고요, 같이 'PC방'에도 가보고요.

 세상에, 어쩌면 공부 말고도 내가 잘 할 수 있는 걸 찾을 수 있었을지도 모르는데. 그런 생각이 드니까 갑자기 분해요.

 아. 엄만 또, 다른 걸 배워 봐야 나중엔 기억도 못한다고 하죠. 우리 나이에 사귄 친구랑 애인을 나중에 새카맣게 잊어버리게 되는 것처럼, 우리 같은 꼬맹이들이 공부 아닌 다른 걸 배워 봐야 결국 다 잊어버릴 뿐이라고요. 머리에 열심히 쑤시고 쑤셔 넣은 지식들만이 화려한 성적표로 바뀌어 평생 남는 거라고요. 인상을 무섭게 찌푸리고, 내 머리에 새겨 넣듯이 몇 번을 되풀이해서 그렇게 말했었어요. 아마 아빠가 우릴 버리고 난 뒤로 처음 맞았던 결혼기념일이었던 것 같네요.

 하지만 기억 못하긴 왜 못해요. 6년 내내 육상부, 축구부를 하며 땀 흘리고 뛰어다녔던, 내가 쓸데없는 짓에 미친 바보들이라고 속으로 나무랐던 고 바보들이, 이 순간만 기다렸다는 듯이 날개를 활짝 펴고 지평선을 향해 저리도 멋지게 날아가는데.

"하아, 다아 왔다. 이제 반 바퀴만 더 뛰면 돼!"

오빠가 조금씩 속력을 내요. 지금까지는 느릿느릿 내 박자에 맞춰 뛰어 주었는데, 그러다 보니 오빤 어느새 다른 잘 뛰는 남자애들 뒤로 밀려 버렸어요. 흘긋 결승선 쪽을 보니까, 지금부터라도 오빠 원래 속력으로 반 바퀴를 뛰면 1등으로 들어갈 수도 있겠거든요. 파이팅이라고 말해 주려고 했는데, 오빠가 갑자기 내 손을 꼬옥 잡아요.

내가 느끼기엔 무슨 자전거라도 잡아탄 것처럼 빠르게, 하지만 내가 넘어지진 않을 만큼은 날 배려해 주면서, 오빤 그렇게 결승선까지 나와 함께 달려요. 나도 남들처럼 멋지게 날개를 편 것만 같아서 뿌듯해요. 다른 애들이 날 보고 있다는 게 이렇게 자랑스러운 건, 신기하게도 처음이에요.

"조현정 다섯 바퀴. 이성민 여섯 바퀴! 수고들 했다. 줄 뒤에 가서 앉아."

체육 선생님이 다시 봤다는 듯이 날 봐요. 나도 모르게 히죽히죽 웃게 돼요. 체육 선생님이 쫌 이따 교무실에서 무슨 얘길 할지 정확힌 모르지만, 난 오늘의 나야말로 내가 아직까지 봐 온 나 중에서 가장 멋있었다고, 자신 있게 얘기할 수 있어요.

애들은 일찍 들어온 순서대로 쭈욱 앉아 있어요. 보니까 오빤 남자 중에서 앞에서 5등이구, 난 여자 중에서 뒤에서 5등이에요.

뭐 어느 쪽이든 아주 자랑스럽게 말할 순 없는 등수지만(어느 쪽이든 내가 기말고사에서 받으면 엄마가 불을 토할 등수죠), 난 정말 행복하고 개운해요. 뭔가 대단한 걸 해낸 기분. 바보처럼 내 스스로 나를 가둬 왔던 그 두꺼운 껍질을 조금 깨고, 이 아름다운 세상을 너무나 오랜만에 바라보고 있는 기분이에요.

이것 봐요, 나보다도 더 늦게 들어오는 오수현을 보고 씨익 웃어줄 수도 있잖아요.

난 오빠 손을 놓지 않아요. 손을 잡은 채로 줄 뒤에 나란히 앉아, 우린 서로의 얼굴을 가만히 마주봐요. 갑자기 내가 지금 얼마나 못생긴 모습일지에 생각이 미쳐요. 원래 못생긴 데다, 땀이 무지 많이 났잖아요.

남자들은 예쁜 여잘 가장 좋아한다는데. 인정하기 싫지만, 오빤 어떨지 진짜 궁금해요. 오빤 다른 애들보다 내가 더 좋다고 했는데, 그럼 내가 오빠한텐 예쁘게 보이는 걸까요? 얼굴에 온통 물감을 칠하고 다니는 오수현보다도? 남자애들이 수업 시간마다 입을 헤 벌리고 쳐다보는 이은영보다도? 내 어디가 그렇게 좋을까요?

괜히 멋쩍어져서 오빨 따라 아주 넓게 웃어 봐요. 네, 오빠가 잘 웃는 할아버지 웃음을 똑같이 따라해 본 거에요. 아무리 못생긴 나라도, 이렇게 넓게 웃는 얼굴은 좀 괜찮을 것 같아서요. 그랬더니 오빠도 그 할아버지 웃음을 지어 줘요.

난요, 이젠요, 오빠가 정말 엄마 말대로 내 좋은 걸 다 뺏어 가구, 나중엔 내 이름조차도 기억 못할 거라 해도요, 그래도 오빠를 좋아할 수 있어요. 오빤 내가 평생 못 보고 살았을지도 모를 새로운 것들을 자꾸만 보여주잖아요. 내가 하기 싫다고 우겼던 것들, 하지만 실은 꼭 해야만 했던 것들을 할 수 있는 기회를 자꾸만 주잖아요.

혹시, 혹시라도 오빠가 어느 날 갑자기 나를 '냄새나는 여자'라고 부르게 될 거라고 해도, 그래도 여전히 난 오빠에게서 받은 게 뺏긴 것보다 더 많을 테니까요. 친구는 내가 써먹으려고 사귀는 게 아닌걸요. 언젠가 잊어버리면 어때요. 지금 당장, 나는 오빠 덕분에 살고 있는걸.

결국 엄마도, 아빠가 새로운 사랑을 찾아버리기 전까진 아빨 계속 찾아갔잖아요. 그리고 사실 지금도, 홧김에 팔아버린 결혼반지가 너무너무 후회돼서 넷째 손가락은 쳐다보지도 않으려고 하고, 정작 그렇게 산 라면 50봉지는 먹지도 못하고 멍하니 바라보기만 하면서 살잖아요.

응, 엄마가 늘 맞는 건 아니에요.

"엄마, 있잖아…."

요즘의 엄마에게 말을 거는 건 정말이지 거대한 무리수를 두는 일이에요. 예전 같으면 늘 욕이 돌아올 거라는 예상이라도 할 수 있었고, 결혼반지 팔고 나서 며칠 동안은 늘 침묵이 돌아올 거라는 예상을 할 수 있었는데요, 요즘엔 당최 뭐가 나올지 까보기 전엔 몰라요. 무슨 도박하는 기분이라니까요. 안 그래도 엄마한테 거짓말을 하려고 하는데, 더 떨리잖아요.

"엄마, 나 오늘요, 도서관 가야 돼요."

어제 밤새도록 고민해 본 대사인데, 뱉고 나니 뭔가 시원 씁쓰름해요. 결국 내뱉었단 생각에 시원하기도 하고, 뭔가 좀 더 그럴듯한 게 없을까, 엄마가 더 쉽게 승낙할 만한 게 없을까, 씁쓸하기도 해요. 하지만 이미 내뱉은 말을 주워 담을 수도 없고, 이젠 도서관 간다는 거짓말로 밀고나갈 수밖에요.

방바닥에 누워 있던 엄마가 내 쪽으로 몸을 돌려서 날 쳐다봐요. 약간 노려보는 것 같기도 하고, 그냥 쳐다보는 것 같기도 해요. 이것 봐요, 진짜 거대한 무리수라니까요.

그래도 최대한 엄마가 승낙할 가능성을 높이기 위해, 밤새 얼마나 열심히 공부를 했는데요. 엄마가 좋아하는 '바스락' 하고 책장 넘기는 소리도 무지 많이 냈고요, 연필심이 종이와 부딪히는 그 '슥슥' 소리도 무지 많이 냈고요, 엄마가 쓰레기장에서 골라내 온 산더미 같은 연습장에다가 가득 수학 문제를 풀었고요. 이래도 엄마가 만족하지 않는다면, 난 그냥, 엄마를 만족시킬 수 없는 거에요.

"도서… 뭐?"

"도서관요…. 학교에서 숙제를 내줬는데, 우리 집은 컴퓨터도 없고 TV도 없고, 그렇잖아요."

'다른 애들은 다들 컴퓨터로 숙제를 해오는데 나만 매일 내 머리로 다 해가는 거라고요'라는 말이 목구멍까지 차올랐지만, 입술을 꽉 깨물고 참아요. 최대한 엄말 자극하지 않는 편이 좋겠죠? 나중에 엄마가 정 안 된다고 나오면, 그때 비장의 카드들을 쓰죠, 뭐. 아유, 엄마를 화나게 하긴 싫은데요.

하지만 오빠랑 이 약속을 잡기 위해서 내가 무슨 짓들을 했나, 생각을 좀 해 보세요. 진실게임에서 오수현의 질문에 대답하기도 하고, 땡볕 밑에서 운동장을 다섯 바퀴나 돌기도 했다고요. 오늘에야 마침내 '살맛나는 일'을 함께 하러 갈 기회를 잡았는데, 정작 내 쪽에서 못 간다고 하면 얼마나 꼴이 우스워요.

불안하게, 엄만 입을 꾹 다물고 뚫어져라 날 훑어보고 있어요. 오늘은 '새로운 엄마' 모드인가 봐요. 쳇, '새로운 엄마' 모드일 땐 '욕하는 엄마' 모드가 그립고, '욕하는 엄마' 모드일 땐 또 '새로운 엄마' 모드가 그리운 거 알아요? 결론은 두 쪽 다 싫다는 거예요.

"갔다 와. 대신 빨리 와!"

엄만 그러고서 다시 나한테 등을 돌려요. 내가 볼 적엔 말예요, 엄만 정말 아빠가 남기고 간 흔적인 나를 보기가 싫어져 버린 것 같아요. 아니면, 그 왜 소설에 흔히 나오듯이, 나를 볼 때마다 아빠의 눈, 코, 아니면 입, 뭐 그런 게 보여서 나를 쳐다볼 수조차 없는 거든가요.

하지만 어쨌든 허락을 받았다는 생각에 날아갈 것 같이 기뻐요. 내 옆에 수북이 쌓인 수학 연습장들이 전부 백만 불짜리 지폐로 보이는 거 있죠.

내가 가방에다가 책을 챙겨서(엄마 눈속임용이기도 하고, 또 사실 오빠가 뭘 하자고 할지 정확히 모르니까, 시간이 나면 풀려고요. 그래도 양심은 있어요) 신발을 신고 있는데, 엄마가 갑자기 고개를 이쪽으로 홱 꺾고 나를 노려봐요. 진짜 적응 안 되게, 엄청 무섭게 노려보고는 있는데, 눈가엔 또 눈물이 그렁그렁 고여 있는 거 있죠.

"너희 같은 어린것들이 친구 만들어 봤자, 중학생 고등학생 되면 다 잊어버린다. 알지? 엄마 실망시키지 말어, 이것아. 엄마 실망시키지 말어…."

가슴이 철렁해요.

오빠와 했던 여러 가지 일들이 나도 모르게 머릿속에 스쳐 지나가요. 오빠가 내 옆자리에 가방을 쾅 내려놓던 일, 내 밥까지 대신 받아주던 일(오빤 요즘도 매일 그래요. 덕분에 난 점심을 매일 먹어요), 같이 손잡고 운동장을 뛰던 일, 오빠의 목소리, 오빠의 보조개, 빨간 머리, 귀에서 반짝이는 은색 별….

게다가 난 오빠가 좋아요. 그래요, 이게 진짜 큰 문제죠. 난 오빠가 좋아요. 엄마 말마따나 내 시간도 뺏기기 시작하고, 에너지도 뺏기기 시작하고, 엄마한테 거짓말도 하기 시작해요.

하지만 어제 헤어질 때 오빠가 그 허스키한 목소리로 "내일 봐, 거북이"라고 해줬는데, 그 목소리가 머릿속에서 떠나질 않는걸요.

미쳤다고 욕을 하고, 모질게 잠 깨울 때처럼 내 등짝을 마구 후려쳐 보세요. 그래도 오빠의 보조개를 볼 때마다 내 심장은 덜컥덜컥댈 게 빤한데 뭘….

"알아, 엄마. 걱정하지 마. …갔다 올게."

엄만 그대로 잠들어 버린 건지 대답이 없어요.

그래요, 따지고 보면, 내가 예전에 오빠를 귀찮아하고 '괴상한 짝꿍'이라고만 생각했을 때 엄마한테 계속 오빠 얘길 했었는데, 엄만 언제나 그랬듯 내 얘길 들어주지도 않았잖아요.

"엄마 잘못이에요."

실은 내 잘못이란 걸 뻔히 알면서도, 나는 그렇게 중얼거리면서 집을 나서요.

엄마 잘못이에요. 나를 미워하지도 말고, 나한테 실망하지도 마세요. 미안해요, 하지만 오빠를 좋아하는 것 때문에 양심의 가책을 느끼고 싶진 않아요.

나, 이젠 더 이상 바보처럼 살고 싶지 않은걸요.

신데렐라처럼

"어디 가는지 진짜 안 알려줄 거예요?"

"가면 알 거 아냐, 바아보야."

"누가 누구더러 바보래요. 어차피 알게 될 거면 미리 얘기 좀 해 주면 어디가 덧나요?"

"걱정 마, 거기서도 거북이 같은 건 안 잡아먹어."

"뭐라고요!"

내가 펄쩍 뛰는 시늉을 하니까, 오빤 막 웃어요. 웃는 얼굴에 침 못 뱉는다고, 이 사람 보면 그 말이 생각나는 게 한두 번이 아니라니까요.

오빠랑 미리 약속했던 학교 앞 버스 정류장에서 만나, 오빠만 철석같이 믿고 같이 버스에 올랐어요. 여자를 배려해 주겠다는 건지 뭔지 나를 창가 쪽에 앉히고 오빠가 복도 쪽에 앉았을 땐, 버스에 앉은 다른 사람들이 어떻게 생각할까 하는 생각에 이유도 없이 우쭐하고 그랬는데요. 이젠 약간 짜증이 나려고 그래요. 그놈의 고집은 언제까지 부릴 심산인지, 우리 행선지가 어딘지 지금까지도 알려주질 않잖아요. 이 인간은 죽을 때까지도 안 죽는다고 고집 부리다 죽을 인물이에요.

난 버스도 난생처음 타보는 거구, 또 집이랑 학교 말고 다른 데가 본 적 자체가 거의 없기 때문에, 이 버스가 어느 쪽으로 가고 있는 건지조차 전혀 모르는데 말예요. 막말로 오빠가 날 납치하고 있는 거래도 모르는 거 아녜요, 참 나. 물론 뭐 진짜 그렇다는 게 아니고요.

흠, 아무튼 중요한 건 이 사람이랑 있으면 늘 지는 기분이라는 거예요. 하지만 그게 기분 나쁘지만은 않아서 그게 또 신기해요. 투닥투닥 엎치락뒤치락 하면서 싸우고, 거북이라나 뭐라나 유치한 별명을 부르고. 그런 게, 괜히 두근두근 거리고 웃음 나고 막 그러는 거예요.

진짜 불안한 게 뭔지 아세요? 내가 창가 자리에 앉아서 저절로 창밖을 내다보게 되는데, 처음엔 아파트 숲이었던 것이 점점 우리 18평 아파트가 있는 동네랑 꼭 닮은 풍경으로 변하더니, 이젠 아예 논이며 밭만 넘실넘실 이어지는 거 있죠. 그런데 이 천하태평 오빤 창밖엔 시선도 주지 않고, 날 놀리고 있지 않을 땐 그냥 눈을 감고 노래만 흥얼흥얼거리는 거예요.

물론 오빠를 100퍼센트 믿으니까 따라온 거지만, 그래도 걱정이 되는 건 어쩔 수 없잖아요. 이 인간은 이 버스가 어디로 가는지 알고나 있는 걸까요? 혹시 지난 이틀 동안 그 괴상한 미션들을 시키면서 나를 골탕 먹이고 싶은 마음에, 괜히 '살맛나는 거'니 뭐니 헛소리로 나를 유인했던 건 아닐까요? 에이, 무슨 변태도 아니고 설마요.

"오늘 너 데려가려고 내가 얼마나 애썼는지 알기나 아냐?"

"어디로 데려가는 건지를 알아야 고마워하죠."

"아, 우린 지금… 아아? 어이구, 똑똑해라."

그러더니 내 볼을 콕콕 찔러요. 그래요, 진짜 끝까지 안 알려줄 셈이에요. 둘러보니까 이제 버스 안에 남아있는 것도 우리 둘이랑 기사 아저씨뿐에요. 이 사람들 혹시 2인조 납치단 아니에요? 나 참 원.

'끼익!'

어머, 그런 생각하기가 무섭게 버스가 서요. 얼른 창문에 코를 대고 밖을 내다보니 휴, 버스 정류장이 있긴 하네요.

옥수순지 뭔지 기다란 식물들에 다 가려졌지만.

"총각 학생! 여기서 내리는 거 아냐?"

"네, 맞아요! 감사합니다!"

오빠는 신나게 말하면서 내 손을 잡고 버스에서 내려요.

뭐에요, 납치범은 아니지만, 정말 둘이 아는 사이긴 아는 사이에요? 오빠가 여길 그만큼 자주 왔다는 얘기일까요? 이 옥수수 밭에요? 왜요? 오빠의 빨간 머리랑은 전혀 안 어울리는 곳인데. 오빠 귀에서 반짝반짝 빛나는 별하고도요. 옥수수하고 공통점이라곤 키 크고 말랐다는 것밖에 없으면서.

오빤 여전히 아무 말도 하지 않고, 내 손을 잡고 옥수수 밭을 헤쳐 나가요. 조금 걸으니까 내 키만 했던 곡식들은 거의 안 보이고요, 대신에 밀인지 보리인지 뭔지 아무튼 내 허리까지 오는 누런 것들이 저어 하늘 끝까지 가득해요.

엄만, 농촌은 엄마 같은 사람만 살게 되는 거라면서 나한텐 머리카락 한 올도 들이지 말랬지만, 성민 오빠 손이 내 손을 이렇게 따듯하게 잡고 있는 걸 어떡해요. 뿌리쳐요? 흥. 내가 바본 줄 알아요?

그러고 보니, 우리가 만난 지 이틀째 되던 날이었나요. 오빠가 싫다는 내 손을 붙잡고 이렇게 질질 식당으로 끌고 갔던 게? 언제나 어린애처럼 막무가내라니까요.

하지만 그렇게 막무가내로 나한테 다가와 준 덕분에, 내가 결국 항복하고 오빠를 좋아하게 돼 버린 거죠. 아무리 차가워 보이는 사람도, 아무리 외톨이로 남는 게 좋다고 우겨대는 사람도, 결국 포기하지 않고 다가서면 귀찮아서라도 허물어지게 된답니다. 그 다음부터는 일사천리죠. 친구가 적은 사람일수록 친구 한 사람 한 사람에게 더 큰 사랑을 쏟아 부을 수밖에 없으니까.

다른 누군가가 오빠처럼 적극적이었다면, 상처받고 적적한 내 속을 보듬어 주고 위로해 주려고 오빠만큼 애를 써 줬다면, 아무리, 아무리 내 성격에 치가 떨려도, 그래도 그냥 아무 이유 없이 날 좋아해 줬다면. 내 나이 열세 살, 이 세상 60억 인구 중에 좋아하는 사람이 딱 한 명보단 많았을 거예요. 하다못해 내가 말을 거는 사람은 두 명보단 많았을 테지요.

그때였어요.

"혀엉!"

깜짝 놀라서 고개를 확 들었어요. 나는 발에 뭐가 걸릴까 무서워 고개를 푹 숙이고 걷고 있었거든요.

언제 올라탄 건지, 오빠의 목 위에 웬 남자애 하나가 대롱대롱 매달려 목마를 타고 있어요.

손이 허전해요. 오빠가 잡고 있던 내 손을 놓고, 양손으로 남자애를 들었으니까요. 요만한 애를, 그것도 남자애를, 이 조현정이 질투한다면 좀 우스운가요?

하지만 오빠가 웃는 건 정말 많이 봤다고 자부하는 나인데, 이렇게 기분 좋게 웃는 건 또 처음인걸요. 이렇게 보니까 오빠 키도 커다란 게, 아빠랑 아들이라고 해도 이상하지 않을 것 같은 거 있죠.

아, 남자애요? 처음 보는 앤데요, 우리 엄마처럼 좀 많이 낡고 여기저기 기운 옷을 입었지만요, 투실투실한 얼굴이랑 땡그란 까만 눈이 꽤 귀여운 애예요. 특히 바알간 주먹코가 꼭 아기 돼지 같은 게 매력이에요. 아주 신난다는 듯이 성민 오빠의 빨간 머리를 헝클어트리면서 막 웃어요. 내일 모레 학교 가면 나도 꼭 저렇게 해볼 거예요. 왠지 귀여워 보이거든요.

"저기, 오빠, 오빠? 나 좀 봐봐! 얜 누구예요?"

하지만 오빤 내 질문에 대답을 않고 계속 헤실대면서, 애기(그렇다기엔 좀 큰가요?) 엉덩이를 오른손으로 능숙하게 받치고는 왼손 검지로 저기 앞을 가리켜요. 나는 입이 떡 벌어져요.

누런 언덕배기 너머로, 2층짜리 붉은 건물이 하나 보여요. 건물이라기보다, 뭐랄까 자그마한 벽돌집 같은 거예요. 다녀 본 적은 없지만 우리 초등학교 옆에 있던 유치원같이 생겼어요.

뭐 아무래도 이런 곳에 있으니까 소위 '간지 나는' 삐까뻔쩍한 건물은 절대 아니지만, 빨랫줄 같은 얇은 줄에다 만국기처럼 쪼옥 걸어 논 알록달록한 그림들이며, 마당을 뛰어다니는 강아지며 닭들까지, 물씬 사람 냄새가 나네요.

그죠, 여러분도 그렇죠. 나도 그 건물이 외진 농촌에 있는 유치원, 아니면 고아원일 거라고 생각했거든요. 성민 오빠가 뽀뽀까지 해 주고 있는 이 애를 봐도 그렇고, 건물도 뭔가 아담하면서 착하게 생겼으니까요. 박하사탕을 먹은 것처럼 코가 시원하고 머리가 상쾌해지는 요 맑은 공기랑, 바람이 불 때마다 부드럽게 쏴아 쏴아 춤을 추는 이름 모를 곡식들의 구수한 냄새도, 너무 잘 어울리잖아요.

게다가 오빤 다른 사람을 도와주는 거야말로 공부보다 중요한, 살맛나는 거라고 했죠. 그 생각을 하며 똑똑한 나는 고아원일 거라고 결론을 내렸어요.

'이성민 이 인간이, 이 팔불출 고집불통 까불이가 고아원에서 그렇게 자주 봉사활동을 한단 말이야?' 하는 생각에, 신기하기도 하고 뭔가 으쓱하기도 했지요. 누가 뭐래도 오빤 내 유일한 친구이고, 내 '비밀 친구'이고, 내 '짝꿍'이고, 내가 유일하게 좋아하는 사람이고, 음, 말로 표현해 본 적은 없지만, 아무튼 그런 사람이잖아요.

한 번도 애들을 돌봐 본 적이 없어요. 그리고 엄마가 이 일을 알게 된다면 미쳤냐고 책으로 내 얼굴을 코피가 터질 만큼 후려칠지도 모르죠. 쌍코피일지도 몰라요. 하지만 그래도 재밌겠다는 생각이 들어요. 성민 오빠 양쪽 어깨를 오가면서 원숭이처럼 놀고 있는 요 토실이만 해도, 내 더러운 성격상 눈길 한 번도 제대로 안 주고 있지만, 사실 속으론 깨물어 주고 싶을 만큼 귀여운걸요.

엄만 내가 이런 감정조차 못 느끼는 로봇이 되길 바랄 테지만, 글쎄요. 우리 아빠가 우릴 버리지만 않았다면, 뭐 아주 많은 게 달라졌겠지만, 그 중 하나가 바로 내가 동생이 생겼을지도 모른다는 거잖아요. 그런 생각을 하면 요런 애기들이 너무 귀여워 보이는 거에요.

왜, 애기들에겐 뭘 줘도 아깝지가 않잖아요. 계속 웃게 해 주고 싶고, 씻겨 주고 싶고, 안아 주고 싶고, 먹여 주고 싶고. 음, 평생 거짓말 같은 거, 아픔 같은 거, 이별 같은 거 모르고 살았으면 좋겠고. 그래요, 나도 여자라고, 우습지만 어쩔 수 없는 모성 본능인가 봐요.

하지만 그 벽돌집에 더 가까이 다가갔을 때, 나는 또 한 번 놀라야 했어요. 정말 기절할 듯이 놀랐죠. 벽돌집 왼편 벽에 세로로 회색 간판이 붙어 있었는데요. 그 간판이 내 혼을 쏙 빼놓은 거에요.

거기엔 '고아원'이라고 쓰여 있지 않았으니까요.

그건, '소년원'이었어요.

어떻게 해야 좋을지 모르겠어요. 우리 학교 바보들이 하는 말로 '뻘쭘'해 죽겠는 거 있죠. 고개를 푹 숙이고, 몰래몰래 다른 사람들 눈치만 봐요.

아까 '소년원'이라는 간판을 봤을 때부터 내 기분은 당연히 좋지가 않았어요. 물론 오빠는 처음부터 행선지를 밝히지 않았지만, 고아원도 아닌 소년원이란 걸 알고 나니까, 뭔가 오빠가 날 일부러 속였다는 느낌 때문에 화가 치미는 거예요.

아니, 아무리 그래도 나도 나름 '여자 친구' 아녜요? 여자 친구랑 주말에, 바보들 말을 빌려다 쓰자면 나름 '첫 데이트'거든요? 내가 맞는 단어 쓰고 있는 거 맞죠? 근데, 아니 '소년원'이라니요?

난 학교에서 만나는 바보들만으로도 충분히 이가 갈린다구요. 오빠도 잘 알고 있으면서. 이 바보들은 심지어 그보다 더한, 아예 급이 다른 바보들이잖아요. 어린 나이에, 나만한 나이에, 다른 사람들한테 피해까지 줘서, 어른으로 치면 감옥에까지 들어간 바보들이잖아요. 이런 바보들 사이에서 이 조현정이 어떻게 버티라는 거예요. 겨우 이런 델 데려오려고, 이게 '살맛나는 일'이랍시고, 무슨 준비운동 시키듯이 단합대회랑 오래달리기를 시켰어요?

그래도 집으로 돌아가는 길도 모르고, 또 언제나 그렇듯이 오빠가 화내거나 삐치는 걸 상상하면 너무 싫어서 억지로 들어오긴 들어왔거든요. 들어오자마자 애들(그래요, 소위 말하는 소년범들이죠) 얼굴이 보이는데, 진짜 얼마나 무서웠는지 그때부터 고개를 든 적이 한 번도 없어요.

난 말예요, 그냥 오늘 무사히, 상처 없이, 아니 살아서 집에 돌아가기만 했으면 좋겠어요. 엄마가 무지 보고 싶은 거 있죠.

문으로 들어오자마자 신발장이 있었는데, 오빤 그 옆에서 잠깐만 기다리라고 하더니, 남자애를 데리고 안으로 들어갔다가 원장님이란 분을 모시고 밖으로 나왔어요. 빠알간 주먹코에 새카만 눈이, 딱 봐도 남자애 아빠예요.

아니, 원장이면 다예요? 위험하게 소년원에다 왜 아들을 데리고 있는 거예요? 고아원이라고 착각하고 따라온 난 뭐가 되냐고요!

원장님은 짜증날 만큼 오빠랑 비슷한 넓은 웃음을 웃으면서 나랑 여러 번 악수를 했어요.

'그래요, 댁들은 착하고 인자한 사람들이죠. 나처럼 이기적인 인간하고는 근본부터가 다른 종족들이라고요. 아주 얼굴에서부터 티가 나네요.'

일부러 원장님 시선을 피하고 제대로 인사조차 하지 않았는데도, 원장님은 연신 싱글싱글 웃으면서 이 소년원에 대해 설명을 해 주셨어요.

맨 처음엔 침까지 튀기면서, 원래 외부 방문자는 받지 않고, 특히 나같이 어리거나 젊은 여성 방문자는 문제가 생길 여지가 있다는 생각에 하늘이 무너져도 받지 않는다고 했어요.

'그런 당연한 얘길 지금 말이라고 해요? 누가 오고 싶어서 왔대요? 괜찮으니까 그냥 당장 내쫓아 달란 말예요!'

하지만 성민 오빠는 매일매일 이 소년원에서 살다시피 하면서 봉사를 하고, 애들을 돕고, 그런 너무 착하고 고마운 젊은이니까, 오빠의 간곡한 부탁을 못 견뎌 허락을 해준 거래요.

'저기, 빨간 코 루돌프 아저씨? 나한테 뭐 대단한 호의라도 베푼 줄 아나 본데, 난 그냥 '살맛나는 일'이란 말이랑 저 잘생긴 면상에 덥석 낚여서 온 물고기라고요, 범생이 샌님 물고기!'

진짜 소년원, 그러니까 죄를 지어 잡힌 소년범들이 6개월 동안

형을 살아야 하는 그 소년원은 아니고요,

'그럼 그렇지, 그냥 고아원 이름이 '소년원'인 거거나, 누가 장난으로 저런 간판을 달아 놓은 거거나 그런 거죠? 제발, 그렇다고 얘기해 주면 안 될까요?'

소년원에서 형기 6개월을 다 마친 다음 출소를 하긴 했는데, 문제아라는 낙인이 무슨 주홍 글씨처럼 새겨져서 학교에서도 버림받고 친구들한테도 버림받고 심지어는 부모님들한테까지 버림받은 애들을 모아다 만든, 이를테면 '가짜 소년원'이라면서 너털웃음을 웃으셨어요.

'허허허, 저도 웃고 싶어요.'

그런 다음엔 무슨 신세 한탄을 하듯이, 버려진 밭 한가운데에 자그마한 벽돌 건물 하나지만, 그래도 자기 재산이 다 들어간 거라고 그러셨어요. 근데 돈은 딸리고 일손도 딸리고 사람들은 외면만 하니, 나중에 보면 알겠지만 고작 다섯 명도 못 받는다고, 쓸쓸하게 웃으면서 그러셨어요.

'나도 가난하거든요! 우리 집은 이런 소년원 지을 돈도 없거든요!'

그러다가 어느 날부터, 어쩌다 원장님이랑 알게 된 성민 오빠가 매일매일 여기 일을 도와주러 오게 됐고, 그 뒤로는 마음이나마 예전보단 훨씬 즐겁고 여기 애들도 다들 오빠 덕에 사는 거라면서, 오빠 등을 자랑스럽게 툭툭 쳤어요.

'아저씨야 오빠가 자랑스럽겠죠. 난 거의 피해자 수준이라고요.'

내가 아무 반응을 안 하고 고개만 푹 숙이고 있자 멋쩍었는지,

원장님은 "소년원 친구들에게 현정 학생이 온다고 얘길 해 놓긴 했지만, 얼굴 보고 정식으로 소개를 해야 하지 않겠냐"며, 의자에 앉아 잠시만 기다리라고 했어요. 조금만 움직이면 '빠각' 하고 부서질 것 같은 낡은 의자에 성민이 오빠랑 나란히 앉아서, 전래동화에서 괴물이 나타나길 기다리는 불쌍한 제물 처녀처럼 '소년원 친구들'을 기다렸어요.

그리고 지금까지 내내 요 모양 요 꼴이에요. 흉터에, 문신에. 도저히 내 나이 또래 애들이나 성민 오빠 나이 대의 애들이라곤 상상도 하기 힘든 그런 애들이 의자를 가져와서 나랑 성민 오빠 옆으로 둥그렇게 둘러앉았으니, 분위기가 어떻겠어요. 내 마음은 어떻겠어요!

이 바보들이 다 나를 노려보고 있는 것도 같고, 금방이라도 나한테 욕을 하면서 주먹을 날릴 것도 같고. 너무 무서워요. 어떤 트집도 잡히지 않으려고, 조개처럼 잔뜩 몸을 움츠리고 있어요.

원장님은 자기가 보기에도 분위기가 이상야릇했는지 뭐 마실 거라도 내오겠다며 나가더니 안 돌아오고 있고요, 성민 오빠만 가끔씩 분위기를 띄우면서 웃어대고 있어요. 그러면 바보들도 무슨 거인 같은 웃음소리를 내면서 멍청하게 웃는 거 있죠.

안 들키게 조심조심하면서 재빨리 이 소년범 바보들의 털북숭이 다리짝 수를 세 보니까, 딱 여덟이에요. 다리가 여덟이니 네 명이나 된다는 거고, 다시 말하면, 나는 절대로 여기서 그냥 걸어 나갈 순 없다는 얘기죠. 혹시라도, 아주 혹시라도, 원장님이랑 원장님 아들 꼬마까지 내 편에서 싸워준다 해도 말이에요.

그냥요, 내가 다시 한 번 이성민이 좋다는 말을 하면, 당장 나를 엄마한테 일러바치세요.

'뎅... 뎅... 뎅... 뎅...'

기분 때문인지, 괘종시계 소리조차도 기괴하게 들려요. 공포 소설이나 미스터리 소설이라도 읽고 있는 것처럼.

벌써 4시인가 봐요. 집에 가고 싶어요. 공부하고 싶어요. 가방을 열어서 책을 꺼내고 싶어요. 그게 내가 안정을 찾는 방법이라고요.

어? 바보 넷이 갑자기 벌떡 일어나요. 드디어 결전의 순간인가 봐요. 하필 4시라니, 너무 무섭잖아요.

머리는 어떻게든 맞지 않으려고, 양팔로 가리고 고개를 푹 숙여요. 금방이라도 눈물이 터질 것 같아요.

그런데 바보들은 내 쪽으로 다가오지조차 않아요. 고개를 들어 보니, 자기들이 앉았던 의자를 한쪽으로 차곡차곡 정리하고 있는 거예요. 원래 있던 대로 한쪽 벽에 기대 잘 쌓아 놓더니, 넷이서 우르르 저쪽 계단 위로 올라가 버리네요.

"뭐예요? 갑자기 다들 왜 간 거예요?"

어안이 벙벙해져서 오빠한테 물어 봐요. 예전에 어떤 바보 같은 공상과학 소설(내가 옥에 티를 몇 개나 찾아냈는지 아세요? 딱 한 번 훑어 읽었는데도 34개나 찾았다고요)에서 봤던 좀비들도 아니고, 시계가 뎅뎅 울리니까 우르르 올라가 버리다니, 쟤들 뭐예요 정말? 나를 때리려는 줄 알고 괜히 무서워했잖아요. 이성민 이 인간, 혹시 내 꼴을 보고 속으로 엄청 비웃은 거 아니에요?

"자기들 방으로 돌아가야 하는 시간이거든. 4시부터 6시에 저녁 먹을 때까지, 각자 자기 방에서 자유 시간을 보내도록 돼 있어."

허이고, 요런 바보들도 시간관념은 있나 보죠? 원장님이 어떻게 교육을 시킨 건지 모르지만, 나름 의자 정리도 할 줄 알고요. 아, 그런 교육을 시키다가 얻어맞아서 코가 그렇게 빨개진 걸까요?

이성민이 갑자기 벌떡 일어나더니, 기지개를 펴고 어깨를 앞뒤로 돌리면서 몸을 풀어요. 그러더니 좀 전에 바보들이 올라간 계단 쪽으로 걸어가는 거예요. 그냥 걷기 운동을 좀 하려는 거겠지 하고 가만히 쳐다보는데, 진짜로 따라 올라가려고 그래요.

왜 저러는 거예요 정말? 나는 어쩌라고. 이러려면 날 데려오지 말던가.

내 마음을 그렇게 잘 알면서, 단합대회 참가하기 싫어하는 것도 그렇게 잘 알고 있었고, 오래달리기 하는 게 얼마나 나한테 도움이 될지도 그렇게 잘 알았으면서. 그러니 당연히 내가 이런 곳을 얼마나 싫어하고 무서워할지, 지금 얼마나 기분이 나쁠지도 잘 알 텐데, 나한테 왜 이러는 거냐고요. 내가 겁에 질려서 부들부들 떨고 울고 기절하고, 그런 약한 꼴을 보고 싶은 거예요? 그러려고 나한테 잘해 줬던 거예요? 결국 이성민도, 다른 애들과 하나도 다를 게 없는 똑같은 바보인 거예요? 전교 1등을 골탕 먹여 주고 싶었을 뿐이냐고요.

심지어 이런 바보들이랑 무지 친한 친구라니요. 날마다 그렇게 오랜 시간을 함께 보낸다니요. 그 바보들의 삶의 낙이 오빠라니요. 루돌프 아저씨 자랑처럼 말했지만, 난 오빠랑 나도 친구 사이라는 게 지금 이 순간 무지 싫고 무서울 뿐이에요.

"오빠, 어디 가는 거예요?"

"자유 시간이라니까."

"그래서요?"

"여기 애들은 방을 한 명씩 따로 쓰거든. 그래서 겨우 네 명밖에 받을 수가 없는 거구. 그런데 각자 자기 방에 있다 보니까, 자유 시간에 별 할 일도 없이 심심할 거 아니야."

"그래서요?"

"그래서 내 친구들 방에 놀러가는 건데? 무슨 불만 있어?"

"난 어쩌라고요!"

나도 머리끝까지 화가 났는데, 진짜 웃긴 건 이성민도 화가 난 것 같다는 거예요. 말투도 평소보다 훨씬 쌀쌀맞고 시비조지만, 무엇보다 나한테 엄청 실망했다는 듯이 날 제대로 쳐다봐 주지도 않아요.

뭐 어쩌라는 거예요. 내가 어떤 앤지 누구보다 잘 아는 척했으면서. 바보. 바보. 바보….

오빠 다를 거라고, 오빠 특별하다고 생각한 내 잘못이죠, 뭐. 엄마 말이 맞아요. 우리 나이에 친구는 진짜 부질없고 한심하고 손해 보는 거예요. 잘 알고 있었는데, 이 나쁜 오빠 때문에 며칠 동안 아닌지도 모른다고 착각을 했었어요.

근데요, 머리론 이렇게 똑똑하게 생각을 하고 있는데, 왠지 모르게 가슴은 울컥해요. 공부랑 관련 없는 일이니까 그럴 필요 전혀 없는 건데, 잘 아는데, 왠지 모르게 오빠한테 달려가서 가슴팍을 막 때려주고 싶은 거 있죠.

누가 뭐래도, 애들이 내 앞에서 대놓고 날 욕했을 때도, 체육 선생님이 치사하게 교무실에서 날 깎아내렸을 때도, 엄마가 수학 문제 딱 하나 실수한 걸 갖고 나한테 온갖 욕을 퍼부었을 때도, 난 아무렇지 않게 그냥 가만히 무시할 수 있었어요. 나도 그 사람들이 싫으니까, 아무래도 상관없었다고요. 근데 지금 이성민은, 깨물고 꼬집고 할퀴어 주고 싶어요. 그래야 내 속이 시원해질 것 같아요.

"…조현정. 너도 쟤들 방에 가서 같이 놀지 않을래?"

조현정이래요. '현정아'도 아니고 '조현정'이래요. 저렇게 쌀쌀맞은 목소리로.

"야, 이성민, 너 미쳤어?"

"잘 가."

이성민이 갑자기 그래요. 더 이상 내 꼴도 보기 싫다는 듯이, 그냥 돌아서서 계단을 올라가 버려요.

잘된 거야. 내 머릿속에서 누군가가 열심히 속삭여 줘요. 잘된 거야. 이제 쓸데없이 시간 뺏길 일 없이, 편하게, 원 없이 공부할 수 있잖아. 엄마한테 걸릴까 걱정할 필요도 없을 테고, 아침에 괜히 거울 앞에서 시간을 허비할 필요도 없을 테지. 귀찮게 점심 같은 거 먹지 않아도 될 테고, 친구 같은 한심한 거, 평생 단 한 명도 없이 살 수 있어. 속 시원해야 맞잖아.

언제부터 내 머리랑 가슴이 이렇게 따로 놀게 된 거죠? 가슴이 막 뜨겁고 먹먹해져요. 바보같이, 나는 울고 싶은 거예요. 아빠가 다른 사랑을 찾던 그날, 눈 속에서 뭐라도 터진 듯이 끊임없이 울던 엄마처럼. 안 운다, 안 운다 하면서도 울고 싶은 거예요.

"넌 네가 특별하다고 생각하지?"

이성민이 2층에서 말해요. 계단을 타고 내려와 내 귀에 쏙 들어와 내 심장에 가 박혀요. 난요, 가슴이 아프다는 게 그냥 하는 말인 줄 알았는데요, 진짜로 가슴이 쿡쿡 쑤시듯이 아파요.

그래, 조현정은 아주아주 특별해. 그리고 나는 이성민, 너도 특별하다고 생각했어. 내가 틀렸었어. 너는 바보야. 바보 같은 자식. 그동안 나를 충분히 망쳤으니까, 이제 가버려. 그래도 돼.

이기적으로, 나답게 차갑게, 엄마 딸답게 매정하게, 그렇게 생각해 보려고 애를 써요. 근데 왜 자꾸 그런 것만 생각나는 거냐고요. 옥상, 식당, 버스, 보조개, 목소리, 웃음….

"너는 천재고 다른 애들은 다 바보라고 무시하지? 저 위에 있는 네 명은, 네 절반도 못 되는 애들인 것 같지? 그래서 상종하기도 싫지? 딱 봐도 알겠다, 야. 근데 어떡하지, 이 세상에 천재, 바보, 그런 건 없거든. 다 똑같아. 넌 다른 애들 때문에 깜짝 놀란 적 없어? 너무 똑똑하고 너무 특별해서, 너도 모르게 깜짝 놀란 적 없냐고. 난 네가 너무 바보 같아서, 가끔은 너무 순진해서, 속으로 웃은 게 한두 번이 아니거든!"

듣지 않으려고 귀를 틀어막고 싶은데, 그러면 정말 지게 될 것 같아서 그럴 수도 없어요. 이 못난 자존심, 엄마한테 고스란히 물려받은 이 못난 고집.

나에 대해 그렇게 잘 알고 있으면서 뭐하러 물어봐요. 오빠요,

성민 오빠요, 날 너무너무 깜짝 놀라게 해 줘서, 내가 우리 학교 바보들을 전부 새로운 눈으로 바라보게 한 사람이잖아요. 할 일 없어서 체육이나 하냐며 무시했던 남자애들을 무슨 백조로 여기게 됐다고요. 하지만 소년원이라니, 너무 당황스럽고 또 너무 무서워서, 나랑은 너무 다른 애들이니까, 분명히 범죄를 저지른 애들이니까, 소스라쳐서 멀찌감치 도망칠 수밖에 없었단 말예요.

그래요, 변명밖에 안 되겠죠. 나는 나쁜 애예요. 처음부터 나는 친구 같은 거 사귀면 안 되는 거였어요. 그럴 생각도 없었고, 그럴 인물도 못 되죠. 더럽게 이기적인 애니까.

그런 나를 네가 휘저어 놨잖아. 나를 좋아한다고, 나를 생전 처음 보고도, 나보다 더 예쁘고 나보다 더 재밌고 나보다 더 다정한 애들 사이에서 내가 가장 좋다고 그랬으면서.

"아니, 조현정! 넌 특별한 거 눈곱만큼도 없어. 공부 말고 잘하는 것도 못 찾고, 친구 사귀는 법도 못 배운 멍텅구리라서, 그냥 책상머리 앞에 스스로를 가둔 겁쟁이야. 네가 이 세상 사람들을 다 따돌리는 거라고 생각하지? 웃기지 마, 다른 사람들이 널 따돌리는 거니까. 너같이 이기적이고, 한심하고, 다른 사람 좋은 점은 쥐뿔만큼도 생각 안 하고, 네 잘난 맛에만 살려고 하는 애한테 누가 다가오고 싶겠니? 네가 원하는 게 그거라니까, 이제 나도 너한테 상관하지 않을게. 가. 평생 그렇게, 헛똑똑이로 외롭게 살아!"

문이 열렸다가 다시 쾅 닫히는 소리가 들려요.

나는 옆에 있는 벽에 몸을 기대고 가만히 서 있어요.

참 우습죠, 너무 멍하고 너무 슬프니까 이젠 눈물도 쏙 들어가

버렸어요. 진짜 웃기게도 지금 드는 생각은요, 내일부턴 또 혼자 앉게 되겠구나, 또 혼자 체할 듯이 점심을 먹어야겠구나, 또 체육 시간마다 혼자 스탠드에 앉아 책이나 봐야겠구나, 혼자… 혼자, 혼자, 혼자.

진짜 바보 같죠. 그냥 예전 삶으로 돌아가는 것뿐인데, 아무렇지 않게 13년 동안이나 되풀이해 왔던 일상으로, 불쌍한 엄마를 위해, 그리고 잘난 내 미래를 위해 돌아가는 것뿐인데.

나요, 변신이 풀려가는 신데렐라 같아요. 나한텐 그런 외로운 삶이 당연한 건데, 잠시 동안, 아주 잠깐 동안, 눈부시게 멋있는 사람 때문에 너무 달콤한 꿈을 꿔서, 다시 현실로 돌아가기가 겁이 나는 거예요. 돌아가야 하는 걸 알면서도. 돌아갈 수밖에 없으면서도. 그 사람 없이도 사실 잘 살 수 있으면서도.

엄만 내가 친구를 사귀면 좋은 건 다 뺏길 거라고 그랬었지요. 그래요, 나는 그냥 내 마음을 송두리째 뺏겨 버렸네요.

별이 빛나는 밤에

"여러분, 조현정 좀 보래요!"
"야, 야, 너무 그러지 마. 쟤 울겠다."
"쟤가 우는 거 봤냐? 쟨 눈물도 없는 애야."

오수현이랑 그 애 친구들이 신이 나서 속닥거려요. 난 이를 악물고 못 들은 척해요. 이보다 더 심한 말들도 많이 견뎠잖아요. 겨우 이 정도로 무너질 조현정이 아니잖아요.

성민 오빠가 책상 속까지 깨끗하게 비워 갖고 일찌감치 떠나 버린 옆 자리엔, 보란 듯이 당당하게 내 가방을 올려놨어요. 이성민, 평소엔 그렇게 늦게 다니더니만, 오늘은 나보다도 훨씬 빨리 와서 저 맨 뒷자리에, 맨 처음에 오빠랑 친해지고 싶어 했던 남자애들이랑 같이 앉아 버렸어요. 나는 맨 앞이니까, 몰래 오빨 쳐다볼 수도 없지요.

그래요, 쳐다보지 않을 거예요. 쳐다보고 싶지도 않아요. 오빠 때문에 난 엊그제 다섯 시간이나 길을 헤매다가 간신히 집에 돌아갔다고요.

정류장에서 아무리 기다려도 버스가 안 오더라고요. 아마 한 여덟 시간에 한 번씩만 다니는 모양이에요.

오빨 만난 이후론 처음으로, 머리를 감지 않고 학교에 왔어요. 오빠한텐 완전히 정상인 것처럼 보이고 싶으니까 그냥 감을까 생각도 했지만, 봐 줄 사람도 없는데 뭐하러 그래야 하나, 그냥 얼른 못했던 공부나 하자는 생각에 거울을 보면서 쓴웃음만 지었어요. 대신 괜찮아, 괜찮아, 괜찮아, 하고 나 자신한테 몇 번이나 속삭여 줬어요.

근데 아무런 소용이 없네요. 괜찮지 않으니까.

"오빠, 혹시 이번 주말에 시간 돼요? 우리랑 같이 시내 갈래요?"

오수현의 목소리.

듣고 싶지 않아요. 이를 악물어요. 하지만 온몸이 긴장을 하는 걸요. 귀로 온 신경이 다 쏠리는 기분이에요. 가슴은 터질 것 같이 쿵쾅대고요.

"그러지 뭐! 근데 요즘에 볼 만한 영화 뭐 있어?"

남들이 볼 적에 내 몸이 떨리는 게 보일까요? 춥지도 않은데, 오빠가 바보 같은 여자애들에게 그 예쁜 보조개를 보여주고 있을 생각을 하니까, 갑자기 몸이 싸해지면서 부르르 떨리는 거 있죠. 나도 내가 무서워요.

"멜로 영화도 한창 뜨는 거 있고요, 음 공포 영화도 있고. 아, 애들이 코미디 영화 웃긴 것도 한댔는데. 제목이 뭐더라? 이잉, 기억이 안 나요."

"우와, 다아 보고 싶다. 나 영화 본 지 진짜 오래 됐거든."

나 있잖아요, 엄마한테 맞아 죽는 한이 있더라도, 사회책에서 봤던 엠피쓰리를 사달라고 말이라도 꺼내 볼래요. 아니, 아무거나 귀를 틀어막을 수 있는 걸 사달라고 해야겠어요. 하다못해 아주 효과 좋은 귀마개라도.

예전엔 이성민 때문에 공부가 안 됐는데, 옆에서 하도 콕콕 찔러대는 바람에 저 인간만 없으면 공부를 할 수 있을 줄 알았는데. 이젠 옆에 없어서 공부가 안 돼요.

너무 미워요. 너무, 너무 미워요. 아주 사라져 버렸으면 좋겠어요.
"있잖아요, 오빠 근데요, 조현정이랑 싸웠어요?"
"조현정?… 아아 아니, 그냥 심심해서. 쟤 너무 재미없어."
"아, 너무 그러지 마요. 그래도 쟤, 친구 비슷한 거라곤 오빠 하나뿐이었는데."

눈앞이 뿌옇게 흐려지는 거 있죠. 가슴에 돌덩이가 하나 들어앉은 것처럼 숨이 막혀요.

왜 이렇게 나를 못 잡아먹어 안달이에요? 성민 오빠한테서 떨어지라면서요. 친해지지 말라고, 조심하라면서요. 비록 내 의지는 아니었지만 어쨌든 원하는 대로 해 줬잖아요. 그런데 그래도 불만이에요? 꼭 그렇게 한 마디씩 해야겠어요?

바보들. 바보들. 얄미운 바보들.

난 벌떡 일어나서 책가방을 챙겨요. 있잖아요, 나 도저히 더 이상 수업 못 듣겠어요. 5년 내내 단 한 번도 조퇴고 결석이고 없었는데, 오늘은 조퇴할래요. 이제 겨우 2교시고, 요걸로 개근상을 놓치게 될 테고, 엄마가 쓰레기장에서 배드민턴 라켓 같은 걸 주워 와서 내 허벅지를 후려칠 테지만, 어차피 내 개근상이에요. 아쉬워도 내가 가장 아쉬운 거라고요.

신데렐라의 마법은 풀려 버렸지만, 그래도 완전히 전처럼 돌아갈 수는 없는 거예요. 죽어도 엄마를 실망시키지 않는 게 목적이었던, 그 올챙이 적으론 돌아갈 수가 없어요.

왕자님도 그리워하면서 새엄마 비위까지 맞춰 주다간, 가냘픈 신데렐라는 과로사하고 말 테니까.

나, 죽고 싶지 않아요. 결국 이렇게 비참하게, 잃을 건 다 잃으면서 공부에 매달리는 이유가 나중에 커서 떵떵거리며 살아 보려고 그런 건데. 하루라도 그렇게 살아 보고 죽어야죠. 아직까지 해 온 게, 여태껏 잃어버린 게 아까워서라도 나, 절대 못 죽어요.

성민 오빠를 잃고서 얻은 세상이 미치도록 아름다워야만, 그래야만 나란 애는 속 편히 잘 살 수 있겠죠.

"아가씨 여기서 내리는 거 아냐?"
"아, 네. 감사해요."
"근데 그 총각은?"
아무 대답도 않고 버스에서 내려 도망치듯 걸어요.

알아요, 내가 생각해도 난 미친 게 틀림없어요. 하지만 박성이 선생님한테 조퇴 허락을 받고(교무실 선생님들은 내가 무슨 죽을병에라도 걸린 것처럼 안쓰러워 하셨어요. "저녁밥은 먹는 거니? 라면만 먹으면 안 되는 거다" 하면서 아는 척을 하시는 선생님들도 계셨어요. 쥐구멍에라도 들어가고 싶었죠) 집까지 먼 길을 걸어갈 생각을 하는데, 학교 앞에 버스 정류장이 보이는 거예요. 엊그제 오빠랑 만났던 그 버스 정류장이.

갑자기, 왠지, 아무 이유 없이, 하지만 미치도록, 이 소년원에 다시 와야 한단 생각이 들었어요. 알아요, 나도. 미쳤다는 거. 하지만 오늘만큼은 오빠가 나보다 훨씬 늦게 여기에 올 수밖에 없잖아요. 난 조퇴했고, 오빤 3시 반까지 학교에 붙들려 있을 테니까. 나한텐 시간이 충분한 거죠. 왠지 그런 생각이 들었어요.

그래서 간신히 기억을 더듬어 버스를 탔고, 엊그제랑 똑같이 여기까지 온 거예요. 다만 오늘은 오빠 없이, 반쪽이 돼서, 외롭게.

이게 다 여기 애들 때문이잖아요. 좀비 바보 네 명.

엊그제랑 똑같이 옥수수 밭을 헤쳐 나가요. 똑똑해서 참 다행이에요. 아니, 오빤 나한테 헛똑똑이라 했고, 솔직히 나도 인정하니까, 그냥 머리가 좋다고 해 둘게요. 아무튼 참 다행이에요. 이정표도 뭣도 없고, 너무 키가 커서 햇볕까지 막혀버린 옥수수 세상인데도, 오빠와 함께 걸었던 길을 정확히 기억하거든요.

내 기억 속 이미지와 똑같이, 저 앞에 벽돌집이 보여요. 아주 천천히 슬금슬금 걷기 시작해요. 혹시 엊그제 그 꼬마가, 내가 오빤 줄 알고 확 뛰어들어 목마를 타려 들면 어떡해요.

하지만 다행히 꼬마는 보이지 않아요. 아마 성민 오빤 이 시간에 올 리가 없단 걸 알고 있는 거겠죠. 자고 있는지도 모르고, 좀비 바보들이랑 무슨 게임 따위를 하며 '정서를 순화'하고 있는지도 모르죠.

날 기절초풍하게 했던 회색 간판을 흘긋 쳐다보고, 강아지한테 짖지 말라고 검지를 입에 대 보이면서 슬그머니 문을 열고 들어가요. 엊그제 봤던 신발장이 오늘도 날 반겨 주네요.

다시 울고 싶어져요. 왜 자꾸 오빠와의 추억이 군데군데에서 떠오르는 거냐고요. 한 토막을 잊었나 싶으면 또 다음 토막이 기억나고, 한 추억이 아무렇지 않아지면 또 다른 추억이 쑤시잖아요.

너무 많은 걸 함께해서 그래요. 평생 한 번도 해본 적 없는 걸, 전부 오빠와 함께 했으니까. 거의 모든 것에 있어서, 오빤 내 처음이었고, 아마 분명 마지막일 테니까.

"누구세… 어? 현정 학생?"

깜짝 놀란 듯이 루돌프 코를 비비면서 원장님이 다가오세요. 그렇게 슬그머니 들어왔는데 어떻게 아셨는지 몰라요. 이젠 안 왔던 척 시치미 떼고 돌아갈 수도 없네요. 작업복을 입고 계신 데다 옷이며 얼굴 곳곳에 초록 물감이 묻어 있는 꼴이, 애들이 뭘 하고 있는지 눈에 선해요. 유치한 바보들, 그런 바보들 때문에 난 오빠를 잃었어요.

미워요. 너무 미워요. 사라졌으면 좋겠어요, 다들. 반쯤 진심으로요. 내가 죽긴 싫으니까요. 내가 죽으면 너무 억울하잖아요. 솔직히 맞잖아요.

"다들… 다들 죽어버렸으면 좋겠어요."

이기적인 거 알아요. 하지만 난 원래 이런 애니까. 어차피 누가 뭐래도 이제 오빤 날 그런 애로 생각할 테니까.

"바보들 때문에, 저 위에서 놀고 있는 저 멍청이들 때문에, 오빠를 잃어버렸어요. 그게 신경 쓰여서 아무것도 못해요. 정말… 정말 다들 사라져 버렸으면 좋겠어요."

이를 악물고 천천히 말하는데 온몸이 부들부들 떨려요. 원장님은 조용히 입을 다물고 날 바라보세요. 눈동자가 무지 떨리시네요.

내가 불쌍해서일까요, 저 위에 애들이 불쌍해서일까요. 분명 애들이 불쌍해서겠죠. 나는 불쌍하지 않으니까. 불쌍한 건 우리 엄마죠.

원장님은 입을 여시더니, 큰 소리로 이름들을 부르세요. 이름 네 개. 듣기도 싫은, 외울 가치도 없는, 바보들의 이름.

계단을 내려오는 바보들의 쿵쿵대는 발소리. 엊그제 본 그 흉터, 그 문신을 다시 보니까 또 한 번 소스라치게 돼요. 나도 모르게 악에 받친 고함을 질러요.

"돈도 없다면서, 이런 거 왜 지었어요? 저런 애들을 왜 챙겨 줘요? 아저씨 돈 다 잃어 가면서, 이딴 게 뭐라고! 바보들은 어차피 챙겨줘 봐야 바보라고요! 배신이나 하고, 은혜 같은 거 다 잊어버린단 마, 말예요!"

마지막엔, 바보들이 날 쳐다보고 있는 게 무서워서 살짝 말끝을 흐렸지만, 원장 선생님한테 내 생각을 전하기엔 충분했겠죠.

하지만 내 예상과는 달리 원장님은 화를 내지 않으세요. 내 말을 곱씹어 보듯이 내 눈을 가만히 들여다보세요. 흑진주처럼 너무 맑고 새카만 눈.

차라리, 차라리 화를 내 줬으면 좋겠어요. 나쁜 년이라고. 어린애가 무슨 말을 그따위로 하냐고. 엄마라면 두말할 것도 없이 그렇게 했겠죠. 때리기도 했겠죠.

그렇게 해 줘야 내가 익숙하게 받아들일 수 있는데. 실컷 미워하고 불쌍해할 수 있는데.

"현정 학생 마음도 이해가 가. 하지만 애들은 모두에게서 버림받고 이 어린 나이에 완전히 혼자 남아버렸잖아. 단 한 번의 실수로, 혹은 별 거 아닌 일이 운 안 좋게 커져 버려서. 애들이 무슨 무서운 괴물인 것처럼 대놓고 도망칠 궁리만 하는 사람들 때문에, 애들이 얼마나 상처를 받았을지도 좀 생각해 줘. 애들도 현정 학생처럼 예민한 나이라고."

"나는…!"

"나도 알아, 현정 학생이 얼마나 공부를 잘하는지, 얼마나 영특한 학생인지, 성민이한테 잘 들었으니까. 그 녀석이 자기 천재 짝꿍이라고 어찌나 자랑을 하든지…. 그래서 현정 학생한테 이 애들이 얼마나 한심하게 보일지 잘 알아. 하지만…."

"실수요? 별 거 아닌 일이요? 우리 엄마가 그런 것도 다 자기가 책임져야 하는 거라고 그랬어요. 가난하게 태어난 것도, 가난한 부모를 가진 것도, 다 자기가 책임져야 하는 세상인데요, 뭘? 나같이 가난한 애들은요, 단 1초도 안 쉬고 공부해서 천재로, 부자로 살아야 된대요. 그렇게 못해서 평생 비참하게 살아야 한다면, 그건 애들 잘못이에요. 영영 범죄자가 돼 버린 거, 그것도 자기 책임이구, 그것 때문에 나나 다른 사람들한테 무시를 받아도, 두말 할 것 없이 자기 책임이에요. 왜요, 애들이 그것 때문에 힘들대요? 아주 죽겠대요? 그럼 죽으라고 그래요. 나한테 상처 줄 바에야,

바보 주제에 나한테 상처 줄 바에야, 차라리 다 죽어 버렸으면 좋겠다고요!!"

나도 알아요. 본인들을 눈앞에 두고 이런 식으로 얘기하면 안 된다는 거.

하지만 그런 거 있잖아요. 한번 말을 시작하고 나면 봇물 터지듯이 거침없이, 브레이크도 안 걸리고 막 흘러나오는 거.

근데 또, 다 쏟아내고 나니까 나도 모르게 너무 미안해져서, 맑고 깊은 원장님 눈도, 시끄러운 소리에 놀라 달려온 꼬마 애 눈도, 이름도 모르는 네 명의 눈도, 똑바로 마주칠 수가 없어요. 그래서 그냥 외면해 버렸어요. 꼴도 보기 싫다는 듯이. 사실은 나 자신을 보기 싫은 건데….

오빠 말대로, 나는 그냥 겁쟁이에요.

갑자기 원장 선생님이 나를 향해서 걸어와요. 뺨이라도 한 대 치려는 건지 무섭지만, 잘난 자존심 하나로 이를 악물고 버텨요. 때릴 테면 때려 보라죠. 너무 졸려서 수학 공부를 딱 30초 쉬었다는 이유로, 뺨을 세 대나 맞았던 나예요. 그것도 풀 스윙으로.

"힘들었구나…."

그런데 원장님은 날 따뜻하게 안아 주면서 그렇게 말해요. 힘들었구나 하고.

난 그냥 멍한 표정으로 낯선 품에 안겨 버렸어요. 맞을 각오만 하고 있었으니, 밀어낼 생각은 하지도 못했죠.

…뭐 이런 사람이 다 있어요. 또 울고 싶어지잖아요. 갑자기 우리 아빠가 보고 싶어지잖아요.

우리 아빠가 나를 기억했다면, 나를 이렇게 안아주지 않았을까요? 엄마도 날 이렇게까지 비참하게 만들어 놓진 않았겠지만, 아무튼 귀여운 딸이 무슨 상처라도 받을 때마다 친절했던 진짜 아빠 나를 이렇게 위로해 줬을 거란 생각이 들어요.

바보같이, 또 누군가한테 속으려고 해요. 또 누군가에게 마음을 뺏기려고 해요. 위험한데, 지금 밀어내지 않으면 후회할 텐데.

"얘기할 친구조차 한 사람 없이, 얼마나 외로웠을까. 남들에게 버림받을까 봐, 네 약한 모습을 보여주기가 무서워서 차갑게 굴었을 뿐인데, 어느 순간부터 철저히 외톨이가 돼 있었구나. 그때부터 다른 애들은 바보고 넌 천재라고, 어차피 서로 다른 세상에 사는 거라고 스스로를 설득했을 거야. 그 애들이 너에게 상처를 줘도, 아무렇지 않은 척, 신경 쓰지도 않는 척, 더 차갑게 굴다가 혼자 외롭게 울었겠지. 하지만 혼자 운다는 게 또 비참해 맘껏 울지도 못했겠구나."

왜, 그런 순간 있잖아요. 아직까지 힘들었던 일들이 갑자기 사르르 녹아 버리면서, 다 견딜 만한 일들처럼 느껴지는 순간. 억울했던 거, 외로웠던 거, 어디론가 훨훨 날아가 버리고, 미쳤는지 다시 그때로 돌아가고 싶어지는 순간. 그렇게 힘들었는데, 그렇게 지겨웠는데, 벗어날 수만 있다면 뭐든지 할 수 있다고 생각했는데, 얼마 있지도 않았던 좋은 추억들만 생생하게 남아, 심지어 다시 되돌아갈 수만 있다면 뭐든지 할 수 있을 것만 같은 그런 순간….

"지금은, 지금은 현정아, 울어도 된다. 괜찮아. 맘껏 울어도 된단다. 여기는 그런 곳이야."

난요, 아무 말도 할 수가 없어요. 원장님의 작업복에 더러운 물감이 묻었다는 걸 잘 알면서도, 펑펑 울어 대고 있어요.

평생 얼마나 행복하게 살면 이렇게 너그러워질 수 있나요? 얼마나 사랑하고 살면, 얼마나 사랑받고 살면, 이렇게 착해질 수 있나요? 내 아빠가 병에 걸리지 않았다면, 내 엄마가 좀 다른 사람이었다면, 그럼 나도 원장님같이 컸을까요? 자기의 소신을 바쳐 하고 있는 일을 내가 그렇게 욕하고 폄하하고 비난하고 깎아내리고, 자기 전 재산을 들여가며 도와주고 있는 아이들을 죽어 버렸으면 좋겠다고 말했는데도. 울어도 된다고, 울어도 된다고….

마녀가 걸었던 마법이 싹 풀린 것 같아요. 엄만 죽어도 울지 않을 사람이니까, 나도 울면 안 되는 거라 생각했어요. 엄마는 내가 울 때마다 아주 외면해 버리고, 울었다는 것조차 기억해 주지 않았고, 기분이 나쁠 땐 어디서 주워온 커다란 막대기 같은 걸로 막 때리곤 했으니까.

하지만 루돌프 아저씨는 울어도 된다고 그래요. 내 나이 때 나처럼 살았으면, 우는 게 당연하다고, 울어도 된다고. 여기선, 아저씨의 두 팔 안에선, 아무리 울어도 아무도 널 비웃거나 네 눈물로 인해 실망하거나 하지 않는다고.

예전에 이성민이 나를 이렇게 안아 주며 2분만 울라고 했을 때보다도, 훨씬 더 많이 울어요. 기분이 나른해지고 온몸에 힘이 빠져 졸릴 때까지 난 아주 펑펑 울었어요. 이성민 때문에 몸이 안 좋기도 안 좋았고, 아주 온몸에 물기가 다 빠져나가도록 울었으니 어땠겠어요. 결국엔 원장님 품에 안긴 채로, 다른 애들이 날 가만히 쳐다보고 있는 채로 스르르 잠들어 버린 모양이에요.

근데요, 참 이상하게두요, 그 잠이 내 평생 잔 잠들 중에 제일 포근하고 편안하고 달콤했던 거 알아요? 한 10년 만에 행복했던 네 살 적으로 돌아가, 나를 보석처럼 아껴 줬던 아빠의 품속에서 새근새근 잠든, 그런 예쁜 꿈을 꿨거든요.

그런 예쁜 꿈을 꿨거든요….

"현정아… 현정아!"

아빠인 줄 알고 목을 꽉 껴안았어요. 이제 보내주지 않으려고. 나를 이렇게나 아껴주는 사람, 꼭 붙들고 있으려고.

왜 이제야 왔냐고, 그렇게 귀여워하던 날 왜 진작 기억하지 못했냐고, 왜 엄마 아닌 다른 사람과 결혼했냐고 묻고 싶었어요.

그런데 네 살짜리의 얇은 팔이어야 하는 내 팔이 너무 두꺼워서, 깜짝 놀라며 정신이 들어요.

"열은 내렸는데… 괜찮아?"

천천히 눈을 떠요.

알아요. 아빠가 아니라는 거. 대신에 성민 오빠예요.

물론 뛸 듯이 기쁜 일이지만, 그래도 꿈속의 아빨 좀 더 보고 싶었어요. 그건 정말, 다신 볼 수 없는 거니까.

아빠도 다른 딸을 낳을까요? 그렇다면 나는 그 딸이 부럽네요. 가끔 혼자서 진실게임을 해 보는 것도 나쁘지 않아요.

"오빠."

내 눈에서 천천히 눈물방울이 떨어져요. 미안하다고 얘기해 주고 싶어요. 뭐가 미안한 건지 제대로 기억도 안 나는데, 그래도 미안하다고 얘기해 주고 싶어요. 그리고 다신 떠나지 말아달라고, 누군가가 너무 간절히 필요하다고 그렇게 얘기해 주고 싶은데, 바보처럼 눈물만 나요.

오빠가 내 머리를 쓸어 주면서 살짝 웃어요. 그래요, 이거예요. 이게 보고 싶어서 그렇게 아팠어요.

"괜찮아. 현정아, 괜찮아…."

심호흡을 하고 벌떡 일어나 앉아요. 퉁퉁 부은 눈으로 주위를 둘러봐요.

우리 집 거실만 한 작은 방인데요, 한쪽엔 자그마한 책상이랑 형편없이 낡은 침대 같은 게 있어요. 그래도 나름 책도 있고, 공책도 있고, 애써서 치운 것처럼 방 구석구석이 반질반질해요. 그리고 이름도 모르는 네 바보들이 날 보고 있다가 나랑 눈이 마주치니까 얼른 시선을 피해요.

내가 밉겠죠. 진짜 진심으로 했던 말은 아닌데. 하지만 미안하다는 말 따위 먼저 꺼낼 성격은 물론 아니죠. 게다가 죽으라는 말이 그리 쉽게 용서될 말도 아니고요.

"현정아. 내가 너한테 화를 냈던 건, 공부 말고도 살맛나는 게 있단 걸, 그 중에서도 다른 사람들을 도와주고 이해하는 게 가장 멋진 일이라는 걸, 그걸 너한테 가르쳐 주고 싶었는데… 네가 이해조차 해 주지를 않아서 그랬던 거야."

언제나처럼 어른스러운 오빠의 말투. 아무런 대답도 할 수가 없어요.

오빤 내가 얘들을 도와주고 이해해 주길 바랐대요. 난 그렇게 하기가 무서웠고요. 그렇게 해봤자 나를 잊어버리지는 않을까, 날 때리거나 괴롭히진 않을까, 그게 무서웠어요. 엄마조차 나를 때리니까. 나를 슬프게 하니까. 하물며 다른 사람은 절대 믿어선 안 되는 거라고, 철저하게 나를 보호했죠.

하지만 난 아직까지 이렇게 외상없이 잘 살아남아 있고, 또 여긴 분명히 저 네 명 중에 한 명의 방일 테죠. 나를 위해 빌려준 거예요. 그렇게 생각하면 좀 마음이 놓여요.

혹시, 혹시라도요, 성민이 오빠 친구니까, 그리고 원장님 제자들이니까, 그 사람들만큼 착할지도 모른다는 생각이 들어요. 적어도 내가 죽으라고 할 수 있을 만큼 하찮은 사람들은 아니라고….

"집에 가야겠어요."

그냥 그렇게만 말했어요. 오빠가 나한테 완전히 화를 푼 건지도 모르겠고, 또 지금 이 상황이 굉장히 어색하니까.

내 옆에 얌전히 놓여 있는 내 책가방을 어깨에 메고 후다닥 밖으로 달려 나왔어요. 뒤통수가 따끔따끔했지만 뒤돌아보지 않으려고 애를 썼어요.

내일 아침에 성민 오빤 내 옆에 다시 앉아줄까요? 앉는다 해도, 어떤 식으로 무슨 얘길 해야 할까요? 점심도 같이 먹어 줄까요?

"이야아… 별이 정말 예쁘다."

차갑고 신선한 밤공기만큼이나 싱그러운, 까아만 밤하늘. 엊그제 집에 갈 땐 다섯 시간이나 걸렸지만 그건 내가 길을 몰라서 그런 거고, 똑바로 잘 가면 그렇게 멀지 않을 텐데, 이곳의 밤은 우리 집의 밤이랑은 전혀 달라요. 질투가 날 만큼 별이 예쁜 거 있죠.

과학시간에 선생님이 시험에 나온다고 꼭 외우라고 하셨던 카시오페이아자리랑 작은곰자리가 진짜로 보이네요. 진짜 있는 건지 없는 건지, 내 눈으로 볼 수 있는 건지 없는 건지도 모르고 시험 준비를 위해 스르륵 외우기만 했어요, 나는. 그리고 과학시험에서는 언제나 100점을 맞았지요. 그런데 이렇게 예쁠 줄은 상상도 못했어요.

난 사실 모르는 게 너무 많아요.

"집에 어떻게 가려고. 이 시간엔 버스도 없어, 이 거북아."

굳이 돌아보지 않아도 누군지 알 수 있죠. 빈자리가 너무 커서 도저히 느끼지 않을 수 없는 사람. 잊으려고 해도, 잘해 주던 모습만 떠올라서 못 잊는 사람. 다른 사람과 함께 있는 걸 볼 바에야 차라리 사라졌으면 좋겠다는 생각이 드는 사람. 만나지 않았더라면 내 모습이 180도 달라졌을 것만 같은 그런 사람. 그냥, 내 세계 전부를 잡고 흔드는 사람.

"별이… 너무 예뻐요."

오빠도 나를 따라서 하늘을 올려다봐요. 오빠 말대로 버스도 없을 법한 시간이에요. 하늘이 그냥 흑과 백일 정도인 걸요. 이 시간에 혼자 집에 가다간 무슨 일이 벌어질지 모르죠. 똑똑해서 오늘은 잘 찾아갈 수 있을 거라고 주먹을 불끈 쥐어 보지만, 엊그젠 오빠 때문에 하도 정신이 없어 그냥 되는 대로 걸었으니, 아마 맘처럼 쉽진 않을 거란 것도 알아요. 그런 나를 오빤 따라나와 줬죠.

오빠가 또다시 날 걱정해 준 걸까요? 이성민이, 조현정을 또다시 걱정해 준 건가요? 다시 한 번 돌아갈 기회가 생긴 건가요?
"그러네."
오빤 싱긋 웃어요. 오빠 귀에도 별이 걸려 있는 게 보여요. 이별이 대체 뭔지, 내가 전혀 모르겠다고 했잖아요? 이제 알 것 같아요.
가장 소중한 곳의 가장 예쁜 추억. 그걸 언제나 갖고 다니고 싶어서, 그래서 이런 걸 하는 거예요. 적어도 성민 오빠는. 오수현은 아니겠지만.
"아직도 소년원 애들이 무서워?"
"나는….''
"거북아 거북아, 진짜 무서운 애들은 저런 데 들어가지도 못한다. 계에속 갇혀 있어야지."
"그래도 뭔가 잘못을 했을 거 아니에요. 소년원에 갈 정도면. 나도 간 적 없고 오빠도 간 적 없잖아요."
"재성이 말이야, 네 명 중에 제일 키 작은 애. 응, 너만큼 쪼끄만 애."
"내가 좀 더 컸어요!"
"걘, 아주 어렸을 때부터 엄마 아빠가 굶기는 바람에 더 이상 키가 못 큰대. 애들이 매일 땅꼬마라고 놀리고 가난하다고 놀리는 걸 견디지 못하고, 아빠가 자기를 때리듯 다른 애들을 때리기 시작했지. 그것밖에 배운 게 없으니까. 주위에선 점점 재성일 나쁜 애로 여기고, 같이 놀면 안 되는 애로 여겼지. 그러다 어느 날, 자기 여동생을 건드리는 고등학생 애를, 옆에 떨어져 있던 벽돌 조각으로 한 번 친 거야. 별로 세게 친 건 아니었다는데 운 나쁘게 어딜 잘못 맞았는지, 그 맞은 애 부모님이 난리를 치신 거지. 진짜 흔한 스토리지? 근데, 그것 때문에 재성인 평생 소년원 딱지를 달고 살아야 돼. 부모님도 어디론가 사라져 버리셔서, 그렇게 지키고 싶어 했던 여동생도 다신 못 만나."

그래도 걔 잘못이라고, 걔가 책임져야 하는 일이라고 생각하고 싶은데 그게 잘 안 돼요. 자기가 사랑하는 여동생을 지켜주고 싶었을 뿐이라는데.

나라면, 내가 사랑하는 사람을 위해, 덩치 큰 고등학생을 공격할 수 있을까요? 아뇨, 나는 내가 좋아하는 성민 오빠조차 실망시키는 사람인걸요.

"이쪽 팔에 커다랗게 문신한 애는 현승이야. 걘 어렸을 때부터 싸움을 엄청 잘해서, 무서운 형들이 자기들이랑 같이 놀자고 계속 꼬드기고 그랬었대. 하지만 그런 무서운 거 하기 싫다고, 맞으면서도 하기 싫다고 버텼었어. 홀어머니가 슬퍼하시는 게 싫었으니까. 네 말대로 머리도 안 좋고 싸움밖에 잘하는 게 없었지만, 차라리 백수로 엄마를 평생 모시며 살아야 한다 해도 폭력배는 되기 싫다고 생각했대. 그러다 현승이가 가장 친했던 친구가 그 나쁜 형들 패거리한테 잘못 걸린 거야. 무서워서 학교도 제대로 다니지 못하고 죽을 작정까지 하는 친구를 보면서 현승이는 결심을 했대. 형들한테 가서 친구를 가만히 내버려 두라고, 대신 자기가 형들 밑으로 들어가겠다고 그렇게 얘기를 한 거야. 하기 싫은 문신도 친구를 위해서 억지로 하고, 형들이 시키는 것마다 다 하면서 그렇게 한 달을 살았는데, 어느 날 현승이 어머니가 그걸 아시곤 목을 매고 죽어 버리셨대."

 오빠 얘길 듣다 보니 완전 넋이 나갔나 봐요. 어느새 소년원은 물론이고 옥수수 밭도 저 뒤로 사라져 가잖아요. 오빠의 허스키한 목소리가 내 마음을 자꾸 잔잔하게 흔들어서 그래요. 벌써 버스 정류장도 지나쳤는데, 언제까지 나와 함께 걸어 주려는 걸까요, 오빠는?

 난 내 상처만 생각하고 그 애들의 깊은 상처는 깔보기만 했는데, 오빤 그래도 날 밤길에 혼자 보낼 순 없는 거예요. 다행이에요. 다행이라고, 눈물을 감추려고 밤하늘을 올려다보면서 별님들에게 감사했어요.

 "현승인… 완전히 넋이 나갔었어. 그 형들이 자동차 창고를 '아지트'로 쓰고 있었는데, 거기다 불을 지른 거야. 그 형들은 온몸에 화상을 입었어. 현승이는 웃으면서 자기가 불을 지른 거라고, 뭐 불만 있냐고 소리를 질렀대. 그러고선 엄마를 부르면서 막 울었다는 거야. 사람들은 다 현승이더러 미친놈, 극악무도한 놈이라고 불렀고, 현승이가 소년원에 들어갔다는 소식에 현승이네 학교 학부모님들은 다 다행이라고 그랬대. 정말 우스운 건, 현승이가 소년원에서 출소한 다음에 예전에 가장 친했던 그 친굴 우연히 마주쳤는데, 그 친구가 무슨 벌레 보듯이 역겨운 표정을 지으면서 도망을 치더라는 거야."

 오빤 자기가 재밌게 읽었던 소설 얘기를 하고 있는 것처럼, 아주 무덤덤하게 얘길 해요. 자기 친구들이 그런 일을 실제로 겪은 게 아니라, 그냥 책 속에 나오는 얘기인 것처럼. 세상엔 당연히 그런 가엾은 사연들이 있다는 슬픈 사실을, 오빤 벌써 받아들인 거예요. 그 친구들 앞에서 웃어주기 위해서, 그 친구들을 그냥 나와 똑같은 사람인 것처럼 받아들이고 도와주고 이해하기 위해서.

"다 비슷한 얘기야. 다른 두 명 중에 눈 옆에 커다란 흉터가 있는 지훈이는, 할머니 약값을 벌려고 아주 어렸을 때부터 공장 같은 데서 몰래 일을 했대. 그런데 지훈이가 어리다고 깔보면서, 어른들이 돈을 안 주기 시작한 거야. 결국 할머니가 아주 편찮으시던 겨울날에, 지훈인 더 이상 견딜 수가 없어져서 공장에서 돈을 훔쳤어. 그러고도 약값을 채울 수가 없어서, 급한 맘에 집에 있던 식칼을 들고 약국에 가서 약을 내놓으라고 협박을 했대. 자기도 스스로가 무서워서 부들부들 떨면서. 어른들은 삽시간에 지훈이를 절도범, 협박범으로 몰았어. 그 두 단어가, 꼬리표처럼 평생 지훈일 따라다닐 거야. 제일 날카롭게 생긴 상민이는, 워낙 가난하고 비참한 동네에서 태어난 바람에 어려서부터 질 나쁜 친구들과 어울리게 됐거든. 운이 안 좋았던 거지. 정작 본인은 아무 짓도 안 했는데도 계속 오해를 받아야 했고. 가장 큰 문제는, 그런 질 나쁜 여자애들 중 하나를 그 녀석이 바보처럼 죽자 사자 좋아해 버렸던 거야. 결국엔 그 여자애가 저지른 범죄까지 뒤집어쓰고 소년원에 간 거지."

그리고선 우린 한참을 조용히 걸었어요. 나는 너무 부끄러워서 얼굴이 빨개져 있어요. 가로등 불빛이 주황색이어서 오빠가 내 얼굴색을 제대로 볼 수 없다는 게 그나마 다행이었죠.

　내가 소년원 애들을 바보들이라고 했었나요? 내 이기적인 거만이었죠. 외톨이의 다급한 변명이었죠. 나, 이젠 다신 '바보'라는 말 쓰지 않을 거예요. 오빠 말이 맞아요, 우린 천재랑 바보로 나눌 수 없는 거예요. 천재가 바보고, 바보가 또 천재인 거니까.

　오빠와 함께 있으니 시간이 정말 날아가는 것 같아요. 벌써 우리가 다니는 학교 앞까지 왔어요. 이제 익숙한 길만 쭉 따라가면, 305호 18평 우리 집이에요.

　참 이상하죠, 지금껏 엄마한테 뭐라고 해야 하나, 이렇게 늦었는데 엄마가 얼마나 화를 낼까, 그런 건 생각조차 나지 않았거든요. 엄마한테 밤새 혼나면 어때요, 내일이면 오빠를 볼 수 있는데.

　"넌 공부만 해야 한다는 소릴 하도 많이 들어서, 왜 나랑 원장님이 그 애들을 아끼고 돕는지 이해할 수 없을 거야. 네게 있어 인생은 철저히 혼자 사는 거니까. 뭔가 나쁜 일이 일어난다면, 그건 절대로 그 사람 탓인 거니까. 하지만 그게, 그렇지 않은 경우도 있거든. 난 네가 너무 늦어버리기 전에, 그걸 좀 알아줬으면 좋겠어."

　그러고는 오빠 내 앞에 서서 내 머릴 쓰다듬어 줘요. 오빠도 가끔 보면, 꼭 아빠 같아요. 내가 모르는 게 많으니까, 내가 너무 잘못 알고 있는 게 많으니까, 가끔 너무 답답해서 화를 내지만 그래도 결국 이렇게 보듬어 주고 안아 주잖아요.

　고맙다고 얘기해 주고 싶은데, 정말로 고마운데, 또 이놈의 성격이 문제예요. 난 언제쯤 내 감정을 당당하게 얘기할 수 있게 될까요?

"언제까지 도와주고 싶어요?"

"뭐?"

"그 애들이요. 뭔가 도와주는 목표가 있을 거 아녜요. 나중에 부자로 살게 해 주고 싶어요? 아님, 소년원 딱지 달고도 좋은 대학에 보내고 싶은 거예요? 그것도 아니면, 검정고시라도 통과할 수 있게 해 주려는 거예요?"

"아이고 이 거북아, 넌 어쩜 그렇게 어리냐."

오빤 그러면서 막 웃어요.

알아요, 오빠가 그런 목적으로 누굴 도와줄 리는 없죠. 그건 나나 세울 만한 목표니까. 하지만 나는 그런 것 말곤 상상조차 안 되는 걸요. 하루에도 몇 시간씩을 매일매일, 엄청난 열정과 에너지를 쏟아 부어 가며 누군가를 도와준다면, 뭔가 대단한 목표가 있어야 하는 거잖아요. 목표가 없으면 언제 그만둬도 되는지, 언제쯤 그 애들을 내 곁에서 자유롭게 날려 보낼 수 있을지, 그걸 알 수 없으니까.

"거북아, 이 잘생긴 오빠 말예요, 피터팬이 되고 싶어요."

난 "풉!" 하고 웃어요. 세상에, 이 왕바보가 피터팬이 되고 싶대요. 하여간 이 인간은 죽어도 클 줄을 모른다니까요. 그래요, 그런 면이 피터팬이랑 비슷하긴 하네요. 피터팬처럼 완전 딴 세상사람 같기도 해요. 내가 처음에 오빠를 외계인이라고 생각했던가요? 키는 멀대같이 크면서. 진짜 웃기는 사람이에요.

"들어봐, 이 돼지거북아. 피터팬은 애들을, 그 뭐냐, 걔 고향 이름이 뭐지? 암튼 거기로 데려가서 늙지 않게 해 주잖아. 맞지?"

"대충 맞아요. 대에충!"

"난 그런 사람이 되고 싶어. 넌 여태까지 세상 사람들을 바보랑 천재로 나눴었잖아. 난 어른과 아이로 나누거든. 너희 어머니처럼, 너무너무 힘든 일을 겪는 바람에 순수한 동심을 다 잃어버리고 세상을 삐뚤게만 보게 된 어른들. 그리고 맑고 곧게 세상을 바라보는 소중한 능력을 잃지 않은 어린이들. 그런데 자꾸만, 자꾸만, 애들이 너무 빨리 어른이 돼 버리고 있어. 재성이도, 현승이도, 지훈이도, 상민이도. 원장님이 걔들을 처음 데려왔을 때만 해도, 남들의 친절이나 도움 같은 거, 다 비웃고 뿌리쳤었거든. 자꾸 말을 걸어오는 나를 귀찮게 여기고, 내치고, 쫓아내고, 때리고, 화내고, 원하는 게 뭐냐고 짜증도 내고. 하지만 너도 알잖아. 내가 그런다고 포기할 사람이냐?"

오빠 눈이 반짝반짝 빛나요. 이야, 가로등 불빛이 이렇게 예쁘게 비치면, 난 앞으로 밤에도 오빠를 보고 싶어질 텐데 어쩌죠.

아무렴, 그럼요, 잘 알죠. 이성민 똥고집, 아주 아주 잘 알아요. 진짜 귀찮아서 상대해 주지 않을 수 없을 만큼, 바짓가랑이 물고 늘어졌을 게 뻔해요. '뭐 이런 애가 다 있어'라는 생각에 저절로 관심을 갖게 되고, 없으면 인정하기 싫을 만큼 허전하구요. 그렇게 대해 주는 사람이 이 사람밖에 없으니까, 자꾸 이 따발총 수다쟁이의 말 한 마디 한 마디가 그리워지고요.

"난, 애들이 최대한 늦게 어른이 됐으면 좋겠거든. 자꾸만 어른이 돼 버리려고 하는 가엾은 애늙은이들을, 나이 먹지 않는 마법의 세계로 데려가 주고 싶어. 아직은 네 명 수준이지만, 뭐 피터팬도 세 명으로 시작했잖아. 팅커벨 도움도 받았고."

그러면서 오빤 막 웃어요.

남을 돕는다는 거, 우리 엄마 정의로는 더없이 쓸모없고 한심한 짓이건만, 엄마 말이 맞는 거라면 왜 내 마음까지 덩달아 따듯해지려고 하는 걸까요?

"그렇게 재밌어요? 날지도 못하는 피터팬 노릇이?"

"야, 우리 거북이 또 막말하네."

"대답해 봐요, 재미있는 거 오빠 혼자 하게 내버려둘 줄 알아요?"

오빠 눈이 또 반짝거려요. 내가 기특해서 또 안아주고 싶은 걸 간신히 참는 것 같아요. 우와, 나 이제 오빠 표정만 봐도 그런 걸 다 알아요.

하긴 오빤 내게 정말 특별한 사람이니까. 솔직히 장래 희망이 피터팬인 사람 또 있으면 나와 보라 그래요. 내가 오빠만큼 좋아해 줄 테니까.

"재밌지!"

"얼마만큼?"

"남을 도와주고, 남을 이해하고, 남을 사랑하는 일. 말했잖아, 그거야말로 진짜 살맛나게 재미있는 거라고. 처음엔 너한테 완전히 문을 닫아버렸던 우락부락한 애들이, 네가 손을 뻗을 때마다 천천히 너한테 마음을 여는 거야. 어느 틈에 보면, 나 없인 살 수 없게 되는 거지. 진짜 재밌거든. 넌 모르지, 이 거북아?"

흥, 그렇게 말하니까 진짜 약 오르네요.

하지만 나, 약 올라서라도 언젠가는 알아내고야 말 거예요. 남을 도와주는 거, 그게 어떤 기분인지. 어떤 기분이기에 저 팔불출 까불이가 저렇게 중독돼 버린 건지. 오빠에게 있어 그렇게 소중한 피터팬 놀이가 어떤 건지.

두고 봐요, 나 한다면 하는 여자라는 거 알잖아요. 내가 그 애들에게, 먼저 손을 내밀고 다가가면 되는 거잖아요. 좀 어색하더라도, 좀 부끄럽고 뻘쭘해도 계속 웃으면서, 오빠처럼 귀찮게 괴롭혀 주면 되는 거잖아요.

여태껏 이 비법을 몰라서 잃은 친구가 몇 명이나 될까요. 진작 알았더라면, 진작 먼저 다가갔더라면, 지금의 나로선 상상조차 할 수 없는 애들이 내 가장 친한 친구가 되었을지도 몰라요. 아까워요.

내 바보 같은 인생엔 아까운 게, 되돌리고 싶은 게 너무너무 많아요.

"너는?"

"네?"

"넌 뭐가 되고 싶으냐고."

나는 잠깐 망설여요. 내가 하고 싶은 일.

엄만 날더러 떵떵거리고 살려면, 죽어라 공부해서 의사, 아니면 판검사가 돼야 한다고, 무슨 법 발표하는 여왕처럼 말했어요. 그래서 나도 당연한 것처럼 그렇게 생각해 왔지만….

사실, 사실은요, 내가 어렸을 때부터 되고 싶었던 건 따로 있었어요. 엄마한테 말하면 사흘 동안 밥도 안 줄 게 뻔해서 입도 뻥긋 안 했지만요. 그딴 시시한 꿈 갖고 살 거면 당장 나가라면서 나한테 실망할까 봐 생각조차 안 하려고 했지만요.

그래도 오빠에겐 말해도 될 거예요. 피터팬은 시시한 걸 좋아하니까.

"난요, 작가가 되고 싶어요."

"작가?"

"응. 애들이 내 소설을 읽으면서 가슴 설레어 한다면, 얼마나 멋진 일이에요? 내가 만들어 낸 인물들 때문에 애들이 울고, 내가 그려낸 결말 때문에 애들이 웃고. 내가 어쩌다 더한 말 한 마디에 누군가가 공감을 하고, 감동 받고…. 누가 재미없다고 욕을 하더라도, 아무도 안 읽어줘서 돈 한 푼 못 번대도, 그래도 누군가가 내 이름을 단 책을 손에 들어 준다는 그 자체만으로도 얼마나 뿌듯한 일이에요?"

오빠가 씩 웃어요. 나도 어쩔 수 없이 따라 웃어요. 속이 다 시원해요.

그래요, 이게 내가 진짜 하고 싶은 거고, 생각만 해도 가슴이 뛰는 일이에요. 상상만 해도 웃음 나는 일. 성민 오빠가 내 앞에 나타나 주기 전까지, 내가 하루하루 무너지지도 부서지지도 않고 잘 살아남았던 건요, 내가 억누른 감정, 숨겨둔 절망을 공책에 이렇게 가득가득 써 두었기 때문이거든요. 공책에게만큼은 털어놓았기 때문이거든요. 못생긴 추억이라도 하나하나 담아놓았다가 나중에 읽어보면, 예쁜 별이 되어 빛나거든요. 한순간 한순간 의미 없이 흘려보내기엔 너무 아깝잖아요. 그러기엔 우리 삶이 너무 짧잖아요.

글을 쓰는 건 너무 예쁘고, 너무 값지고, 너무 행복한 일이에요.

아무리 해도 완벽해질 수 없기 때문에, 아무리 해도 질리지가 않는 그런 일이에요.

그리고 있잖아요 비밀인데요, 바로 그때, 우리가 서로의 장래희망을 공개한 다음에요, 오빠가 글쎄 두 손으로 내 어깨를 꼭 잡고, 내 이마에 뽀뽀를 해 줬어요.

난 아직도 기억해요. 오빠 얼굴이 얼마나 빨개졌었는지, 내 얼굴은 또 얼마나 화끈거렸는지, 오빠 손이 내 어깨를 얼마나 꼭 잡았었는지, 내 가슴이 얼마나 쿵쾅댔는지, 밤공기가 얼마나 달콤했는지, 밤바람이 내 머리를 어떻게 헝클고 지나갔는지, 그리고 내가 하필 그날 머리를 감지 않았다는 걸 얼마나 죽을 만큼 후회했는지. 난 다 기억하고 있어요. 그리고 오빤 그랬었어요.

"정말 다행이야. 다아 다행이야. 우연히 이 학교에 오게 돼서, 우연히 너와 같은 반이 되고 네 옆자리에 앉게 돼서. 어쩌다 올라가 본 옥상에서, 울고 있던 너와 우연히 마주쳐서. 이렇게 널, 이 수많은 사람들 중에 하필 널, 좋아하게 돼서…."

진짜 바보 같은 거 아는데요. 난요, 지금두요, 홍당무 같던 그 얼굴이랑, 가로등 빛에 반사돼 더 날카로워 보이던 콧날이랑, 아주 바알개 보이던 입술이랑, 무슨 불난 것처럼 새빨개진 머리카락, 진짜 우물처럼 깊게 파였던 보조개도. 이렇게 눈만 감으면 선명하게 보여요. 어디서든, 그 보조개 하나로 오빨 찾아낼 수 있다니까요.

그리고 그 목소리. 화를 낼 때도, 나를 걱정해줄 때도, 하다못해 시시한 농담을 할 때조차도, 나를 언제든 웃고 울릴 수 있었던 그 목소리. 짧은 비명만 빽 질러도 돼요. "안녕"이라는 짧은 말 한 마디로도 충분해요. 작은 소리 하나로도 나는 오빠를 찾아낼 자신이 있는걸요.

"그렇게 수많은 우연들이 겹치면, 그게 운명이 되는 거야. 나는 피터팬이 되고, 넌 나에 대한 소설을 쓰면 되잖아. 딱 맞네. 우린, 조현정이랑 이성민은, 어쩔 수 없이 운명인가 봐, 그치!"

그러더니 내가 어찌기도 전에 손나팔을 만들어 입에 척 갖다 대고는, 온 동네가 쩌렁쩌렁 울리도록 소리를 지르는 거예요.

나는 그냥 웃을 수밖에 없었어요.

"조현정이랑! 이성민은! 운명이래요! 얼레리꼴레리! …아오, 진짜 닭살 돋는다, 돋아아!"

온 동네를 돌고 돌아 메아리치던 그 목소리.

하하, 그 목소리….

사랑과 미움 사이

"아, 양념 먹자니까?"

"너 진짜 공부밖에 모르는구나. 후라이드의 맛을 모르는 거야."

"내 말이 그 말이야. 아오, 진짜 저 여잘 어떡하면 좋냐."

"저번 주에 왔을 때 내쫓았어야 된다니까. 이대로 뒀다간 미운 정 들 것 같잖아."

"야, 니들, 웃기지 마. 솔직히 치킨 너네보단 많이 먹어 봤거든? 양념이 훨씬 맛있더라 뭐."

"웃기시네, 진짜."

맞아요, 사실 치킨 먹어본 적 한 번도 없어요. 하지만 내가 인정할 줄 아세요? 성민 오빠가 양념 치킨이 더 맛있다고 했단 말예요. 난 죽어도 양념을 사수할 테예요. 성민 오빠가 올 때까지만 버티면 돼요.

"그럼 쫌 이따 성민 오빠 오면 정하자."

"미쳤냐? 이성민 걘 당연히 네 편 들 거 아냐. 싫어, 싫다고.

안 들려, 안 들려, 안 들려! 원장님! 후라이드 시키기로 했어요!"

"양현승 너 진짜! 아니에요 원장님, 그런 적 없어요!"

원장님 아들 주성이까지 우릴 우습게 보는 눈치예요. 나도 내가 왜 이렇게 망가진 건지 모르겠어요. 하지만 내가 좋아하는 피터팬이 '남을 돕는 것만큼 재밌는 게 없다'고 호언장담을 한 이후로, 난 도저히 이 네 명을 가만히 둘 수가 없었어요.

밤마다 엄마 눈치를 봐야 할 걸 뻔히 알면서도 학교가 끝나자자 곧장 여기로 왔고, 원장님 일도 도와드리고 애들이랑 조금씩 얘기도 나누고 그러다가, 시계를 보고 미치겠다고 소리를 지르면서 집으로 돌아간 지가 어언 2주 좀 넘었어요. 이제 버스도 무지 잘 타구요, 버스 아저씨가 내 이름도 알아요.

처음엔, 알다시피 진짜 진짜 어색했어요. 역시 피터팬 때문에 약이 올라서 흉내 좀 내보려다가 괜히 가랑이만 찢기는 거 아닌가 하고 나 스스로가 우습게 느껴질 지경이었어요. 하지만 내가 성민이 오빠 여자 친구(헤헤)여서 그런지, 아니면 내가 하도 어마어마한 의지를 갖고 달려들어서 그런지(처음 3일 동안은, 라면 하나도 제대로 못 끓이는 주제에 세 끼 밥은 물론이고 간식까지 내가 만들어 주겠다고 난리를 쳤어요. 나중엔 애들이 다같이 달려들어서 말리더라고요. 차근차근 대화로 풀자고 하던데요), 이젠 이만큼이나 친해졌어요.

물론 현승인 습관처럼 욕을 할 때도 있고, 상민인 좀 다혈질이라 이런 사소한 경쟁에서도 얼굴까지 새빨개져서 막 화를 내지만, 그래도 다들 진심으로 그러는 건 아니란 거, 이젠 알아요.

참 신기하죠, 내가 만난 따뜻한 사람들은 전부 다 성민 오빠 친구들이란 게.

오빠 진짜 피터팬인지도 몰라요. 그럼 난 '타이거 릴리' 하고 싶어요.

오늘은 소년원에 들어오자마자 분위기가 장난 아니게 달아올라 있어서 왜 이런가 했더니, 원장님이 한 달에 한 번 치킨을 시켜 주는 날이래요. 근데 하필 오늘, 성민이 오빠가 영어 보충시험 때문에 학교에 붙들리는 바람에, 나만 일찍 오게 됐거든요. 오빤 날 보내기 전에 객관적으로 양념치킨이 훨씬 맛있는데도, 애들이 뭘 좀 몰라서 다 후라이드를 먹고 싶어 한다면서, 내가 가서 양념의 힘을 알려 주랬어요. 성민 오빠가 늦게 온다는 소식을 전해 듣고 오늘은 후라이드를 먹을 수 있겠다며 덩실덩실 춤을 추던 사총사는, 내가 양념치킨이란 네 글자를 입 밖으로 내자마자 얼굴이 목석처럼 굳어졌어요. 내 마음을 바꾸려고 온갖 노력을 다 했지만, 아무리 이 네 명이라도 성민 오빨 이길 순 없죠.

"어? 니들 뭐야. 아직도 싸우고 있는 거냐?"

얼른 결정을 내리라며 저쪽 자그마한 원장실로 자리를 피했던 루돌프 원장님이 고개를 빠끔 내밀면서 그래요. 우린 누가 뭐랄 것도 없이 다같이 소리를 지르기 시작해요.

"양념!"

"후라이드!"

"가위바위보 시켜요, 아빠!"

주성이까지 동참해서 목소리를 높여요. 세상에, 내가 이렇게 유

친해지다니….

하지만요, 공부할 때랑은 너무너무 색다르게 재밌는걸요. 다른 사람과 함께할 수 있으니까. 책이랑은 다르게 진짜 걷고 움직이고 말할 수 있는 사람들과 점점 가까워질 수 있으니까.

"아이구, 이 일을 어쩌나. 니들이 하도 결정을 못 내리는 것 같기에 내 맘대로 시켜 버렸다."

"네에? 그런 게 어디 있어요!"

방금 전까지만 해도 개와 고양이처럼 다투던 우리들이 금방 서로 뭉쳐서 함께 원장님을 노려봐요. 하지만 원장 선생님은 이런 시선쯤 수백 번은 견뎌낸 베테랑답게, 생글생글 웃으면서 말해요.

"그냥 스모크로 시켰어. 이름이 멋지지 않냐?"

"뭐라고요!"

원장님은 낄낄 웃으면서 원장실 쪽으로 도망가 버리세요. 우린 서로 얼굴만 보고 있다가 다같이 웃음을 터뜨려요.

나도요, 이런 사소한 장난이 너무너무 재밌는 열세 살 소녀랍니다.

이젠 그게 자랑스러워요.

"다녀왔습니다!"

콧노래까지 부르면서 엄마한테 인사를 해요. 왜냐하면 오늘은 치킨을 먹은 날이고, 양현승이 밤에 아기 공룡 둘리 인형을 안고 잔다는 비밀을 알아냈고, 아직도 나한테 거리를 좀 두려고 하는 강지훈이 화장실에서 코를 후비는 모습을 목격해 비밀 협정을 맺었고, 그리고 성민이 오빠가 나를 바로 집 앞까지 데려다 준 날이니까요.

아, 원장님 볼에다가 스모크 치킨소스를 잔뜩 묻히기도 했고, 한 개라도 더 먹으려고 치킨을 아구아구 입에 집어넣다가 서로의 얼굴을 보며 배꼽을 잡고 웃기도 했어요.

엄만 왼편 벽에 기대 앉아 있다가 나를 가만히 봐요. 누워 있지 않고 저렇게 똑바르게 앉아 있는 것도 그렇고, 글쎄 뭐라고 해야 되지, 분위기가 이상해요.

물론 엄만 원래부터 "잘 다녀왔니?" 따위의 다정한 인사는 해 주지 않지만, 오늘은 뭔가 엄마 속에서 불이 활활 타오르고 있는 것 같아요. 눈이 막 이글이글 탄다고 해야 하나요?

어떡해요, 혹시 방금 전에 밖에서 오빠가 잘 가라고 인사해 준 거, 그걸 들은 건 아닐까요? 오빠가 바래다줄 때 우연히 베란다에서 밖을 내다보고 있었던 건 아닐까요? 아니겠죠, 설마. 그랬다면 지금쯤 이미 뺨 한 대쯤은 맞았을 거에요.

참 이상하죠, 전에 엄마가 이상했을 땐 당연히 아빠랑 관련된 이유 때문일 거라고 생각했었는데, 이젠 당연히 오빠랑 관련된 이유 때문일 거라는 생각이 드네요.

그죠, 난 어쩔 수 없이 이기적이에요. 오빠한테 배울 게 많단 말예요.

"뭐 할 말 없냐?"

가슴이 덜컹해요. 오늘은 '욕하는 엄마' 모드예요. 말투가 엄청 날카로워요. 요 며칠 내내 침강 상태였는데 이렇다는 건, 뭔가 단단히 화가 났다는 거예요.
 뭘 솔직히 얘기하란 걸까요. 괜히 오빠 얘길 먼저 꺼냈다가, 사실 엄마가 다른 얘기를 하려던 거였으면 어쩌죠? 하지만 엄마가 이미 오빠 얘길 알고 있는 거라면, 차라리 내 쪽에서 먼저 미안하다고 솔직히 인정하면서 무릎이라도 꿇는 편이 그나마 낫지 않을까요? 모르겠어요. 머리 회전이 빨라서 그나마 다행이에요.
 "뭐 할 말 없냐고."
 엄마 눈이 꼭 독수리 같아요. 안 그래도 할 말이 안 떠오르는데 완전히 얼어버렸어요. 하긴 2주 동안이나 늦게 들어왔으니 의심을 할만도 하죠.
 도서관에 가서 공부를 해보니까 너무 잘되더라고 호들갑스럽게 헛소리를 해보기도 하고, 며칠은 환경 미화를 도와야 했다고 거짓말을 하고, 엄마가 아주 잠들어 있는 것 같으면 그냥 살금살금 들어와 눈치를 보며 공부를 했었거든요.
 설마 설마 했는데, 환경 미화를 왜 이렇게 자주 하냐고 선생님한테 전화해서 여쭤본 건 아닐까요? 아니면 아무리 우리 엄마래도, 도서관 전화번호를 알아내서 전화를 해볼 생각까지 했을까요? 아니겠죠, 설마. 학교에서 집까지 오는 길만 해도 도서관이 몇 갠데.
 아무튼 엄마가 결혼반지를 팔아버리는 바람에 피해가 이만저만이 아녜요. 라면만 산 게 아니라 전화비도 매번 낼 수 있게 된 것 같거든요.
 쳇, 도서관이 얼마나 유익한지에 대해 있지도 않은 얘기 지어내느라 엄청 힘들었는데. 게다가 뭐 언제나 그렇듯, 얘기해 봤자 제대로 들어주지도 않은 주제에 말예요. 침강 모드일 땐 그냥 어디 갔다 왔냐고도 안 물어보고 가만히 노려보다가 잠들고, 흥분 모드일 땐 "왜 이렇게 늦었어, 이것아!" 하면서 욕을 퍼붓다가, 내가 설명해 봤자 제대로 듣지도 않다가 "1초도 절약하면서 공부 안 하면 너도 무시당하면서 개차반으로 사는겨! 공부 말고 다른 거 해 봤자 네 몸만 고생하는 겨, 이 멍청한 년아!" 같은 늘 하던 얘기만 하는걸요.

역시 우연히 창밖을 내다봤다가 오빠랑 내가 헤어지는 모습을 본 걸까요. 어쩌죠, 내 볼에 뽀뽀까지 해 주고 갔는데. 그래도 3층이니까 오빠 얼굴은 잘 안 보였지 않았을까, 바보같이 그런 생각을 해요.

"다른 땐 귀찮게 학부모회 안 오냐 학부모회 안 오냐 하드만, 뭐 꿀을 처먹었나, 왜 말이 없어? 박성인가 너네 선생님이 아까 나한테 전화했더라. 학부모회 한 번도 참석 안 한 게 나뿐이라나 뭐라나, 이번 건 꼭 좀 참석하시라고. 그년은 대체 뭐하는 년이여? 내가 다른 것들처럼 시간이 남아도는 줄 알어?"

그런 기분 있죠, 안도의 숨을 푹 내뱉으면서 속이 짜르르 녹는 기분. 진짜 다행이에요.

무슨 소린가 했더니, 내일 있을 학부모회 때문에 그랬던 건가 봐요. 물론 엄만 죽어도 학부모회 같은 거 참석 안 해요. 심지어 학예회 때도 매번 나를 빠지게 할 정도라고, 내가 그랬었죠?

그래도 난 매번 학부모회 전 날마다, 만에 하나 혹시라도 참석할 생각이 없는 거냐고 엄마한테 물어 봤었거든요. 그냥 늘 그럴 듯이, 불쌍한 엄마가 속으론 심심해하고 있을까 봐 아무 얘깃거리나 찾았던 거죠, 뭐.

근데 우리 어리디 어린 박성이 선생님이, 엄마가 한 번도 참가를 안 하니까 걱정이 돼서 전화를 걸었나 봐요.

물론, 엄만 선생님이 무슨 천하의 무례한 인간인 듯이 말을 하지만, 실제론 "어머님, 저 박성이에요. 현정이 담임이요. 저기 정말 죄송하지만, 바로 내일이 학부모횐데요. 생각해 보니까 현정이 어머님만 매번 참석을 안 하셨더라고요…. 바쁘신데 꼭 참석하시란 건 아니지만, 그래도 우리 아이들 교육에 도움을 드리려고 하는 거니까, 혹시 가능하시면 요번은 참석해 주셨으면 좋겠어요. 애들 졸업여행 얘기도 해야 하고, 소풍 얘기도…" 이랬다가 엄마한테 면박을 잔뜩 받고서 "아이, 정말 죄송합니다. 혹시라도 시간이 되시나 해서요. 다시 한 번 죄송합니다. 안녕히 계세요." 이러고 끊으셨겠죠. 뻔해요.

나는 우리 엄마처럼 무식하고 불쌍한 사람은 되기 싫었어요. 그건 지금도 그래요. 하지만 이젠, 엄마처럼 외롭고 이기적인 사람은 더 되기 싫어요.

"미안 엄마. 오늘 도서관에서 고등학교 영어 예습을 조금 했더니 정신이 없어서 그래요. 학부모회 있는 것도 잊어버릴 뻔했네."

"…하여간 네 담임인가 뭔가한테 가서 똑바로 전해. 지가 선생이면 선생답게 학교 일은 알아서 좀 재각재각 처리하라고. 뭘 떠맡겨 보려고 학부모회고 뭐고 지랄을 해? 내가 그렇게 쉬워 보여?"

미안해요, 엄마.

엄만 쉬워요….

"당연하지! 너 어제 양현승이랑 그 자식 방에서 단둘이 있었다며."
"당연하지. 양현승이 나를 얼마나 좋아하는데. 오빤 어제 늦게 온 거, 사실은 박성이 선생님이랑 데이트하려고 그런 거라며."
"야, 이건 반칙이지. 선생님은 왜 끌어들이냐!"
"내가 이겼죠?"

오빠 진짜 바보예요. 무슨 게임을 해도 쉽게 진다니까요. 지금 한 건 '당연하지' 게임이라고, 물론 오빠가 나한테 가르쳐 준 건데요, 상대방이 무슨 말을 하든 '당연하지'라고 대답하기만 하면 되는 쉬운 게임이거든요. 뭐, 물론 또 착한 티를 내려고 일부러 져 준 거라면 할 말은 없지만. 하긴 나는 상대방이 질 때까지 계속 물고 늘어질 타입이긴 하죠.

"한 판 더 할래요?"
"싫어. 공부나 해."

그러고선 입술을 부루퉁하게 내밀고 책상 위에 엎드려 버려요. 자주 이런다니까요. 이 상태 그대로, 꼭 내 잘못인 것처럼, 다음 시간 내내 자고 그래요. 실은 그냥 자기가 졸리고 수업 듣기 싫어서 자는 거면서. 그래도 지금은 종례시간이고, 쫌 이따 박성이 선생님이 와서 종례를 해 주시면 어차피 일어나야 할 테니까, 그냥 내버려 둘래요.

한 달에 한 번이랬으니까, 오늘은 절대 치킨을 못 먹겠죠? 에이, 진짜 맛있던데. 엄마한테 치킨 사 먹자고 하면 뭐라고 하실까요?

어디서 닭 한 마리 목을 비틀어서 가지고 와서는, 알아서 지져 먹든 삶아 먹든 하라고 던져 주겠죠. 그래요. 그 정도만 해도 다행인지도 모르구요.

"반장! 교무실 가서 선생님 얼른 오시라고 하면 안 돼? 나 학원 가야 된단 말이야."

"맞아, 반장. 얼른 집에 가자!"

애들이 술렁대기 시작해요. 나처럼 얌전히 공부하면서 기다리면 별것도 아닐 텐데. 어차피 어디서 공부하든, 그게 그거니까요.

아, 우리 반 반장이요? 정현우라는 앤데요, 반에서 한 5등 정도 하는 애예요. 그래도 애들이 말하는 소위 '성격 좋은 애'고, 운동도 무지 잘하고, 하여간 뭐 그래서 거의 남자애들 몰표를 받고 당선이 된 거예요. 남자들 중에서는 정현우만 반장 선거에 나갔거든요. 오빠도 나갔으면 꽤나 경쟁이 됐을 법한데, 오빤 그냥 뒤에 숨어서 다른 사람을 도와주는 게 더 좋다고 농담 반 진담 반으로 그러면서 손을 홰홰 저었어요.

아, 나요? 6학년쯤 되면요, 애들이 절대로 성적순으로 투표를 해 주지 않아요. 그래도 3학년 때까지만 해도, 아무리 내가 온갖 사회 활동이며 인간관계, 과외 활동에서 일체 손을 끊은 인간이어도 공부 잘한단 이유 하나만으로 다들 우러러 보면서 추천해 주고 뽑아 주고 그랬거든요. 근데 4학년, 5학년 되면서는 도리어 반비례더라고요. 반에서 1, 2등 하는 애는 다른 엄청난 장기가 있는 게 아니고서야, 6학년쯤 되면 절대로 당선이 못 된다고 봐야 돼요. 애들이 철이 들면서 '질투'라는 걸 하게 되니까 말예요.

그래서 나는 올해 반장선거에는 아예 나가지도 않았어요. 나갔다가 떨어지는 건 내 자존심이 절대 용납 못하니까.

"벌써 부반장 보냈어!"

정현우가 반 애들한테 다 들리도록 크게 말해요. 애들이 "아, 그렇구나" 하면서 다시 자기들끼리 떠들기 시작해요. 이게 진짜 웃기는 건데요, 부반장은 오수현이에요. 성적은 바닥을 치지만 그래도 친구들은 좀 있으니까요. 그것도 힘세고 말 많은 친구들이. 뭐, 그냥 한 마디로 말하면, 6학년쯤 되면 정치를 좀 할 줄 알아야 돼요. 나도 못하니까 더 이상은 말 안 할게요.

"여보세요? 오수현? 어… 어. 아, 아, 알겠어."

정현우가 전화를 끊더니 큰 소리로 그냥 집에 가라고 그래요. 오늘은 학부모회가 있어서, 선생님이 종례하러 못 올라오실 것 같다고 그러셨다나요.

참, 오늘 학부모회가 있는 날이었죠. 어제 그 난리를 치르고도 잊어버리다니, 요즘 나는 참 정신이 없다니까요. 그래도 내가 좋아하는 사람들 때문에 정신없이 행복해서 그런 거라고 생각하니까 기분이 좋기만 해요. 어느새 이마에 뻘건 자국이 난 오빠를 깨워 질질 끌다시피 앞문을 나서, 복도를 지나 계단을 내려가요.

오늘도 소년원 친구들 넷이랑 너무 귀여운 주성이랑, 무지 착한 루돌프 아저씰 만나러 간다는 생각에 싱글싱글 웃으며 현관에서 신발을 마악 갈아 신으려고 할 때였어요. 뭘 어떻게 한 건진 몰라도 1학년 때 엄마가 직접 만들어 준 구멍 숭숭 난 신발주머니에서 신발을 꺼내려던 내 손가락이, 나도 모르게 공중에서 딱 멈췄어

피터팬신드롬 199

요. 아주 천천히 고개를 들면서 가만히 귀를 기울여요.

분명히, 분명히 들었어요. 잘못 들은 거라고 믿고 싶은데. 분명히 그럴 텐데.

"애가 미쳤나, 우리 현정이가 그럴 리가 없어! 내가 어떻게 키운 자식인데, 내가 어떻게 가르친 내 새낀데!"

오빠가 "가자" 하면서 내 팔을 잡으려다가 내 얼굴을 보더니 가만히 멈춰 서요.

나도 모르게 입을 살짝 벌리고 부들부들 떨고 있어요.

제발 현실이 아니기를, 부디 착각이기를.

"…오빠, 내, 내가 뭐 중요한 걸 놓고 온 게 이제 생각나서요. 머, 먼저 가요."

엄청 어색하게 입꼬리 한쪽을 꿈틀거리면서 억지로 웃어요.

오빠가 모를 리가 없죠. 내 성격에 뭔가 중요한 걸 놓고 왔을 리가 없다는 걸. 언제나 철저하게 책가방에 모든 걸 다 챙겨 다니기 때문에, 책상 서랍이나 사물함도 텅텅 비어 있을 정도라는 것도.

하지만 내 눈을 들여다보던 오빤 어깨를 한 번 으쓱하고 "얼른 와야 돼" 하면서 웃어 줘요. 오빠의 가는 뒷모습을 보는데, 나도 모르게 이가 달달달 떨려요. 오빠의 모습을, 오빠의 웃음을, 오빠의 보조개를, 왠지 다신 볼 수 없을 것만 같은 생각이 들어서.

천천히 다시 실내화를 신고 학교 안으로 들어가요. 학부모회가 열리곤 하는 1층 강당 앞에 시선이 멎어요.

여러 날 감지 않은 파마머리에, 해진 옷, 다 찢어진 신발. 흥분하면 터져 나오는, 지역을 알 수 없는 사투리.

속에서 뭐가 울컥거리면서 올라와요. 눈을 깜박거리면서 억지로 삼켜 보려는데, 펑 터질 것만 같아요.

"확실해요, 아줌마! 둘이 아주 장난 아니라니까요? 매일 손잡고 어깨동무하고 다니고요. 학교 끝나면요, 둘이 같이 버스 타고 어디로 가버리고요. 현정이가 매일 '성민 오빠, 오빠아' 이러면서 갖은 애교를 다 부리구요. 완전 닭살이라니까요?"

그러다 오수현이 나를 발견하고 화들짝 놀라요. 아마 나는 굉장히 창백했을 거예요. 이루 말할 수 없는 감정이 한꺼번에 물밀듯 밀려오면, 난 언제나 핏기가 싹 사라지거든요.

하지만 오수현은 곧 쌤통이라는 듯 씨익 웃어요.

윗니로 아랫입술을 피가 나도록 꽉 물고 나는 홱 돌아서요. 바로 집으로 갈 거예요. 가서 엄마를 기다리고, 엄마가 돌아오면 붙들고 차근차근 얘기를 나눌 거예요.

어차피 언젠간 터질 일이었잖아요. 나 괜찮아요. 해결하면 돼요, 할 수 있어요. 내가 누구 여자 친군데. 막무가내 고집불통 피터팬 이성민의 여자 친구잖아요. 원시인 부족의 공주, 타이거 릴리잖아요. 게다가 난 똑똑하잖아요. 전교 1등이잖아요. 괜찮아요. 괜찮은데.

"그럴 리가 없다니께! 내 딸, 공부 제일 잘하는 우리 딸 조현정 맞어? 응? 아니여, 니가 잘못 아는 거여!!"

그렇게 확신했으면, 그렇게 나를 믿었으면, 여기 오지 말았어야죠. 학부모회 같은 거 원랜 오지도 않았으면서.

사실 엄만 어제부터, 아니면 어쩜 그 전부터 이미 알고 있었던 거예요. 내가 이상하단 거. 그러니까 오늘 확인하러 온 거잖아요. 어제 그건, 나를 떠보려고 그랬던 거고.

누구한테 배신감을 느끼고 있는 건지조차 모르겠어요. 누구한테 화가 난 건지도 모르겠고. 엄마인지, 오수현인지, 나 자신인지.

"어머니, 어머니? 저기, 저 박성이입니다. 왜 이러시는지…."

"이성민, 이성민이 누구여! 그놈이 어떤 놈이길래, 감히 어떻게 내 딸을!!"

"어머니, 이러시지 마시고 저랑 같이 교무실에 가셔서…!"

"몸도 마음도 다 뺏어갈 거잖어. 다 뺏어가서, 껍데기만 남겨놓을 거잖어. 새카맣게 기억도 못할 거면서. 착하고 말 잘 들던 우리 딸을 어떤 놈이! 어떤 놈이 감히 내 딸을 건드려! 내 딸은 나처럼 살면 안 된단 말여. 한시도 안 쉬고 공부해서, 나 깔본 것들, 다 뭉개줘야 된단 말여! 나더러 냄새… 난다…고 했던 것들… 다 짓밟아 줘야 한단 말여!!"

"어머니, 제발 교무실로…!"

혼자 집을 향해 천천히 걷는데, 이상하게 픽픽 웃음이 새어나와요. 엄만 결국 교무실로 반강제로 끌려가게 될 거예요. 힘센 남자 선생님들이 박성이 선생님을 도와줄 테니까. 그래도 엄만 끈질기게 이성민이 어떤 놈이냐고 물어보겠죠. 결국 선생님은 대답을 해 줄 거예요. 그리고 난 이제 완전 죽었고, 오빠도 이제 완전 죽었어요.

그런데 이상하게 자꾸 웃음이 나요. 내 꼴이 너무 한심하고 비참해서 눈물이 안 나고 웃음이 나요.

나는 아직도 어려요.

엄만 집에 들어오자마자 다짜고짜로 내 뺨을 쳤어요. 불이 나는 것처럼 얼얼해져요.

뭐 이젠 될 대로 되란 심정이에요.

오빤 지금쯤 소년원에 도착했겠죠? 루돌프 아저씬 내가 어디 갔냐고 물어보면서 사람 좋게 웃을 테고, 주성인 내가 동화책을 읽어 주기로 했다고 아쉬워할 거구요. 다른 네 명은… 오빠는….

또 눈물이 차오르려는 걸 입을 앙다물고 간신히 버텨요.

"너, 엄마가 그렇게 얘기했는데, 내 말이, 말로 안 들리냐?"

내일이면 얼굴이 퉁퉁 붓겠죠. 그래도 오빠를 다시 볼 수만 있다면 좋을 것 같아요. 말 그대로 작별인사도 못 했는데.

"그놈이, 나중에, 널 기억이나 해 줄 것 같아? 아니라고 했잖어! 한평생 엄마가 너한테 가르친 건, 다 물로 보이냐? 그냥 네가 공부 잘하고, 특이해 보이니까, 뭐 좀 빼 처먹어 보려는 거라고. 6학년이나 된 주제에 그걸 몰라? 모르냐고, 이년아!"

울지 않을 거예요. 적어도 여기선 안 울 거예요.

나중에 원장님 품에서 울건, 성민 오빠나 재성이나 현승이나 지훈이나 상민이 품에서 울건, 심지어 어린 주성이 품에서 울건, 내가 좋아하는 사람 품에서 실컷 울 거예요. 여기선, 절대 안 울 거예요.

엄마한테 잘못한 거 없으니까.

"대답 안 해, 이년아? 너, 그놈이랑 다시 한 번 손이라도 잡았단 봐, 엄마가 어떡하나! 이년이 근데, 감히 엄마한테 눈을 치떠? 엄마가 널 그렇게밖에 못 가르쳤니? 어?"

무식한 엄마. 불쌍한 엄마. 속으로 엄마를 막 욕하고 비웃어 봐요.

엄만 아무것도 모르잖아요. 아니, 아빠한테 버림받고 다 잊어버렸잖아요. 사랑이 뭔지, 우정이 뭔지, 사람이라는 게 어디까지 따뜻할 수 있는지….

그렇게 속으로 엄말 무시하면, 엄마가 뭐라고 하든 견딜 수 있을 것 같아서.

어차피 헛소리야. 어차피 헛소리야. 울지 마, 괜찮아. 네가 잘한 거야. 성민 오빠는, 네 인생에서 여태껏 일어났던 일들 중 가장 잘된 일이었어.

"하여간 모레부터, 그놈이랑 만났다는 소리만 들려 봐. 그날로 당장…!"

"그게 무슨 소리야…?"

"뭐가, 이년아!"

"모레부터라니?"

엄마가 막 웃어요. 마녀처럼 깔깔깔, 또 깔깔깔. 소름이 확 돋고 가슴이 철렁해요. 불안해요. 오빠가 보고 싶어요.

엄마도 아빠를 사랑했잖아요. 지금도 사랑하잖아요. 그러면서 왜 나한테만 그래요. 미워요. 미워요.

"아, 내가 말 안 해 줬냐? 어, 너 아주 펑펑 울겠구나. 엄마가 오늘 너네 교장인가 뭔가까지 만나서, 그놈 전학시켰어. 전학인지 퇴학인지, 아무튼 내일이 그놈이 너희 학교 다니는 마지막 날이니까, 그런 줄이나 알아, 이 작것아. 모레부터는 아주 만나서도 안 된다, 알았어!!"

그렇게 참고 참았던 눈물이 한 방울 흘러나와요. 한 방울 떨어지고 나니까 기다렸다는 듯이 우수수 쏟아져 나와요. 울면서 입으론 막 웃었어요. 엄마한테 지긴 싫어서 어떻게든 웃으려고.

지금 이 순간, 나는 정말 내가 엄마 딸이라는 사실을 죽도록 저주해요. 엄마를 실망시키지 않으려고 애쓰다가 결국 지금의 조현정이 돼 버린 거, 죽도록 후회해요.

"교장선생님이… 그걸 그냥 허락해 줘? 엄마가… 또 그 불쌍한 꼴로 가서 비참하게 얘기하니까, 또 그렇게 말도 안 되는 걸 허락해 줬어? 학예회 빼듯이, 오빠도 내 인생에서… 빼 버렸어?"

"이성민, 그놈 이름 얘기하니까, 너희 교장도 별 말 없이 허락하던데? 워낙, 개차반 같은 놈이어야 말이지."

"오빠…가 뭐?"

또 얼굴에서 불이 나요. 하지만 이젠 아프지도 않아요. 그냥 멍해요. 뭐라고요?

오빠 이름을 듣고 교장선생님도 허락한 거라고요? 교장선생님에게, 선생님들에게, 어른들에게, 오빠가 그런 존재라고요?

왜요? 오빠 머리 색깔 때문에요? 아님 귀에 단 별 때문에요? 내가 설명해 줄 수 있는데, 그런 건 나쁜 게 아닌데, 오빠만큼 착한 사람이 어디 있다고. 교장선생님이면 그런 것도 알아야 하는 거 아니에요?

"모른 척할 거여? 엄마가 읊어 줘야 혀? 응? 소년원 출신에, 학교에서도 쫓겨나고, 부모한테서도 버림받은 놈! 이덕환인가 뭔가가 그 더러운 놈을 주워다가, 아주 뼈 빠지게 간신히, 너네 초등학교 6학년으로 복학까지 시켜 줬는데도, 그 자식은 은혜도 모르고 결국 또 똑같은 사고를 쳤다고, 교장이 아주 혀를 차더라, 혀를!!"

내 몸이 산산조각으로 부서지는 느낌이에요. 얼얼하게 매운 뺨 말고도, 그냥 온몸이 다. 가슴속에 꼭꼭 숨어 있는 미숙한 심장까지.

배신감. 지금 이건 확실히 오빠를 향해 느끼는 배신감이에요. 소년원 애들처럼 내가 사랑하는 사람을 굳세게 지켜주고 싶은데. 엄마가 거짓말을 하는 거라고, 오빨 미워하게 만들려고 거짓말을 하는 거라고, 그렇게 생각하려고 애를 쓰는데.

하지만 '이덕환'은 분명 루돌프 아저씨 이름인걸요. 아무리 엄마래도 이런 거짓말을 지어낼 수는 없잖아요.

'소년원 출신'이라고요? 오빠도 소년원 출신이에요? 자긴 소년원이랑 상관없다는 듯이 말했으면서. 원장님이랑은 그냥 아는 사이인 듯이 말했으면서.

원장님도 성민 오빠는 그냥 어쩌다 알게 된 거라고 말했잖아요. 피터팬은 그냥 애늙은이들을 도와주는 게 너무 즐거워서 도와주는 거라고 했잖아요. 집에도 안 가고 맨날 거기서 살다시피 하는 것도, 피터팬에겐 당연한 일이라고 나한테 농담처럼 그래 놓고서. 자기만큼은 나한테 절대 거짓말하지 않을 사람처럼 굴어 놓고선….

나한텐 오빠밖에 없는데. 그냥 해 보는 소리가 아니라, 우습게도 진짜로 나한텐 오빠뿐인데. 생판 남인 거 아는데, 세상에서 가장 나쁜 사람이라도, 그래도 어쩔 수 없다고 생각했는데.

"그것도 아주 화려하드만, 어? 절도, 폭행, 기물 파손, 그런 거면 말도 안 혀. 미성년자 희롱죄여. 내 딸년을, 말 잘 듣던 내 딸년을 건드려 논 놈이! 미성년자 희롱죄로 잡혀갔던 놈이여. 아주 얼마나 환장할 일이것냐, 어? 너 이것까지 알면서도 그놈이랑 사귄 거냐? 어? 이 미친 것아!!"

"무슨… 소리야, 그게? 미성년자… 희롱이라니?"

딱 두 시간 동안, 엄만 오빠에 대해 나보다 훨씬 많은 걸 알아냈네요. 정작 오빠와 그렇게 오랜 시간을 보낸 나는, 그렇게 오빠를 좋아하던 나는, 오빠도 나를 좋아하는 줄로만 알았던 나는, 아무것도 모르네요. 오빠의 나쁜 점은 보고 싶지 않았으니까.

우습게도 어른들의 세계에선 오빠 인생에는 나쁜 점들뿐인가 봐요. 이 상황에서 내가 엄마한테 오빠에 대해 설명을 들어야 한다니.

내가 오빠에 대해 아는 거라고는….

이성민. 이성민? 그 보조개. 그 목소리. …운명.

운명. 나랑 네가 운명이라고? 그럼 지금 이것도, 지금 당하고 있는 이 수모도, 너 때문에 견뎌야 하는 이 고통도, 내 운명이냐고 물어보고 싶네요. 나는 이런 것도 그냥 당연한 숙명인 셈 치고, 나긋나긋 담담하게 받아들여야 하냐고. 너라는 운명을 만난 대가라고 치고, 숭고한 의식처럼 치러야 하는 거냐고. 어떻게 이 어린 나에게 그런 역할을 아무런 경고도 없이 떠맡길 수 있냐고.

"허이고, 너 진짜 모르는 거여? 어? 어이구, 그 나쁜 새끼….."
"……."
"잘 들어, 이년아! 엄마 말 안 들어서 좋은 거 하나도 없다는 게 이런 겨. 알것냐? 초등학교 입학하던 때서부터 그놈은 너처럼 공부 잘하는 여자애들한테 다가가서, 꼬시고 귀찮게 치근덕거리고 따라다니고, 싫다는 걸 억지로 시키고, 그러다 결국 신고당하고, 응? 아주 개같은 놈인 거여! 넌 대체 어쩌다 그런 놈한테 넘어간 겨, 이 작것아!"

엄만 이제 날 때리지도 않아요. 심지어 순간순간 불쌍하다는 것처럼 날 가만히 쳐다보기도 하고 그래요.

엄마의 말이 귓가를 퍽 때리고 지나가는 것 같아요.

다가가서,

꼬시고,

귀찮게 치근덕거리고,

따라다니고,

싫다는 걸 억지로 시키고.

떠올라요. 싫은데 자꾸만 추억들이 떠올라요. 예쁘다고 생각했던, 평생 간직하고 살고 싶었던 추억들이 진흙 웅덩이에 나뒹굴더니 처참하게 찢겨져 나가요.

토하고 싶어요. 이젠 성민 오빠가 보고 싶지도 않아요. 그냥…. 한껏 토하고 잠들어 버리고 싶어요. 깨어나서, '그게 다 꿈이었네'라고 얘기하고 싶어요. 그럴 수 있다면 소원이 없을 것 같아요.

"결국 3학년 때 만 9세가 되자마자 소년원에서 냉큼 집어 갔다

더라. 그놈이 진짜 상 또라이지. 소년원에서 나와서 다시 다른 학교 들어갔다가도 똑같은 짓을 해서 또 잡혀가고, 또 풀려나서 다른 학교 갔다가, 또 잡혀가고. 네 번인가 다섯 번을 그랬다더라, 네 번인가 다섯 번을, 이 작것아! 그러니 남한테 안 걸리고 한 짓은 또 얼마나 많겠니? 야 이년아, 넌 그놈이 치근덕거릴 때 몰랐니? 뭐 이상하단 생각 안 들었어, 응? 이 바보 같은 년아!!"

갑자기 전에 진실게임 때 오수현이 했던 말이 생각나요. 나 같은 샌님이 상대할 인물이 아니라고, 유명하다고.

처음 오빠가 전학 왔던 날, 애들이 다 싸늘하니 겁먹었던 것도 생각나요. 박성이 선생님이 오빠가 어느 학교에서 전학 온 건지 얘기해 주지 않은 것도. 그땐 무슨 의미인지 몰랐는데 지금은 알 것 같아서, 그래서 너무 싫어요.

엄만 그 뒤론 그냥 숨을 씩씩대며 혼잣말만 중얼댔어요. 가끔씩 "불쌍한 년", "천벌 받을 놈" 같은 소리를 해서 날 심란하게 만들기도 했어요.

나는 눈을 꾸욱 감은 채로 방바닥에 드러누워 버렸어요. 엄마조차도 오늘만큼은 일어나 공부하란 소리를 하지 않아요.

엄마 얘기가 사실이라면, 오빠가 진짜 나쁜 놈이란 건 틀림없는 사실이죠. 그리고 이번만큼은 엄마가 거짓말을 하는 게 아니라는 거 잘 알아요. 하지만 나 혼자서는, 지금 당장은 오빠에 대해 어떤 평가도 내리고 싶지 않은걸요.

모레면 떠난다잖아요. 어차피 떠난다잖아요. 그러니까 내일, 내일 오빨 마지막으로 보면서, 오빠 입으로 직접 들을래요. 조현정,

네가 공부도 잘하고 신기해 보여서 장난 좀 쳐 본 거라고, 너도 그냥 불쌍하고 심심해서 갖고 놀아 본 수많은 애늙은이들 중 하나였다고, 그뿐이었다고. 조현정은 타이거 릴리가 아니라 그냥 웬디였다고. 어쩌다 마법 놀이에 끼워 준 이방인, 다시 집으로 돌려보내야 하는 잠깐 놀아 보는 상대. 예쁜 추억들을 전부 꿈인 셈 치고, 아무에게도 얘기도 못하고 평생을 살아가야 하는 웬디였다고.

정말 그렇게 얘길 할 거라고 해도, 오빠 입으로 직접 들어야만 해요. 그래야 내 속이 시원할 것 같아요.

미련이 없겠죠. 적어도 평생 동안, 혹시 내가 오빠를 오해했던 건 아닐까 하고 바보 같은 미련을 갖고 살지는 않을 거라고요.

물론 슬프겠죠, 잠시 동안은. 며칠간은 그리워하면서 펑펑 울지도 몰라요. 하지만 그렇게 해야 마음을 접을 수 있겠죠. 뭣보다 나는 이제 겨우 열세 살이잖아요, 앞으로 살날이 훨씬 많이 남은.

나쁜 놈이라면 일찌감치 깔끔하게 접어 버리면 그만에요. 그렇잖아요. 좋아했지만. 많이, 좋아했지만.

그래요, 어차피 나랑은 전혀 안 어울리는 마법 같은 일들이었으니까. 남들이 다 비웃을 만큼 안 어울렸으니까. 현실이기엔 너무 달콤한, 꿈결 같은 하이틴 로맨스. 지나가면 그만인. 그래요. 그뿐이에요.

잠결에도 계속 엄마 목소리를 들었던 것 같아요. 자장가처럼 부드러운 엄마의 위로. 절대 우리 엄마답지 않은 놀라운 일이라, 지금까지도 선명히 기억나요.

"아이고, 이 불쌍한 작것아…. 괜찮아, 괜찮아, 울지 마, 아가. 네 나이 적엔, 금방 잊어버릴 수 있어 이것아. 엄마가 그랬잖아. 조금만 지나면, 아무것도 기억 못한단다…. 아가야. 괜찮아 아가야. 괜찮아…. 공부 열심히 해서 다 깔고 뭉개 주면 되는 거. 까짓 거 괜찮아…."

엄마도 단단한 껍질을 벗기고, 속살을 파고들고 파고들다 보면, 사실 괜찮은 사람이지요. 엄마, 고마워요. 싫지만, 밉지만, 나는 어쩔 수 없이 엄마 딸이죠.

어쩔 수 없이 똑같은 운명이죠.

....
Forget me not

교실로 들어오자마자 얼른 이성민의 빨간 머리통을 찾았지만 보이지 않아요. 물론 원래 나보다 늦게 오긴 하지만 오늘따라 불안하네요. 혹시 벌써 도망쳐 버린 건 아닌지, 내 얼굴 마지막으로 한 번 보지도 않고 가버린 건 아닌지.

설마 그렇게 겁쟁이처럼 굴진 않겠죠. 날더러 겁쟁이라고 그렇게 나무랐던 주제에.

오늘은 토요일이니까 4교시까지밖에 없단 말예요. 조금만 늦어도 미치도록 불안해진다구요.

오빠한텐 정말 내가 별 게 아니었던 걸까요? 작별인사하고 싶은 마음도 전혀 없을 만큼? 그냥 또 다른 애늙은이를 찾아 버리면 그만이라는, 그런 생각일까요?

너, 넌 진짜 나쁜 놈이야, 이성민.

1교시는 영어 시간이었는데요, 영어 시간이 끝나도록 이성민은 오지 않았어요. 심장이 점점 내려앉는 기분이에요. 너무 서운해서요. 책상에 엎드렸다가, 멍하니 칠판을 봤다가, 다시 엎드려 책을 보다가. 하지만 무얼 해도 재미가 없어요. 누가 옆에 없으니까.

결국엔 도저히 가만히 앉아 있을 수가 없다는 생각에, 교무실에 내려가 우리 담임선생님을 찾아요.

"저기…."

"응, 무슨 일이니?"

내가 자기 반 애를 쫓아낸 셈이라면 셈인데도, 선생님은 그냥 환하게 웃어요. 다른 날보다 훨씬 피곤해 보이긴 하지만, 그래도 여전히 1학년 선생님처럼 밝아요. 그런 점이 장점으로 보이고, 막 친해지고 싶고 그래요. 다 이성민이 지나가고 난 흔적이지요.

싫죠. 싫긴 싫지만, 이성민이 싫은 거지, 내 바뀐 성격은 싫지 않은 걸요.

그래요, 어쩌면 이성민은 진짜, 진짜 순진한 마음으로, 애늙은이들에게 동심을 되찾아 주고 싶었던 건지도 모르잖아요. 아무도 모르는 거죠. 이미 돌이킬 수 없이 늙어 버린 우리 애늙은이들은 피터팬을 이상한 사람으로 볼 수밖에 없었고, 그래서 오빠를 신고했던 건지도요. 웬디가 요즘 애였으면, 창문으로 날아 들어온 피터팬을 보고 신고해 버렸을지도 모르는 거랑 같은 이치죠. 욕먹고, 손가락질을 받고, 소년원까지 들락날락하는 수모를 겪으면서도, 이성민의 그 성격이라면 각 초등학교마다 보이는 불쌍한 애늙은이들을 가만히 둘 수가 없었을 거예요. 실패하면 소년원에 가는 거지만, 성공하면 오빠 뜻대로 애늙은이들이 다시 아이가 되는 거니까. 나처럼. 그래요, 나처럼.

"성민이 오빠가요… 자기가… 음, 전학가게 됐다는 거, 벌써 알아요?"

담임선생님은 가만히 날 쳐다봐요. 멋쩍을 만큼. 뭘 물어보는 시선이에요.

하지만 나도 정말 모르겠어요. 성민 오빠가 보고 싶은 건지, 아님 보고 싶지 않은 건지. 대체 왜 이렇게 애를 태우는 건지. 만나서 무슨 얘길 하고 싶은 건지조차 모르겠는데.

"알고 있지…. 어제 너희 어머니 가시고 난 다음에, 내가 바로 성민이한테 연락했으니까."

아마 이성민은 가정환경조사서에도 소년원 전화번호를 적어 냈을 거예요. 왜 진작 몰랐을까요. 부모에게도 버림받고 친구에게도, 학교에게도 버림받은 불쌍한 아이들. 그 중 하나가 성민 오빠였다는 거. 그 정도의 동정심, 그 정도의 희생정신은 같은 처지에 있는 사람이 아니고는 나올 수가 없는 거였는데.

난 진짜 성민 오빠를 무슨 천사로 생각했었나 봐요. 첫사랑이죠. 첫사랑의 폐해죠. 맞아요.

"그래도 짐도 싸고 마지막으로 정리하려면, 오늘 하루는 와야 되잖아요…. 아니에요? …오늘은 나오고 내일부터 못 보는 거 아니었어요? …아, 아주 오늘부터 안 나오는 거냐고요."

선생님이 고개를 갸웃하며 날 봐요. 그러더니 그래요.

"벌써 서류 처리는 다 됐으니까, 성민이 마음이지."

불안한 예감은 왜 언제나 맞는 걸까요. 영영 오빠를 못 보게 될지도 몰라요.

좋아해서 이러는 거 아니에요. 아닌데, 완전히 싹을 잘라내야만 나중에 공연히 그리워하지 않을 테니까, 그래서 이런다고요.

"근데… 네 얼굴은 보고 갈 거라고 하던데? '2분 동안만 뛰어오라'고, 그렇게 전해 주면 알 거라고 그러면서 웃더라…."

'2분 동안만 울자….'

머릿속이 번쩍 빛나요. 나도 모르게 웃어요. 그럼, 당연한 것을. 시작한 곳에서 끝을 맺자는 거예요. 진작 알았어야 하는 건데.

보고 싶어요. 볼 수 있게 되니까, 어디 있는지 알게 되니까, 도저히 안 보고 지나칠 수가 없어요. 참새에게 방앗간. 성민 오빤 내게 그런 사람이었죠.

"현정아!"

선생님이 급하게 돌아서던 내 팔을 갑자기 잡았어요. 어젯밤에 엄마가 나를 보던 그 눈이에요. 가엾다고, 불쌍하다고, 한없이 속삭이는 그 눈, 왠지 썩 마음에 들지 않는 그 눈.

어차피 더는 좋아하지 않는데, 어차피 더는 좋아할 수도 없는데. 이젠 내 쪽에서 싫은데, 싫어해야 하는데.

"걱정하지 마. 너희 나이 때 하는 사랑은, 금방 잊혀진단다. 금방 새로운 사람 만날 수 있으니까, 걱정하지 마. 중학교만 가도, 고등학교만 가도, 새카맣게 잊고 또 잊는단다. 나중엔 그 애 이름이 뭐였지 생각하면서 그냥 웃게 될 거야. 그냥… 지나가는 열병 같은 거란다."

그래요, 그런 거겠죠.

박성이 선생님은 좋은 사람 같으니까, 나보다 훨씬 오래 산 어른이니까, 그러니까 분명 그 말이 맞겠죠.

나도 그런 거라면 좋겠어요.

이 모든 힘든 일이, 나중엔 그냥 재미있는 이야깃거리 정도가 될 수 있다면. 내 소설로 예쁘게 풀어져, 그 어느 누군가에게 약간의 감동이라도 줄 수 있게 된다면. 돌이켜 봐도 아무런 상처도 입지 않을 수 있을 만큼 예쁘게 포장될 수 있다면.

마냥 좋겠어요.

0528.

꾹꾹 비밀번호를 누르고 옥상 문을 열어요. 싱그러운 햇살, 맑은 공기, 시원한 바람, 다 여전한데.

눈부신 햇살 사이로 키가 큰 검은 그림자가 하나 서 있네요.

처음에 저 키를 보고 얼마나 놀랐던지. 하지만 이젠 그렇게까지 크다는 생각은 안 들어요. 내가 그렇게 컸을 리는 없고요, 그냥, 오빠한테 많이많이 익숙해진 거죠.

바보처럼, 잘 알지도 못하는 낯선 사람에게.

"다… 들었지?"

오빠가 물어 봐요. 너무 밝은 빛 속에 있어서, 오빠 표정이 잘 보이지 않아요.

하지만 그대로가 더 좋아요, 더 다가가지 않을래요. 더 다가가면… 더 다가가면…. 모르겠어요, 그냥… 아직 더 다가갈 자신이 없어요.

"네, 다 들었어요."

정확히 무슨 얘길 하는 건지도 모르면서 무작정 그렇게 대답해요.
"정말 미안하다. …너무너무 피터팬이 되고 싶었거든."

보이지 않아도, 오빠가 웃고 있다는 거 알 수 있어요. 오빤 "어쩔 수 없었다"느니 그런 소릴 하지 않아요. 그냥 멋지게 미안하다고 사과를 해요. 다 자기 잘못이라고. 그래서 기뻐요. 마치 변명이 아니라 진심 같으니까.

오빠의 목소리를 들으니, 그냥 이해가 돼요.

그래요, 그냥 너무 빨리 늙어 버리는 요즘 아이들에게, 사랑이 뭔지, 남을 도와주는 기쁨이 뭔지, 친구가 뭔지, 가르쳐 주고 싶었던 거였는데, 사람들이 그걸 이해해 주지 않았던 거죠.

그래도 오빤 멈출 수 없었을 테죠. 실패하면 빨간 딱지가 하나 더 는다고 해도, 성공하면, 성공만 하면 영영 돌릴 수 없을 것만 같던 애늙은이들이, 마음을 활짝 열고 그 순수한 웃음을 되찾게 되니까.

그 즐거움에 중독되어 이 바보는 헤어 나올 수가 없었던 거예요.

괜찮아요, 이해할 수 있어요. 그렇게 좋아했던 사람이니까. 나한텐 설명할 필요도, 미안하단 말을 할 필요도 없는 거예요.

"내가 서운한 건 딱 하나뿐이에요. 오빠 과거, 나한테는 왜 숨겼어요? 나한테는 얘기해 줘도 됐잖아요. 내 비밀얘기도 다 들었으면서."

멍청한 날 속이고 싶었다고 대답해도, 난 그냥 그렇구나 하고 넘길 자신이 있었어요. 그런 얘기까지 해줄 수 있을 만큼 가까운 사람이 아니었다고 대답한다 해도, 오늘밤 혼자 울고 언젠가 털어내 버리면 되는 거라고 생각했죠.

"네가, 조현정이, 겁이 나서 나를 떠나 버릴까 봐."

"…네?"

"너한테만큼은 절대로 버림받고 싶지 않을 정도로 너를 좋아했으니까."

네? 거짓말이라고요? 믿지 말라고요?

알아요. 난 또 바보처럼 속고 있는 걸 수도 있어요. 더 이상 이 사람을 믿으면 안 되는 거죠. 아닌 척하지만 나, 사실은 굉장히 많이 상처 받았다는 거, 내가 가장 잘 알아요.

하지만, 첫사랑의 상처 정도는 누구나 있는 거라고 어떤 책에서 그랬어요. 속고도 또 속아 주는 게, 심지어 속는 걸 알면서도 속아 주는 게, 그게 또 우리 마음이잖아요.

나 원래는 의심이 굉장히 많은 사람이란 말예요. 그런데요 오빠의 그 목소리를 듣고 있으면요, 절대로 거짓말한다는 생각이 들지 않았어요. 뭔가 믿을 수밖에 없는, 그런 거 있잖아요. '진심이겠지. 설마 이런 목소리로, 이런 말투로, 이 사람이 나한테 거짓말을 할 수 있겠어?' 하고 별다른 이유 없이 믿게 되는 그런 사람. 전화선 너머로 목소리만 들어도, 수천 킬로미터 떨어져 있어도, 눈만 감으면 그 순진한 모습을, 그 빨개진 얼굴을 볼 수 있을 것만 같은.

"…난요, 그냥 오빠한테 고마울 뿐이에요. 오빠 덕에, 태어나길 참 잘했다고 생각했는걸요. 나 정말 이기적인 사람인데, 오빠한텐 갚아 준 게 하나도 없는 것 같다는 생각이 들어서, 그게 너무 미안해요. 그뿐예요."

갑자기 목이 메요. 절대 울지 않겠다고 다짐했는데, 잠시 동안은 이 사람을 미워하게 된 거라고 생각했는데. 냉정하게 보내고 털어낼 수 있다고 생각한 게 바로 오늘 아침이었는데.

미움과 사랑은 순전히 기분 차이에요. 죽도록 밉다가도, 선선한 가을바람만 불면 그 사람 기억에 웃게 되는, 그 변덕.

"나… 만약에, 오빠가 너무너무 보고 싶어지면 어떡해요? 그럴 린 없지만, 그래도 혹시라도 아주 나중까지 오빨 잊지 못하면요?"

어른들은 다 잊는다고 하죠. 당연히 다 잊는 거라고, 나중까지 기억할 거라고 생각하다니 순진하다고, 바보냐고, 막 웃고 그래요.

진짜 그럴까요? 지금은 이렇게 가슴이 두근거리는데, 나중엔 이걸 싹 다 잊는다고요? 없었던 일처럼?

그래요…. 뭐 그럴지도 모르죠. 정말 그렇다 해도, 둘 다 서로를 잊게 되는 거라면 손해 볼 건 없겠죠.

"이제 난, 너한테 가르쳐 줄 수 있는 건 다 가르쳐 줬어. 이젠 너 혼자서도 잘할 수 있어. 너, 작가가 되고 싶다고 했잖아. 내가 가르쳐 준 것처럼 색다른 경험들도 잔뜩 하고, 남들을 도와주고 사랑하고 아껴주고 알아가고 이해하고 감싸주고. 그러면서 정말 아름답고 반짝이는 소설을 쓰는 거야. 나도, 나도 어딘가에서, 손꼽아 네 글을 기다리고 있을 테니까."

이것 봐요, 또 믿고 싶어지잖아요. 실은 그냥 돌아서자마자 내 이름 석 자조차 잊어버릴 수도 있는 인간인데, 난 이 사람을 생각하며 힘을 얻고 기대하고 기다리고 글을 쓰고, 그러면서 살겠죠.

"그러다 훌륭한 소설가가 되면, 너 스스로가 자랑할 만한 소설가가 됐다 싶으면, 그때, 그때 만나자. 그 전까진 서로 꽃다발이며 편지며, 일체 보내지 않는 거야. 어른들 말이 맞는 척, 서로 잊어버린 척, 서로 살았는지 죽었는지도 모르는 듯이, 그렇게. 그러다 내가 살려 준 네 꿈이 정말로 이루어졌을 때, 그때 저어기, 저 학교 정문 앞에서 마치 우연처럼 마주치는 거야. 같이 손잡고, 어른들을 비웃어 주는 거야. 알겠지?"

난 바보처럼 울면서 웃어요. 오빠다운 엉뚱한 생각이에요.

자랑할 만한 소설가가 되려면 몇 십 년이 걸릴지 모르는데, 아니 어쩌면 영영 불가능할지도 모르는데, 그냥 저기서 '마주치자'구요? 하루에도 몇 백 명이 지나다니는 저곳에서, 언제까지 무작정 기다려야 하나요? 먼 훗날 오빠를 다시 '마주친다' 해도 알아볼 수는 있을까요?

우린 서로, 이 약속을 기억해 줄까요?

"오빠 있잖아, 내가 어떤 책에서 본 건데요. 인연을 만날 확률이란 게 0.00023%밖에 안 된대요. 뭘 알기나 하고 하는 말이에요?"

"이 거북이는 끝까지 막말이야. 우리 둘은 괜찮아, 인연 같은 건 내 마음대로 조작해 버리면 되니까… 우리 그 가정환경조사랑 설문조사 했을 때 있잖아, 그 21번 문제. 비밀 장소 문제. 그거 실은 거북이 설문지에만 내가 몰래 썼던 거거든."

"뭐라구…!"

"중요한 건, 운명이라면 어떻게든, 언젠가는, 우린 반드시 다시 만날 수 있을 거란 사실이지. 그리고 넌… 틀림없이 행복해질 거야, 조현정. 난 알아. 넌 순수하고, 또 똑똑하니까."

이 목소리, 내 마음을 따스하게 만드는 이 목소리, 정말 다시 들을 수 있을까요? 몰라요. 난 이런 것에 대해선 아무것도 몰라요. 서툴러요. 난 오빠가 처음인걸요.

이제 오빠를 보내줄래요. 더 이상 다가가면, 더 이상 보고 있으면, 오빠의 보조개가 너무 좋아 못 보내줄 것 같아서, 헤어지기 싫다고 떼를 써버릴 것 같아서.

우리 사이엔 구차하게 더 얘기할 필요도 없이, 그냥 이렇게 바라보고만 있어도 서로의 마음을 다 아는 그런 게 있었어요. 어차피 잠시 보내줘야 한다면 얼른 보내줄래, 그렇게 생각했어요. 그래야 더 빨리 만날 수 있을 테니까.

우연처럼 갑자기 만났듯이, 그렇게 멋지게 헤어져야죠. 더 이상 보고 있어봐야 달라질 건 아무것도 없으니까.

지금 이 순간, 내가 간절히 바라는 건 딱 한 가지예요. 나는 여전히 갈 길이 먼 이기적인 꼬맹이니까. 혹시라도 내가 정말 새카맣게 오빨 잊게 될 거라 해도, 오빠만큼은… 오빠만큼은.

"나… 기억해요."

"뭐라고? 잘 안 들려!"

"나! 기억해 줘요!!"

이기적이죠. 난 오빠를 잊어버릴지도 모르는데, 그런데도 오빠가 날 잊지는 말아 줬으면 좋겠어요. 스산한 가을바람이 내 이름을 외치듯이 사르르 스치고 지나갈 때, 내가 어떻게 생겼었는지 내가 자기를 얼마나 좋아했었는지, 잠깐 웃기라도 해줬으면 좋겠어요. 그게 다예요.

나는 얼른 등을 돌려 옥상을 뛰쳐나왔어요. 내가 하고 싶은 말은 정말 전부 몽땅 다 했으니까. 그땐 보내줘야 했으니까. 더 정드는 모험은 감수하기 싫었으니까.

그리고요, 뭣보다 오빠의 대답을 듣기가 왠지 무서웠거든요. 오빠의 표정조차 보기가 두려웠어요, 소심한 나는.

오빠를 그토록 많이 좋아했지만 오빠를 많이 좋아하는 내 마음, 나를 평생 아름다운 추억으로나마 간직해 주길 바라는 그 마음을 표현해 본 적은 그때밖에 없었으니까.

오빤 내 뒷모습을 보며 웃었을까요, 아니면 고개를 돌려 버렸을까요. 그 기분 좋던 산들바람에 바알갛던 머리카락을 흩날리면서, 내 발소리를 오래오래 가만히 듣고 있었을까요. 우리가 과연 다시 만날 수 있을지, 이대로 영영 멀어져 버리는 건 아닌지, 나처럼 속으로는 겁이 나기도 했을까요.

모르겠어요. 이젠 모르겠어요. 우리가 함께했던 시간, 가만히 생각해 보니 두 달도 채 안 되는 짧은 시간이었더라고요.

운명이라고 굳게 믿었던 사람인데. 아마 우리가 더 나이가 많았다면 '결혼' 같은 무시무시한 어른들 얘기까지 꺼내고 싶어졌을지도 모르는 그런 사람이라고, 나는 생각하는데.

우린, 정말로 다시는 만나지 않았어요. 우린, 둘 다 정말 한다면 하는 사람들이죠.

그게, 장점이었던 적도 있었어요. 우리, 사랑하던 동안에는.

20년 후

"야 이 년아, 칠칠치 못하게 자꾸 주소를 흘리고 다닐 거여?"
"그런 거 아냐, 엄마. 이건 다 내 지인들한테서 오는 거야."
"지랄 말어, 이것아. 네 친구가 이렇게 많으면, 내가 느이 아빠랑 재결합을 혀, 재결합을!"

보다시피 우리 엄만 변한 게 없어요.

아니, 매일 봤던 내 생각에만 그렇지, 누군가 우리 엄말 아주 오랜만에 본다면 많이 변했다고 생각할지도 모르겠네요. 적어도 이젠 저렇게, 아무렇지 않게 아빠 얘길 농담처럼 할 수 있으니까.

좀 슬프네요. 정말로, 결국엔 다들 잊게 되는 건가 봐요. 심지어 엄마가, 아빠를. 우리 엄마가, 우리 아빠를.

하긴 진작 그랬어야 하는지도 모르죠. 우린 언제나 이별에 더뎌요. 사실 없이도 잘 살 수 있잖아요. 그 사람이 내 인생에 나타나기 전, 그 전으로 돌아가 잘 살면 되는 거잖아요. 있다가 없어졌다고 바보같이 허전해하면, 그건 너무 가엾은 일이죠. 이론상으로는 그렇지요.

"진짜야 엄마. 작가가 그런 사생활 정보를 어떻게 아무렇게나 흘려."

"그러게 의사나 검사가 됐으면…."

"이야아, 편지지가 참 예쁘네, 요즘은!"

그래요, 우리 엄만데 뭐 빤하죠. 아직껏 '사'자 돌림 직업에 대한 미련을 못 버린 거예요.

하지만 결국 내가 이겼답니다. 단식 투쟁부터 시작해서 협상에, 거래에, 협박에, 계약까지. 엄만 내가 대체 어디서 이따위 황소고집을 배워왔나 모르겠다면서 결국엔 두 손 두 발 다 들었어요. 베스트셀러 작가가 돼서 의사가 버는 만큼 돈을 벌어야 한다는, 그리고 절대 엄마에 대해 안 좋은 얘기를 쓰면 안 되고, 괜히 'TV에 나오는 딴따라들'처럼 '팬'(엄마가 발음하니까 얼마나 웃겼는지 몰라요.)들한테 시간 다 뺏기지 말고 죽을힘을 다해 부와 명예를 좇아야 한다는 조건을 걸면서, 내가 글 쓰는 데 전념하는 걸 허락해 준 거죠.

어른들은 다 잊어버릴 거라고, 자그마한 너희들은 그냥 앞만 보고 힘차게 달려 나가라고 말씀을 하시죠. 그렇지만 예전의 어린이들이 오늘날의 어른들이 되는걸요. 어린 시절의 꿈이 오늘날의 현실이 되고요.

나도 내 어린 시절부터의 꿈을 이뤘어요. 작가가 돼서, 내가 써 내려간 글자 하나하나로 누군가에게 예쁜 기억을 선사해 주겠다고.

"그래, 예쁘네. 누가 보낸 거여?"

엄마가 짐짓 무섭게 노려보면서 그래요. 우습지만 엄만 아직도 내가 애인을 만들어 시간을 뺏기는 걸 한사코 싫어해요. 나는 평생 결혼 안 해서, 엄마처럼 고생 안 했으면 좋겠다는 얘기도 해요.

하지만 이젠 내가 애인을 만들어 온다고 해서 뺨을 때리거나 내쫓거나 그러진 않을 거란 거 알아요. 씩씩대고 노려보고 질문을 퍼부어 대다가, 결국엔 그냥 부루퉁하게 승낙해 줄 거예요, 아마.

그래요, 다들 변하지요.

"팬. 아니, 맨 처음 등단 적부터 응원해 줬던 골수팬이란 말이야. 솔직히 이런 사람한텐 주소 가르쳐 줘야지!"

엄만 마음에 안 든다는 듯이 툴툴거리세요.

음, 네, 자랑 좀 하자면 난 이제 팬이 많아요. 열심히 쓰니까, 사람들의 마음을 이해하고 소중한 경험을 담아 멋진 이야기를 만들려고 노력하니까, 이제는 이렇게 내 주소를 어찌어찌 알아내 팬레터를 보내주는 사람까지 있어요. 뭐, 엄마랑 계약한 것처럼 의사가 버는 만큼 벌게 될지는 모르겠어요. 왜냐하면 의사가 얼마나 버는지 모르거든요. 하지만 예전 305호 18평이랑은 냄새부터가 다른, 훨씬 좋은 집에서 살게 된 이후론 심지어 우리 엄마도 많이 누그러졌죠.

사실 이건 비밀이지만 엄마에 대해 안 좋은 얘기 안 하겠다고 했던 건 맨 첫 책부터 깨뜨렸어요. 엄마를 몰래몰래 욕하기에 얼마나 좋은 기회예요. 놓칠 수가 없었다고요. 어쨌든 내 경험과 진심이 녹아나야 진정 실감나는 글이 되는 거라잖아요.

하지만 엄만 전혀 모르죠, 엄마한텐 내 글도 그냥 지렁이 기어가는 걸로밖에 안 보이잖아요. 뭐, 딸 책을 읽고 싶다고 평생 손놓았던 한글 공부를 할 만큼 달콤한 어머니는 절대 아니니까.

그래도 내 첫 책이 나왔을 때 신기하다는 듯이 몇 번이고 한 장 한 장 넘겨보시던 모습은 좀 찡했어요, 솔직히. 좀 좋게 써드릴 걸 그랬나 찔리기도 했죠. 하지만 뭐, 이런 내가 엄마 딸인 걸 어쩌겠어요.

"야, 이 꽃은 뭐냐?"

엄마가 그러면서 수북한 편지 뭉치 사이에서 작은 꽃다발을 꺼내요. "이름 안 쓰여 있어?"라면서 손을 내밀던 나는 순간 굳어버려요.

자그마한 꽃다발.

강아지 목에 달아줘야 할 것만 같은, 종 모양의 꼬맹이 꽃.

순진한 아이처럼 하얘서는, 고개를 살짝 숙인.

은방울꽃이에요. 이거, 은방울꽃이네요.

"엄마, 나 잠깐만 나갔다 올게!"

"또 왜, 이년아!"

엄마 말을 살짝 무시하고, 세 번째 책을 출판하고 나서 샀던 화장대 앞에서 잠깐 동안 망설여요. 화장을 하는 게 좋을까요? 아니, 최대한 예전처럼, 내 모습 그대로를 보여줘야 나를 알아볼 확률이 높아지겠지요. 예뻐 보이고 싶은 욕심과, 예전의 못생겼던 내 모습을 알아볼 수 있어야 한다는 생각, 둘 사이에서 한참이나 고민을 하다 결국 콤팩트를 들어요.

알아요, 오늘도 실패할지도 모르죠. 아니 실패하겠죠. 알아요,

알지만 혹시나 해서. 오늘은 혹시나. 벌써 오늘로 서른일곱 번째 시도지만 그래도 혹시나.

　나, 나 스스로가 자랑할 만한 소설가가 됐으니까.

　저 꽃을 보니까 너무너무 보고 싶어지는 걸 어떡해요.

　아주 옅게만 화장을 하고, 최대한 순진하게 웃어 봐요. 내가 전에 어떻게 웃었더라, 곰곰이 떠올려 보기도 해요. 그래요, 내가 그 사람이 예전 그 모습 그대로이길 바라듯이, 그 사람도 내가 예전 그 모습 그대로이길 바라겠지요. 서로의 눈빛 하나만으로도 서로의 마음을 알 수 있던 우리니까, 그러니까….

　나는 그 사람 보조개 하나만으로도, 목소리 한 토막만으로도 그 사람을 알아볼 수 있으리라 생각했었죠. 그러니 최대한 예전 그 모습 그대로 남아있는 게 좋겠죠, 서로에게만큼은.

　저 멀리에서 걸어올 그 사람 모습이 내가 기억하는 만큼만 멋졌으면 좋겠어요. 긴장해서 온몸을 움츠리며 걸어올 내 모습을, 그 사람이 예전만큼만, 딱 그만큼만 좋아해 줬으면 좋겠어요.

　"너 또 그놈 만나려고 가는겨, 이 미친 것아?"

　엄만 불만 가득한 목소리로 물어보지만, 일어나서 날 뜯어 말리거나 하진 않아요. 벌써 서른일곱 번째라니까요. 엄마도 포기했죠 뭐. 이젠 그냥 한심한 일탈 정도로만 보이나 봐요. 아니면 특이한 취미거나.

　바보 같은 거 알아요. 나도 현실이 어떤지는 알아요. 다시 만날 확률, 아주 적다는 거 나는 어렸을 적부터 알았어요. 그런데 혹시 내가 포기해 버린 다음에 오빠가 교문 앞을 서성이면 어떡해요.

날 기다리면서, 하루 종일 보이는 여자들마다 붙들고 "혹시 현정이니?"라고 물어보며, 늦은 밤 그 자리 그대로 혼자 남아 쓸쓸하게 웃으면 어떡해요. 오늘도 안 왔구나, 오늘도 안 왔구나, 그러면서 몇 주, 몇 달, 몇 년을 보내게 만들면, 그랬다가 내가 나중에 어느 드라마처럼 우연히 그 사실을 알게 되면, 그 죄책감에 난 어떻게 살아요.

난 예전부터 오빠가 화를 내거나 토라지는 걸 견딜 수가 없었죠. 그래서 아주 바보 같은 행동들을 했던 때도 있었을 만큼.

여전히 그래요. 이것 봐요, 화려한 껍질을 벗겨 내고 나면 난 하나도 변하지 못했어요. 난 여전히, 심지어는 여전히 너무 어리다고요. 난 당신이 필요해요. 나를 키워줄 수 있는 사람.

"야 이것아, 이거 그놈이 보낸 거 아니여. 네 팬이 보낸 거여. 카드도 있어. 작…가… 님. 힘…내…세…요. 이…미…숙. 느이 그놈 이름은 이성민 아녀!"

참 나, 한글은 또 언제 배운 거예요. 난 그냥 고개를 푹 숙이고 문을 쾅 닫아요. 난 옛날부터 엄마에게 솔직하질 못했죠.

아직껏 '느이 그놈' 이름을 잊지 않은 엄마 앞에서, 사실은 진짜 못 잊은 거 맞노라고, 그동안 혼자 외출했던 서른여섯 번 다, 엄마 말대로 '느이 그놈' 만나러 나갔던 거 맞노라고. 나 '그놈'이 너무 그립다고, 왜 그렇게 우릴 떨어뜨려 놨냐고, 나는 그 사람 다 이해하고 용서했는데 순전히 엄마 때문에 그렇게 됐던 거라고. 가끔은 그렇게 소리를 질러 버리고 싶지만, 그렇게 깨질 듯이 여린 내 숨겨진 모습을 인정할 바에야 내 자존심에 차라리 죽고 싶죠. 내 단단한 껍질 속에 숨겨진 그 보드라운 살을 볼 수 있는 건, 내겐 오빠뿐이죠. 오빠 덕에 지금껏 다른 사람들에게 먼저 다가가고 먼저 손을 내밀고 그러면서 수많은 인간관계를 쌓았는데도, 그런데도 한순간 한순간 시간 날 때마다 생각이 닿는 사람은 60억 인구 중 오빠 하나뿐이죠.

잊혀질 거라고 했었는데. 믿지 말걸. 그렇게 쉽게 믿고, 상처받지 않으려고 무작정 도망쳐 버리지 말걸. 잊어버릴 수 있겠지, 내가 잊어버리면 그만이니까 상관없겠지 하는 그런 무책임한 생각은 하지 말걸.

그때는 아직 어려서 몰랐어요. 정말 잊지 못할 추억들이 있다는 걸. 어른들은 우리를 보호해 주고 싶어서, 얼른 정신 차리고 열심히 살아 나가게 만들기 위해서, 가끔 나쁜 거짓말을 하기도 한다는 걸. 그걸 알았더라면.

적어도 그때 옥상에서의 그 마지막 만남 때, 무슨 따스한 말이라도 한 마디 해 주고 도망칠걸 하고 매번 후회하는 거예요.

"아유, 춥다."

집 밖으로 나오니 2월의 매운바람이 제법 쌀쌀해요. 오빠를 만난 건 3월이었죠. 새 학기가 그때 시작하니까. 아마 3월 2일이었을 거예요. 초등학생들이 대부분 그때, 올망졸망 예쁜 분홍색 파랑색 가방을 메고, 겨우내 숨어있던 굴들을 뛰쳐나오곤 하니까.

오, 그럼 이건 꽃샘추위겠네요. 내가 오빠를 가장 그리워하는 계절을 방해하려고, 어른들의 매서운 손길처럼 나를 후려치는 칼

바람. 그래도 난 멈추지 않아요. 바람 따위는 나를 막을 수 없지요. 난 이제 다 컸으니까.

사실은 잘 알고 있어요. 그 은방울꽃, 오빠가 보낸 게 아니란 것쯤은.

우리 약속했잖아요, 다시 만나는 그날까진 꽃다발도 편지도 보내지 않기로. 아주 잊은 척 연기하면서 살기로. 그냥 아주 우연히, 꿈을 이루고 나서 교문 앞에서 마주치기로. 우연들이 모이면 운명이 된다고, 그때 그 시절부터 그렇게 멋진 말을 할 줄 알았던 이성민이에요. 그 약속들을 지키지 않는 건, 그건 고집불통 이성민이 아니죠.

알지만, 오늘도 그냥 전에 실패했던 서른여섯 번과 다를 것 하나 없다는 거 알지만, 그래도 또 나가요. 지금 이 순간, 너무너무 미치도록 오빠가 보고 싶어서. 나가보지 않으면 밤에 혼자 침대에 누웠을 때 지독하게 후회할 것 같아서.

간절하면 이루어진다고 하잖아요. 꼭 만날 수 있을 것만 같은걸요. 느낌이 좋잖아요. 왜냐하면, 은방울꽃의 꽃말은….

'넌…. 틀림없이 행복해질 거야, 조현정.'

'틀림없이 행복해집니다'이니까요.

내가 우습죠. 벌써 20년이나 지난 일인데도, 아직껏 그런 사소한 말 한 마디 못 잊고 살아요. 알아요, 내가 생각해도 믿기지가 않아요. 내 기억력이 비상하게 좋은 탓이죠.

아마 내가 아직도 이성민을 기억한다고, 만나고 싶어서 이렇게 자꾸 찾아간다고 얘길 한다면, 초등학교 동창들은 "미쳤구나. 어머, 정말 말도 안 돼. 너 진짜 순애보구나"라고 할 테지요. 하지만 다들, 이성민이 누군지 기억은 하는 거잖아요. 다만 나는, 오빠가 내게 너무너무 특별한 사람이었으니까, 좀 더 간절히 기억하는 것뿐이지요. 내 소설 주인공들 이름을 잊을 수 없듯이, 그렇게 오빠를 잊을 수 없을 뿐이죠.

정확히 기억하고 매일매일 떠올리지 않더라도, 우리 유년시절의 한순간 한순간은 추억이란 이름으로 우리 머릿속 어딘가에 꼭꼭 숨겨져 있는 거예요. 그게 우리 자신도 모르는 사이에, 우리의 현재 모습에 지대한 영향을 주고 있는 거구요. 그래서 누가 뭐래도, 우리의 깨알 같은 모든 순간들은 전부 다 소중한 거예요.

나도 모르게 심호흡을 해요. 내가 다녔던 초등학교 정문에 도착했거든요.

가슴이 두근두근 떨려요.

이상하죠, 요즘엔 이 조현정을 좋아한다고 고백하는 남자를 만나도 이렇게 가슴이 떨려주질 않거든요. 난, 추억을 더 사랑하나 봐요.

그래요, 그 어떤 남자도 내게 그렇게 특별할 수는 없겠죠. 내가 앞으로 몇 만 번 더 사랑을 한다고 한들, 내 첫사랑은 절대 바뀔 수 없는 거니까. 게다가 정신머리가 제대로 박힌 어떤 사람이, 피터팬이 꿈이라고 얘길 하겠어요.

그래요, 다신 되돌릴 수 없을 만큼 특별한 사람이죠. 다시 만나게 되면, 가장 먼저 묻고 싶은 게 그거예요.

아직도 꿈이 피터팬이냐고.

내가 아는 이성민이라면 당장에 신나게 고개를 끄덕이면서 그렇다고 대답하겠죠. 허스키한 목소리로 크게 웃으면서 날 설레게 할 거예요. 거북이라는 별명도 기억하고 있을까요. 그 보조개는, 아직도 그 자리에 그대로 있을까요. 우린 잠시 서로의 곁을 떠났었지만, 내가 사랑했던 그 모습 하나하나는 여전히 나를 위해 그대로 간직해 두었을까요.

하지만 기대가 크면 실망만 커지는 법이죠. 기대하지 않을래요. 이성민도 별 수 없이 어른이 돼 버렸을 수도 있잖아요. 현실 속 피터팬은, 동화 속 피터팬과는 다를 수밖에 없는걸요.

그래서 다른 여잘 만났을까요? 진짜 타이거 릴리를 만나, 자기랑 똑같은 보조개를 가진 아이를 낳았을까요? 상상이 안 돼요. 그냥 우스워서 혼자 깔깔댈 수밖에 없을 정도로 전혀 상상을 할 수가 없어요. 나름 아빠처럼 어른스러운 면이 있기도 했고 키도 컸지만, 그래도요. 이성민 2세라니….

처음 소년원에 가던 날, 주성이를 힘껏 안아 올리던 오빠의 얼굴이 떠올라요. 얼마나 행복한 웃음이었는지. 바람이 오빠 머리를 스치고 지나 옥수수 밭을 휘 흔들었죠. 나는 아직까지 그 냄새를 기억해요. 그 사람은, 다정한 그 사람은, 그렇게 좋은 아빠가 될 수 있었을 거예요. 아기를 보며 웃어주는 그 사람을 생각하니, 또 다시 웃음이 나요.

오빠를 보내준 이후로 난 소년원에 다시는 갈 수가 없었어요. 가면 오빠가 생각날 것 같아서 도저히 용기가 나지 않았어요. 나는 언제나 그 사람이 곁에 있어줘야 용기를 낼 수 있었죠.

물론 주성이한테도, 루돌프 원장님한테도, 사총사한테도 너무 너무 미안했어요. 마지막으로 한 번 들러서 앞으로 다시는 못 온다고 얘기라도 해 줄까 싶었어요. 하지만 그러면 또 그 착한 사람들 앞에서 무너질까봐 그게 걱정됐어요. 다시 그 사람들에게 폐를 끼치고 싶지는 않았어요. 나도 결국엔 나 스스로 커야 한다는 걸 알았으니까.

오빠가 그랬죠. 나한테 가르쳐 줄 수 있는 건 다 가르쳐 줬으니 이제 스스로 해 보라고. 아기 새에게 나는 법을 가르쳐 줬으니 아기 새는 혼자서 날아야만 했지요. 분명 그 네 명도, 나 같은 바보 없이도 잘 컸을 거구요. 정말 좋은 사람들이었으니까.

그래요, 오빠의 부인도 아기도, 있다면 오빠처럼 다정할 거예요. 다정하지 않았던 사람도 다정하게 바꿔 놓는 게 오빠니까. 어떻게든 귀찮게 엉겨 붙어 교화를 시켰겠지요. 그 교묘한 수법이 떠올라 다시 한 번 웃어요.

하지만 정말로 그 아기를 보게 된다면, 오빠의 아내를 만나게 된다면, 그때도 내가 이렇게 자연스럽게 웃을 수 있을지 그건 잘 모르겠어요. 그냥, 잘 모르겠어요. 이 나이가 돼서, 어릴 적 풋사랑 가지고 질투를 하는 거냐고 묻는다면, 나도 할 말은 없어요. 사람 맘이 맘대로 되는 게 아니더라고요. 알아요, 이상하죠. 말도 안 되죠. 그런데 그렇더라고요.

난 그냥, 이것저것 잡생각을 하며 시간을 보내죠. 그렇게 오늘도 시간 가는 줄도 모르게 오빠를 기다리고 있어요. 어느 쪽에서 나타날까, 어떤 모습으로 나타날까, 뛰어올까, 걸어올까. 그런 걸 수도 없이 상상하고 또 상상하면서.

오빠는 공상 속에서 언제나 다른 모습으로 내 앞에 나타나죠. 조금씩 달라진 얼굴과 조금씩 달라진 옷차림으로. 하지만 내가 왈칵 눈물을 쏟으며 오빠에게 안기는 모습은 언제나 똑같았어요. 난 눈물 없이 그 사람을 다시 맞을 수는 없을 것 같았어요.

그런 생각을 하며 가만히 기다리다 보면 어느새 늦은 저녁때가 되곤 했어요. 여기저기 바쁘게 뛰어다니던 수많은 어른들이 다들 어디론가 사라져 버리고, 어떻게든 밖에 남아 뛰어놀려던 장난꾸러기 남자아이들도 엄마들의 사나운 손에 붙들려 어디론가 끌려가 버린 다음, 그 다음에서야 나는 터덜터덜 홀로 집으로 돌아가곤 했지요. 못내 아쉬워서, 자꾸만 뒤를 돌아보면서. 놓칠까 봐. 놓칠까 봐.

우리라면, 우리만큼 특별한 사랑이었다면, 마법처럼 '짠' 하고 바로 만날 수 있지 않을까 하는 유치한 기대는 이미 글렀죠. 하긴, 난 어른이 돼 버렸고, 여긴 현실이니까. 난 웬디일 뿐이니까.

하지만 약속을 했었으니까. 적어도 언젠가는 이루어질 수 있지 않을까 하고. 서른일곱 번째니까, 벌써.

그때 갑자기 뭔가가 느껴졌어요. 왠지 누군가가 날 부르는 것 같은, 뒷목이 간질대는 느낌.

반가워요. 뭐가 반가운지도 몰랐지만 그냥 반가웠어요. 수학 문제를 보자마자 다섯 개의 보기들 중에서 정답을 콕 집어낼 수 있을 만큼 예리한 직감을 갖고 있었던 나잖아요. 내 안의 뭔가가 본

능적으로 느낀 거예요.

세상에. 그럴 줄 알았다니까요. 가슴이 미친 듯 뛰네요.

오늘, 서른일곱 번째 날에.

천천히 고개를 뒤로 돌려 뒤쪽 거리를 바라보았을 때, 나는 한 남자가 날 향해 환하게 웃고 있는 걸 봤어요.

환한 웃음. 할아버지 웃음. 입이 헤 벌어지는 그 웃음.

"뭐야."

우습게도 내 입에서 나온 첫 마디는 그거였어요.

오빠를 만나게 되면 달려가서 안겨야 할까, 아니면 가만히 서서 울며 기다려야 할까, 너무 좋아 기절해 버리지는 않을까, 진짜 오만 가지 상상을 다 했었는데.

근데 정작 그때 나는, 그냥 멍하니 서 있었어요. 멍하니. 차가운 바람보다도 더 차갑게, 꼼짝 않고 서서는.

설마, 설마 하면서.

저거였나. 겨우 저게 오빠의 미소였나? 내가 그토록 멋지다고, 그 누구도 따라잡을 수 없을 만큼 특별하다고 생각했던 그 보조개가, 겨우 저거였나요? 난 겨우 저걸 위해서, 그 오랜 세월을 오매불망 기다려온 건가요? 새로운 남자를 만나도 나도 모르게 오빠와 비교를 해 버려서, 시원찮다고, 뭔가가 마음에 안 든다고, 자꾸 밀어내 버렸던 나였어요. 저 미소 하나를 기억하면서 버텼다고요. 그런데 그게, 내 인생이, 겨우 저거라고요?

그 사람이 다가와요. 우습지만, 다들 날 욕하라지만, 나, 뒤돌아 도망쳐 버리고 싶어요.

가슴속에서 뭔가가 와장창 깨져요. 머릿속도 하얗게 질려만 가네요.

나는 저게 오빠라는 걸 믿을 수가 없어요. 오빠는 저 뒤에서 후광이라도 비춰 줘야 겨우 대적할 수 있을 만큼, 그렇게 반짝이는 사람이었잖아요.

난 알아요. 저 사람은 아니에요. 내 머릿속에서 뭔가가 그렇게 속삭여 줘요. 저 사람 아니라고. 네 추억을 믿으라고.

그래요? 나 혼자서 멋지게 미화해 버린 기억일 뿐인가요? 너무 예쁘고 화려하게 포장해 버린, 허위허식으로 가득 찬 과거? 아녜요. 조금의 미화도 없었어요. 내 기억은 사실 그대로예요. 기억력 갖고 나랑 겨루려면 한도 끝도 없다는 거 알잖아요.

우린, 조현정과 이성민은, 너무너무 아름다웠잖아요. 언제나 그렇게 아름다워야 한다구요. 특별해야 한다구요. 두말 할 것도 없이 특별해야 한다구요. 오수현도, 조연주도 질투할 만큼 그리도 특별한 사람이었는데.

키는 작진 않아요. 거의 오빠가 컸던 만큼 큰 것 같기도 하다고, 잠깐 허튼 생각을 해요. 하지만 내가 훨씬 커졌기 때문인가요, 요즘 애들 평균 키가 커져서인가요, 내가 하이힐을 신게 됐기 때문인가요. 이제 보니 그냥 보통 성인 남자 키예요. 그뿐이에요. 거리를 지나다니는 수많은 사람들 속에서, 그냥 폭 파묻혀 있어요. 그런데 나의 그 사람은, 그래요, 거인만큼이나 컸었잖아요. 내 이마에 입을 맞춰 주던 그날 밤, 난 한참이나 까치발을 들어야 했고, 그 사람은 무릎을 엉거주춤 굽혀 줘야 했다고요.

얼굴도 검지는 않은 편이에요. 견뎌내 온 세월을 보여주듯이 자글자글 미세한 주름들과 여기저기 여드름 자국에, 보일까말까 한 정체를 알 수 없는 작은 흉터들까지. 그렇게 꼴 보기 싫을 지경으로 밉상인 피부지만, 마치 하얗고 매끄러운 시절이 있었다는 걸 보여주고 싶기라도 한 듯이, 햇빛을 잘못 받으면 환하게 빛나기도 하네요. 하지만 흘긋흘긋 보이는 그런 닮은 점 때문에 기분이 더 나빠져요.

피터팬은 늙지 않아요. 그 사람은 나에게 피터팬이 되겠다고 했고, 그렇다면 그 꿈을 반드시 이룰 사람이죠. 이 사회에서 살아남기 위해 어른이 돼 가는 척, 늙어 가는 척, 변장을 했을지는 몰라도, 저렇게 폭삭 못나게 늙어버릴 리는 없는 사람이죠. 웃음이, 그 빌어먹을 웃음이, 너무 닮아서 헷갈린 것뿐이죠. 벌써 서른일곱 번째 기다림인데, 웃음이 닮은 사람 하나조차 만나보지 못한 게 더 이상한 거죠.

우습죠, 아직껏 기다리며 허비했던 그 많은 시간들 중에서, 그동안 만난 사람들 중에서, 그나마 가장 닮은 사람을 만났는데. 저 사람이 오빠라면, 우린 그 이뤄지지 않을 것만 같았던 순진한 약속을 지킨, 진짜 운명이 되는 건데.

멍하니 그런 생각을 머리 한켠으로 치워 놓으면서, 나, 저 사람이 오빠가 아니었음 하고 다시 한 번 진심으로 바래요. 수많은 버전의 재회를 상상해 봤지만, 이렇게 한심한 버전은 단연코 없었죠. 가슴이 마구 뛰지도 않아요. 눈물이 흐르지도 않아요. 그냥, 겨우 저게 내가 그토록 사랑해 온 사람인가 하는 그 생각만 계속 나요.

그 사람은 여전히 환하게 웃으며 날 향해 천천히 달려오기 시작해요. 한 아름 손까지 벌리고.

그제야 내 둔한 눈은, 그 사람이 한쪽 다리를 약간 전다는 걸 알아봐요. 그뿐이 아녜요. 몰아치는 바람 속에서도 약 올리듯 빛나는 몇 줄기 햇살들. 그 햇살에 비친 그 사람의 한쪽 눈이, 그저 허옇고 뿌연 걸요.

그래요, 애꾸눈이에요.

피터팬이, 피터팬이 아주 망가져 버릴 수도 있나요? 피터팬이 후크 선장처럼 한쪽 눈을 잃고, 팔다리도 망가지고, 그럴 수 있냐고요.

이상해요, 나, 꿈을 꿀 때마다 오빠를 봤는데. 난 꿈 꾼 걸 거의 기억하지 못하거든요. 그런데 기억하는 꿈이 있다면 그건 무조건 오빠 꿈이었다고요. 거의 일주일에 한 번씩 계속 보다시피 했으니, 잊어버렸을 리도, 기억이 흐려졌을 리도 없잖아요, 아니에요? 정말 내 기억이 장난을 친 건가요? 첫사랑의 폐해? 그건가요? 아무리 그래도 저건 아니잖아요. 달라도 너무 다르잖아요. 내 기억과는 안드로메다은하와 지구만큼이나 동떨어져 있는걸요.

이 사람은 말예요, 심지어는요, 머리조차 군데군데 희끗거리고요, 귀에 빛나던 그 별도 흔적조차 없어요. 다들 외면하고 살짝 피해 다닐 법한, 그런 사람이라고요. 우리 엄마 같은. 그래요, 불쌍했던 우리 엄마 같은.

내 잘못만은 아녜요. 난 내 사랑이 그렇게 추락하는 거, 용납할 수 없으니까. 사람이라면 누구나 그렇지 않겠어요.

어떡해요. 이제 내 바로 앞까지 왔어요. 허연 한쪽 눈이 너무 선명하게 보여요. 도망칠 수조차 없다는 생각에 가슴이 쾅쾅 울려요.

무서워요. 싫어요.

그냥 두 눈을 꼬옥 감아 버려요. 사라지라고. "현정이 맞니?"라고 물어볼 바에야, 차라리 사라지라고.

"언제부터 기다렸어?"

허스키한가요?

아니요. 내가 기억하는 것과 전혀 달라요. 그냥 내가 만나본 다른 남자들의 목소리와 전혀 다를 게 없는걸요.

"늦어서 미안해."

어?

'늦어서' 미안해?

난 살며시 눈을 떠요.

나한테 한 말이 아니죠, 그죠.

그 사람이 사라졌어요.

뒤로 고개를 홱 돌리고, 난 멋쩍게 웃어요.

글쎄, 그 사람은, 내 뒤에 서 있던 여자를 끌어안고 "늦어서 미안해"라고 속삭여 주고 있는 거에요. 평범한 목소리로. 별 볼 일 없는 얼굴로. 그런 자신을 사랑해 주는 자신의 고마운 여자 친구에게.

세상에 착각도 유분수지. 저런 사람을, 잠시나마 그 사람이라고 생각하다니.

온몸이 화끈화끈 뜨거워져요. 창피하면서도 행복하고, 미안하면서도 통쾌해요. 티끌 하나 없이 아름다운 내 추억을 지켰다는 생각에, 완전 뿌듯하기까지 하다니까요?

아무튼 이성민만 관련되면 조현정은 완전 바보가 되죠, 하하. 나중에, 언젠가, 이성민을 다시 만나게 되면 꼭 얘기해 줄 거예요. 오늘 사건을. 오빠랑 미소가 닮은 사람을 만났는데….

오빤 좋아라고 웃을 거예요. 나를 바보 거북이라 놀릴지도 모르죠. 그래요, 나는 정말 바보 거북이에요. 지레 겁이나 먹고.

누가 내 우스운 꼴을 알아챘을까 무서워서(특히 애꾸눈 절름발이랑 그 여자 친구가 내 우스운 착각을 알아차리기라도 하면, 난 너무 민망해서, 오빠가 아무리 보고 싶어도 더 이상 여기에 올 수 없을 거예요), 얼굴을 푹 숙이고 곁눈으로 주위를 슥슥 살피며, 잰걸음으로 버스 정류장으로 향해요.

오늘은 이만 접고 집에 가려고요. 이만하면 됐다 싶거든요.

오늘은 왠지 오빠가 나타날 리 없다는 생각이 들어요.

근데요, 부끄럽긴 하지만 나, 계속 피식피식 웃고 있어요. 사람들이 다 이상하다는 듯이 쳐다볼 만큼.

그럼 그렇지, 내가 성민 오빨 못 알아볼 리가 없지. 버스 타는 방법조차 그 사람에게서 처음 배웠는데. 그런 사람인데. 그런 특별한 사람인데.

그 사람은, 진짜 그 사람은, 목소리만 들어도 눈물이 날 그 사람은, 아직도 어딘가에서 내 소설을 손꼽아 기다려주고 있을까요?

내가 아는 건, 내 모든 소설의 첫 장은 '사랑하는 이성민에게 바칩니다'로 시작한다는 거, 그거 하나뿐이죠. 자기 이름을 잊지는 않았을 테니까.

"그래서 만났냐, 이 작것아?"

집에 돌아오자마자 엄마가 그래요.

혹시나 엄마를 속일 생각을 하고 있는 따님이 계시다면, 그런 생각일랑 당장 접으시는 게 좋을 거예요. 모르는 척해도, 혹 배운 것이 적거나 경험이 부족해 보이는 어머니라고 해도, 자기 딸에 관한 것이라면, 특히 자기 딸이 감추려고 하는 비밀이나 숨기려고 하는 사람 같은 것에 관해서는, 날 선 칼보다도 더 예리한 분들이시니까.

혹시나 모르고 넘어가시는 것 같아 '잘 속였구나' 하고 안도의 한숨을 내쉬고 계시다면, 정신 차리세요. 어머니는 사실 다 알고 계신 거예요. 하지만 당신이 직접 얘기해 주기를 바라실 뿐이죠. 당신과 가장 친한 친구가 되고 싶어 하시니까.

그냥, 이만큼 사니까 그런 것 같더라고요. 엄마를 미워했던 철 없는 딸년도 눈물 훔쳐 가며 옆에서 키워 주고 보듬어 주고. 내게 상처를 주는 사람들 얘기에는 침 튀겨 가며 "걔는 어디가 어떻게 된 거 아니라니?"를 요란히 외쳐 주시고, 나를 칭찬해 주는 사람들 얘기에는 또 목에 핏대 세워 가며 "누구 딸이라 그런지, 참 예쁘긴 예쁘지"라며 교묘한 헛기침까지 덧붙이시는.

이건 정말 정말 내 마지막 비밀인데요.

사실 나는 엄마를 진심으로 사랑해요.

"그런 거 아니라니까."

"다 알어, 이년아. 얘기해 봐. 응? 아, 뜨거워! 이건 또 왜 이 모양으로 튀고 이런다냐?"

음, 고소한 냄새. 엄마는 돈가스를 튀기고 있어요. 무지 신기하죠? 내 말이 그 말이에요.

이 집으로 이사 온 다음부터, 그리고 직업상 알게 된 작가 선배들이 집으로 찾아오게 된 다음부터, 엄만 라면 말고 다른 요리도 열심히 배우기 시작했어요. 점점 밥상에 오르는 반찬 수가 많아졌고, 나중엔 제법 먹을 만한 음식들도 나오기 시작하더라고요. 내가 딸 체면 세워 주려고 괜히 못할 짓 하는 거면 그만하라고 말려 보기도 했는데, 그런 거 아니라고 빽 소리를 지르는 데는 나도 어쩔 수가 없었죠. 우리 엄마가 옛날부터 원체 황소고집이었잖아요.

아, 요리요? 당최 어떻게 배우는지는 나한테 절대 안 알려주는데, 요리 비디오 같은 것도 몇 개 보이고, 수상쩍게도 요리책이 집안 곳곳에 몇 권 숨겨져 있거든요. 변기 뒤편에서 한 권을 찾아냈을 때는, 정말 웃겨서 죽을 뻔했답니다. 그나저나 한글은 또 어디서 배운 거람? 생각해 보니 요리책을 읽고 그대로 할 수 있을 정도면, 제법 안다는 거잖아요. 하여간 독특한 인물이라니까요, 우리 엄만.

이것 봐요, 내 삶은 절대 평범하지 않아요. 평범할 수가 없다고요. 아까 그 사람처럼 평범해선 안 된다구요.

"아니… 못 만났어."

난 웃으면서 그래요. 엄마는 그럴 줄 알았다는 듯이 혀를 끌끌 차요. 하지만 화도 안 나고 짜증도 안 나고 분하지도 않고, 그냥 연신 웃음만 나요. 아무 증거도 없지만, 그냥 그런 느낌이 드는 날이거든요. 내가 그를 그리워하듯이, 그도 나를 그리고 있구나. 내가 믿는 만큼, 그 사람은 변함없이 아름답겠구나.

어딘가에서, 성민 오빤 여전히 나를 다시 만날 그날을 기다리고 있는 거에요. 그 빨간 머리로, 그 별 모양의 피어싱(이젠 이름도 알아요)을 달고, 그 허스키한 목소리로 내 소설을 읽어 보면서, 그 보조개를 얼굴 한가득 띄우고.

알아요, 느낄 수 있어요. 오빤 어딘가에서 날 그리워하고 있어요. 그렇다고 믿어야 해요, 제발.

안 그러면 가슴에 커다란 구멍이 뚫릴 것 같잖아요.

"그것 봐, 이것아. 다 잊어버린다니까."

엄만 한심하다는 듯이 고개를 저어요.

…어쩌면 어른들이 맞는지도 몰라요.

진짜 화나지만, 어른들 말이 맞았는지도 몰라요, 아직도 오빨 만나지 못한 걸 보면. 밤에 침대에 누웠는데, 그런 생각이 자꾸 들어요.

쳇. 오늘은 만날 수 있을 줄 알았는데. 오늘만큼은. 내가 행복하게 잘 살 거라고 호언장담해 주던 그 바보 멍청이를 만날 수 있을 줄 알았는데. 가장 사랑해 본 사람인데, 맨 처음으로 날 좋아해 준 사람인데, 그렇게 특별한 사람이 왜 이렇게 만나기가 힘든 거예요. 정말 날 새까맣게 잊어버린 것 같잖아요.

난 오빠 덕에 이렇게 작가가 돼 행복하게 사는데, 오빠 꿈에 일주일을 웃으며 보내는데. 오빠를 한 번만 볼 수 있다면, 그 한 번의 만남으로 다시 20년을 버티고 살 수도 있을 것 같은데.

역시 내가 이상한 건가요? 20년이면, 강산도 두 번 변한다죠. 그럼 혹시, 오빤 내 얼굴을 우연히 보게 돼도 알아보지 못할까요? 내 이름 석 자도 기억 못해서, 내 소설을 보게 돼도 그냥 지나칠까요? 오빠가 절대 모르고 넘어가지 못할 만큼 내 책이 유명해지길 바라서, 그래서 그렇게 악을 쓰고 열심히 썼던 건데.

분해요. 너무 분해서, 눈물이 다 나요.

나 기억해요!

나 기억해요?

나, 기억해요.

난 기억하니까, 이렇게 헤어나오지 못하고 있으니까, 당신이 우린 운명이라고 그랬으니까.

우린, 다시 만날 거예요.

나는, 그렇게 믿고 살게요. 살아볼게요. 알았죠?

피터팬의 이야기

"저기요, 사람 잘못 보셨는데요?"

짜증 섞인 낯선 여자의 말에, 한 남자가 홱 고개를 듭니다. 얼른 뒤쪽을 돌아보니, 그의 그녀는 벌써 버스를 타고 휑하니 떠나고 있네요. 군데군데 얼룩이 진, 불투명한 버스 앞 유리가 사이에 놓여 있음에도 그녀의 얼굴이 살짝 붉어진 걸 알아볼 수 있을 만큼, 그는 그녀를 오래도록 그리워했답니다.

얼굴은 붉어졌지만 입은 해맑게 웃고 있네요. 그녀가 그토록 기다리고 사랑하던 사람이, 이렇게 형편없이 못난 사람이 아니라는 생각에 안도한 모양입니다.

그는 하느님께 감사드립니다. 그녀가 그의 연기에 속아 넘어가게 해 주셔서 감사하다고. 그녀를 실망시키지 않게 해 주셔서 진심으로 감사드린다고.

이제는 다시 볼 수 없겠지요. 다시 보면 안 되겠지요. 우연을 가장한다 해도 다시 그녀 앞에 나타나 버리면, 똑똑한 그녀는 정말 그가 그녀의 '그 사람'이었다는 걸 알아채 버릴 테니까. 그럼 순진한 그녀는 가슴을 쥐어뜯으며 미안해할 거예요. 자신만큼은 자기가 사랑하는 사람의 모습을 절대 잊을 리 없다고, 자신은 그 사람을 간절히 기다리고 있는데 그 사람은 왜 나타나 주지 않는 건지 모르겠다고. 그녀는 지금 이 순간도 그렇게 귀엽게 투덜대고 있을 텐데. 그런 그녀가, 그녀가 한눈에도 싫어하고 외면하던 '애꾸눈 절름발이'가 실은 정말 '그 사람'이었다는 걸 알게 되면, 그 얼마나 자책감을 느끼겠어요. 소중한 그녀가 그런 감정을 느끼게 할 수는 없잖아요.

너무나 빨리, 너무나 매정하게 떠나버리는 버스를 조용히 눈으로만 배웅하며, 그는 다정하게 '안녕'이라고 속삭입니다. 20년 전, 그들이 헤어지던 날, 그녀가 옥상에서 뛰쳐나가 버렸을 때 했던 것처럼. 몇 번이고. 안녕, 안녕….

앞으로 보고 싶어질 때는 무슨 생각을 하며 견뎌내야 할까요. 여태까지는, 언젠가 다시 만날 이날을 손꼽아 기다리고 기대하고 상상하며 견뎌 왔는데. 그걸로 버틸 수가 있었는데. 그런데 그 결전의 날이 이렇게 형편없이 실패해 버리다니. 용기 내어 나타났건만, 그녀라면 이해해 줄 거라고 생각하고 열렬한 재회를 기대하고 나타났건만….

역시 우리는 안 되는가 보다, 운명이라는 게 참 짓궂다고 생각하며 그는 쓰게 웃습니다.

"저, 저기요, 사람 잘못 보셨다니까요? 왜 이래요, 놔요! 자, 장애인이라고 봐줬더니! 모르는 사람을 갑자기 끌어안는 게 어디 있어요?"

"아무리 그래도 너무 좋아하는 거 아니야?"

낯선 여자의 말은 들은 척 만 척, 그가 멍하니 중얼댑니다.

그렇게나 좋아하다니. 추한 모습의 그가 '그 사람'이 아니라는 생각에, 그렇게도 좋아하다니….

착하게 살려 했는데. 그저 순수한 동심들을 지켜 주고 싶었을 뿐인데. 분명히 좋은 일이라고 생각했는데. 여전히 그 생각은 변함없는데.

그런데 왜 이렇게 불행한 일들만 자꾸 벌어질까요. 급한 대로 그녀를 스쳐 지나가 낯선 여자를 안고 연기를 시작했을 때, 그녀의 얼굴에 선명하게 떠올랐던 환한 미소. 아무리 그래도 그렇게까지 좋아할 건 없잖아요. 달라진 건 그의 모습뿐인데, 그렇게까지 기뻐하다니.

지금의 초라한 내 모습을 못 알아볼 만큼이나, 예전의 나를 그만큼이나 많이 사랑해줬던 거다, 그만큼이나 내가 그녀에게 멋진 사람이었던 거다, 그렇게 스스로를 위로하려고 해도 그게 잘 안 돼요. 그는 아주 멀리서도 그녀를 한눈에 알아보고, 예전 그때 그대로 웃어줬잖아요. 그녀가 흠칫 놀라 바들바들 떨기 시작했을 정도로 똑같이 웃어줬다고요.

그래요, 그는 그녀를 똑똑히 기억하고 있는데, 정작 그 여자가 그 남자를 잊어버리고 말았죠. 잔인하게 외면하고, 상처주고, 도망쳐 버리고 말았죠.

그러고도 또다시 만나지 못한 그들의 슬픈 운명을 탓하겠죠. 자신은 나갔는데 그는 또 나오지 않았다고, 그를 원망하겠죠. 그 남자가 혹시 그들의 약속을 잊어버린 건 아닐까, 안절부절못하며 걱정을 하겠죠.

아무것도 모르면서. 사실 다 잊은 것은 자기면서. 새카맣게 어른이 되어 버린 건 자기면서.

하지만 그 남자는 이해해 주려고 애를 써요. 어찌 보면 당연한 거예요. 20년이면 그게 몇 분이고 몇 초인가요. 그 사이에 그녀가 변하지 않기를 기대한 그가 잘못된 거겠죠.

그녀에게 실망하고 싶지 않아요. 멈춰버린 시간이 탁 풀리듯, 그녀가 기적처럼 다시 돌아와서 미안하다며 안아주기를 자기도 모르게 바라고 있기에.

"저기요, 진짜 지금 당장 내 몸에서 손 안 떼면 당장에 경찰 부릅니다. 사람들한테 도와달라고 소리 지를 거예요! 이 아저씨가 진짜 왜 이래? 술 냄새도 안 나는데?"

'경찰'이라는 단어를 듣자마자, 그는 역한 화장품 냄새가 풍기는 낯선 여자의 어깨에서 번쩍 고개를 들고, 얼른 허리를 깊이 숙이며 정중하게 말해요.

"정말 죄송합니다. 정말로 죄송합니다. 사람을 잘못 봤습니다. 정말 죄송해요."

낯선 여자는 허연 그의 한쪽 눈과 살짝 뒤틀린 한쪽 다리를 눈여겨보며, 인상을 확 찌푸려요. 경찰에 신고할 맛도 떨어졌다는 듯이 침을 한번 퉤 뱉더니, 종종걸음으로 멀리 도망쳐 버려요. 그래도 다행이에요. 마침 이 낯선 여자가 그녀의 뒤에 있었던 덕분에, 그녀를 실망시키지 않고 멋지게 대응할 수가 있었으니까.

잘한 일이에요. 또 한 번 그의 온몸을 바쳐 소중한 그녀의 꿈을 지켜준 거죠. 아름답고 순수한 웬디의 꿈을. 그게 피터팬의 임무니까.

잘한 거죠. 잘한 건데, 그를 보고 실망해 착 가라앉던 그녀의 예쁜 두 눈이 자꾸만 그의 가슴을 콕콕 콕콕 찔러요. 다가오지 말라고, 제발 가버리라고, 소리 없이 외치던 그 맑은 눈동자.

잊어버리고 싶은데, 잊어버려야 하는데….

20년 전 그녀의 엄마가 그에 대해 꼬치꼬치 알아냈던 사실들은, 그래요, 어른들의 세계에선 다 맞는 얘기들이었죠. 그로서는 애늙은이들을 다시 순수한 어린이들 세계로 보내주어, 최대한 오래도록 잡아두고 싶었을 뿐이지만 말예요. 그 외로운 투쟁이, 폭삭 늙은 요즘 아이들 눈에는 기괴하고 이상하게 보였던 거라고, 그래서 신고까지 당했던 것뿐이라고, 그가 그렇게 변명을 한다 해도, 어른들의 눈에는 '미성년자 희롱'이란 웃기지도 않은 딱지가 그의 이마에 붙어 있는 게 보이나 봐요.

다섯 명이나 되는 아이들에게 시도를 했었지만 모두 다 실패를 하고 신고를 당했죠. 그저 그 아이들을 도와주고 싶었을 뿐인데, 도대체 왜 이러냐며 끝내 그를 뿌리치던 그 차가운 눈동자들은. 그래요, 그건 이미 되돌릴 수 없는 어른들의 눈동자였어요. 그토록 조그맣고 앙증맞은 몸으로, 어쩌다 그렇게 빨리 어른이 돼 버린 걸까요.

"미성년자 희롱죄라니, 끔찍하기도 하지."

어른들은 그에 대한 서류들을 읽을 때마다 들으라는 듯 수군대곤 했지만, 그에게는 차가운 눈동자를 가진 매서운 어린애들이 더 끔찍하게 느껴졌답니다.

그렇게 다섯 명의 아이들을 도우려다가 실패하고, 다섯 아이의 학부모들에게 신고를 당하고, 다섯 번이나 같은 죄목으로 빨간 딱지를 끊고, 다섯 번 학교를 옮겼을 땐, '희망이 밥 먹여준다'라는 주의의 이덕환 루돌프 원장님조차 그를 포기하고 싶을 지경이었어요.

네 맘은 알겠지만 제발 그만하라고, 네 마음대로 할 수 없는 일도 있는 거라고, 제발 좀 크라고 그를 타이르시는 원장님께, 그는 어쩔 수가 없다고 거듭 설명을 했어요. 머리로는 그만둬야 한다고 생각하지만, 또 새 학교에 들어가서 새 교실에 들어섰을 때 차가운 눈동자의 외로운 애늙은이가 보이면, 자기로서는 어쩔 수 없이 그 애를 도와야 한다는 강박관념을 느낀다고요. 루돌프 아저씨는 고개를 절레절레 저으시고, 이번이야말로 정말 마지막 기회라고 생각하라며 그를 그녀의 학교로 애써 들여보내 줬죠.

알고 있었어요. 그 학교에서만큼은, 아무리 애늙은이들을 돕고 싶어도 도와선 안 된다는 걸. 그 학교에서만큼은 어른들의 규칙에 따르고 무사히 졸업해야지, 그러지 않으면 루돌프 아저씨조차도 어떻게 손을 쓸 수 없게 된다는 걸. 루돌프 아저씨답지 않게 엄중하게 내린 경고도 귀에 박히도록 들었고, 그 자신도 초등학교를 졸업하고 중학교에 들어갈 설레는 기회를 스스로 차버리고 싶지는 않았거든요. 그렇지만 여러 날 감지 않은 머리를 거칠게 땋고 맨 앞줄에 혼자 앉은 채로 그의 빨간 머리를 가만히 올려다보던 그녀의 멍한 눈동자는, 어쩔 수 없이 피터팬을 깨어나게 했어요.

그리고 결과는 대성공이었어요. 그의 모든 걸 버려 가며 그녀를 도왔는데도 후회 없을 만큼, 그녀는 순진한 아이가 돼 줬어요.

지금의 그녀를 봐요. 그에게 약속했던 대로 따스한, 아름다운 작가가 돼 있어요. 옛 추억을 믿고, 옛 사랑을 믿고, 옛 약속을 믿으며, 순진한 믿음 하나로 여기까지 헛걸음까지 감수하는, 순진하고 귀여운 여자가 돼 있잖아요. 어린이로 자라 준 그녀와 다시 만날 생각에 슬퍼할 겨를조차 없이 보낼 수 있었다고, 그는 지난 20년을 그렇게 회상하곤 하죠. 그가 그녀에게 특별한 사람이듯이, 그녀는 피터팬이 되겠다는 그의 꿈이 실현될 수 있다는 걸 보여 준, 그에게 너무나 특별한 사람이지요.

그녀와 헤어지고 그녀가 다니던 학교에서 쫓겨나야 했던 이후로도, 그는 피터팬이 되는 걸 멈출 수가 없었어요. 그녀가 듣는다면 정말 그답다고 웃겠지요.

하지만 또다시 다른 초등학교에 들어가서 또 다른 웬디를 만났냐고 하면 그건 아니에요. 그녀가 다시 소년원을 찾아가지 않았듯, 그 역시 다시는 루돌프 아저씨도, 사총사도 찾아가지 않았거든요. 너무 미안해서, 루돌프 아저씨의 얼굴을 보고 또다시 학교에서 쫓겨나 버렸다는 소식을 전하기조차 너무 미안해서, 그는 다시는 소년원을 찾아가지 않았고, 학교에도 다시 들어가지 않기로 마음먹었답니다. 대신 혼자 이곳저곳을 닥치는 대로 돌아다니며, 곳곳에서 보이는 수많은 애늙은이들을 붙잡고 동심의 세계로 돌려보내 주려 애를 썼어요.

어른들은 그 전보다도 훨씬 더 심하게 그를 밀어내고 가두려 들었어요. "학교도 다니지 않는 애가"라는 말이 군데군데 그를 따라다녔지요. 전엔 학교에서 아이들을 자연스럽게 만날 수라도 있었지만 이제 아이들을 만날 방법조차 막막했고요. 며칠간 씻지도 못하고 돌아다녀야 했을 때에는, 그야말로 아이들에게 몇 십 미터 이내로 접근하기만 해도 매서운 표정의 어른들이 달려와 휙 채가 버리더군요. 그녀가 좋아하던 빨간 머리나 피어싱은, 이미 오래 전에 내던져야 했던 사치였지요.

그는 슬프게 웃었어요. 나도 학교에 다니고 싶었다고 속으로 소리를 지르면서요. 그래도 그녀와 만날 약속이 있었기에, 그녀의 멋진 피터팬으로 남아 주어야 했기에, 그는 하루하루를 살아냈어요, 버텨 냈어요.

어느 날은 그녀를 너무나 닮은 한 여자아이를 만났어요. 어느 가난한 동네의 허름한 병원에서요. 그나마 그를 쫓아내지는 않는 몇 안 되는 곳들 중 하나였기에, 그는 뭐 도와줄 일이 없나 하고 그런 병원들을 자주 드나들곤 했거든요. 너무나 어른스럽게 생긴 그가 실은 전과자라는 소문이 어디에서 돌았는지, 심지어 그런 허름한 병원의 간호사들조차 그를 흘겨보거나 대놓고 좋지 않은 말들을 수군대곤 했어요.

하지만 그는 얼굴에 철판을 깔고서라도 다시 돌아와야만 했죠. 병원은, 동심을 잃기 가장 쉬운 곳이잖아요.

그녀를 너무나 닮았던 그 여자아이는, 가엾게도 태어났을 때부터 장님이었대요. 술집에서 일하던 엄마가 아빠조차 모르고 가지게 된 아이. 차라리 아이를 없애고 싶다는 마음에, 엄마는 임신한 동안에 약과 담배에 절어 살았다고 해요. 그 결과 아이는 세상의 광명조차 볼 수 없게 태어나 버린 거죠. 가난한 엄마, 가난하게 태어난 아이. 멍한 표정조차 그녀를 떠올리게 했던 그 여자아이는, 자기는 하늘이, 꽃이, 구름이, 별이, 바람이, 그리고 자기 자신이 어떻게 생겼는지, 전혀 짐작도 못하겠다면서 날카롭게 깔깔 웃어대곤 했어요.

누구도 자기 곁을 따스하게 지켜주지 않으리라는 절망감, 자신만을 돌봐주고 챙겨줄 부모라는 존재가 자신에게는 없다는 소외감, 다른 사람들은 다 볼 수 있는데 자신은 맨 처음부터 아무것도 볼 수 없었다는 분노로 그 아이는 너무나 빠르게 동심을 잃어가고 있었어요.

피터팬은 조바심이 났죠. 그녀를 너무나 닮았는데. 소중한 그녀를 위해서라도, 어떻게든 이 어린아이를 지켜주고 싶은데.

이 애도 끝내 아이로 되돌릴 수 없겠다는 생각에 그조차도 조금씩 지쳐가던 어느 날, 그는 중대한 결심을 했어요. 한쪽 눈이나마 여자아이에게 줘야겠다고. 두 쪽 눈을 다 주었다가는 딱히 거처도 없는 그가 살아가기가 너무 힘들어질 테고, 그럼 다른 애늙은이들을 구해줄 수가 없을 테니까, 아쉬운 대로 한쪽 눈을 주면 되겠다고. 여전히 자신을 밀쳐내고 거부하는 아이에게 조용히 한쪽 눈을 기부하고, 피터팬답게 멀리 날아 떠나버려야겠다고. 한쪽 눈으로나마 처음으로 세상의 빛을 보게 될 아이에게, 한쪽 눈을 잃고 웃는 자신의 모습을 보여줘 미안하게 만들기는 싫었으니까.

그래서 그렇게 정말로, 그는 한쪽 눈을 기부한 채로 홀연히 떠났어요.

기부하는 데 있어 전혀 망설임이 없었다면 그건 거짓말이에요. 아뇨, 앞으로 잘 살아갈 수 있을까 하는 그런 건, '두 쪽 눈도 아니고 한쪽 눈만 기부하는 건데 뭐' 하고 가볍게 떨쳐낼 수 있을 만큼, 그는 그의 역할에 열심이었어요. 하지만 먼 훗날 벌어질 그녀와의 재회가 걱정이었던 거죠.

그녀는 인정하지 않겠지만, 그녀는 그의 잘생긴 모습 역시 좋아했던 게 분명하니까. 그녀를 아끼는 그의 마음과, 피터팬이 되겠다는 그의 순수한 열정 외에도, 그의 멋진 겉모습 역시 좋아했을 수밖에 없었을 테니까. 물론 그것도 그의 일부였으니 당연한 일이었지만, 만일 그가 아주 볼품없는 괴물이 되어 버리면 과연 그때도 그녀가 그를 똑같이 사랑해 줄 수 있을까 하는 데 생각이 미치자, 아주 잠깐의 망설임이 있었던 거죠. 한쪽 눈을 기부한 애꾸눈이라. 어떤 여자 친구가 이해해 주기에도 큰 일임에는 분명하니까.

하지만 그는 그녀를 믿었답니다. 한쪽 눈쯤 없어도, 홀로 온갖 궂은일을 당하는 동안 어느새 늙고 거칠어져 가는 피부로도, 스스로도 피터팬의 도움을 받았던 그녀라면 그를 충분히 사랑해 줄 거라고 굳게 믿었다고요. 그걸로 다 견뎌낼 수 있었다고요. 더러운 거울을 들여다볼 때마다 점점 추해져 가는 자신의 얼굴도, 한쪽 눈이 사라진 데 적응이 되지 않아 계단을 내려갈 때마다 쿠당탕 넘어지곤 하는 자신의 슬픈 모습도.

그녀는 그로 인해 이 세상에 태어난 기쁨을 알았노라고 말했어요. 태어나길 잘했다고, 그렇게 생각했다면서 웃어줬어요. 그 얼마나 아름다운 말인가요.

그런 사람을, 이 세상에 태어난 이유를 알게 해 준 사람을, 다른 사람들을 돕느라 잘난 외모를 잃었다는 이유만으로 밀어내면 안 되는 거잖아요. 안 되는 거니까, 외모는 중요한 게 아니니까, 그녀는 똑똑하니까, 그녀는 그럴 리 없다고…. 그는 그렇게 생각했죠.

그 몇 년 뒤에는, 또 한 가지 중요한 사건이 일어났답니다. 물론 도와줄 애늙은이가 없나 하는 생각에 주위를 휘휘 둘러보며, 그가 길거리를 배회하고 있을 때였어요.

그녀를 닮은 귀여운 꼬마 아이가 장난감을 갖고 혼자 놀고 있는 게 보였죠. 좁은 차선이었지만 그래도 차가 다닐 수 있는 도로였는데, 그 한가운데에 무방비 상태로 앉아서. 그는 그 애에게 조심하라고 말해줘야겠다는 생각에 그쪽으로 다가가고 있었어요.

그리고 바로 그때, 자동차가 비틀비틀 달려왔던 거예요.

그땐 별다른 망설임도 없었어요. 그로 인해 그가 영영 절름발이가 돼 버릴 줄은 그 자신도 몰랐으니까. 그녀를 닮은 어린아이가 사고로 죽어 버리거나, 아니면 영영 식물인간이 되어 되돌릴 수 없는 어른으로 폭삭 늙어 버린다면 어떻게 해요. 그걸 내버려 둘

그가 아니었죠.

그대로 아이를 구하려 몸을 날렸고, 그대로 정신을 잃고 구급차에 실려가 다시 눈을 떴을 땐 의사가 '정말 안됐지만, 좋지 않은 몸 상태와 영양실조까지 겹쳐 영영 절름발이가 되었다'는 소식을 너무나 덤덤하게 전하고 있었어요.

그는 그때도, 그가 생명을 구해 준 그 여자애에게 '피터팬이 나를 구해 주느라 영영 절름발이가 되어 버렸다'는 죄책감을 안겨 주고 싶지 않아, 아이와 그 부모가 찾아올세라 급히 병원을 떠나 버렸어요.

얼추 그쯤 될 거예요. 그래요, 그런 일들을 거치면서 그는 결국 지금의 모습으로 변해 버린 거예요. 남들을 도와주다가 생긴 고통스런 흉터와 상처들로 가득한 지금의 모습으로. 그녀가 기피하고 외면한 '애꾸눈 절름발이'의 모습으로….

값진 희생을 하고 받은 아름다운 훈장들이라 생각하려고 애를 써 왔는데. 그의 소중한 웬디라면 그렇게 생각해 줄 거라고 믿었는데.

그녀가 그의 모습을 보고 다급하게 뒷걸음을 치던 그 순간, 그의 꿈은 조각조각 금이 가 깨져 버렸죠.

가엾기도 하죠. 그가 유일하게 진정 성공했다고 믿었던, 그래서 가장 사랑하고 아꼈던 그의 소중한 웬디에게서 이렇게 버림을 받자, 고집스럽게 인정하지 않으려 해봐도 피터팬의 모든 것은 산산이 부서져 내리기 시작했어요.

그에게도 역시 견디기 힘든 나날들이었는데. 그걸 버티게 해 준 것이 웬디를 향한 그의 마음이었는데. 그녀가 그를, 웬디가 피터팬을….

그는 결국 이런 운명인가요. 그녀를 위해, 다시 만났을 때 그녀에게 자랑스러운 피터팬이 되기 위해 모든 것을 버렸는데, 도리어 그 버림 때문에 이렇게 버림을 받았나요.

동화에서도 그렇죠, 피터팬은 슬픈 운명이잖아요. 결국 아이들의 꿈속에서만 존재할 수 있는 그런 사람이죠. 그토록 그를 사랑해 준 웬디도, 그를 꿈속에서만 사랑했을 뿐이죠. 달빛에 떠가는 투명한 마법 마차를 바라보며 꿈이었는지 현실이었는지 잠깐 고민하다 마는, 동화책 속 웬디의 모습.

그 역시 그녀의 꿈속에서만 존재할 수 있는 그런 사람이죠. 그녀는 아직도 20년 전의 달콤한 꿈을 꾸고 싶어 하는 거예요. 여전히 20년 전 왕자님을 상상하고 그 사람을 사랑하고 있는 거죠.

그녀가 바라는 건 어린이들을 위해 모든 걸 다 바치는 열정적인 피터팬이 아니었어요. 그녀만을 위해 모든 걸 바치는 그녀만의 백마 탄 왕자님이었죠. 그걸 몰랐어요. 그걸 몰랐어요.

이토록 숭고하게 부서졌는데. 이런 그의 모습을, 이젠 그 누구도 보듬어 주지 않을 거라는 현실이 그를 무겁게 짓눌러요. 머리가 어질어질, 세상이 빙빙 돌아가는 것 같아요.

자신이 뼈저리게 외롭다는 걸 그제야 느껴요. 그렇게 힘들게 달려왔는데, 믿었던 그녀에게까지 버림받고 말았다고. 달래줄 사람이 없어서, 평생 없을 거라서, 눈물도 나질 않아요. 함께 웃어줄 사람이 없어서, 평생 없을 거라서, 헛웃음조차 나질 않지요.

얼음 여왕처럼 매섭게 굳어지던 그녀의 표정. 그가 달리기 시작할 때 자기도 모르게 뒤로 흠칫 물러서던 그녀의 몸짓. 낯선 여자를 안은 그의 모습을 돌아보며 거의 울 것처럼 기쁘게 웃어 대던, 웃어 대던….

그래요. 그는 그것뿐이죠. 어차피 피터팬은 그것뿐이에요. 그녀의 꿈속에서만, 그녀가 모두에게 자랑할 수 있을 만큼 특별한, 완벽한 기억 속의 왕자님으로 남아야죠. 그게 원래 피터팬의 운명인걸요. 그걸로 만족하고 살아야죠. 그것만으로도 멋진 일이라고 생각해야죠. 웬디를 무사히 집에 데려다 줬으니, 이제 그저 꿈을 꾼 거라고 생각하게 해 줘야죠.

아하. 그렇다면 나는 이제 내 고향, 꿈의 세계로 떠나야겠구나. 멋진 원더랜드로, 나의 세계로, 피터팬의 세계로, 멀리멀리 떠나 줘야겠구나. 내가 그녀의 영원한 꿈으로 간직될 수 있도록. 그게 내 운명이구나. 아아, 내가, 피터팬이, 이걸 진작 깨닫지 못하다니….

이제는 알았지요. 그는 어서 자신의 세계로 돌아가야 한다는 생각에 바빠져요. 급해요. 너무 급해요. 현실 세계에 남아 있으려고 발버둥을 치다가, 피터팬조차 너무 늙어버렸어요. 피터팬은 늙어선 안 되는 건데.

그래요, 그녀 잘못은 하나도 없네요. 그녀가 그를 그렇게 외면해 버린 것도 당연하죠. 피터팬이 정신 못 차리고 이렇게 늙어 버리다니. 즐거운 모험 끝에 어린아이들을 집에 데려다 주고 나면, 피터팬은 잽싸게 마법 마차를 타고 늙지 않는 자신의 세계로 돌아가야 하는 건데.

그녀는 언제나 그에게 유일한 존재였죠. 유일하게 성공한 보석. 그가 성공할 수 있다는 가능성을 보여준 유일한 예시. 결국에는 그 성공이, 이 지독한 현실 속에서는 이루어질 수 없다는 걸 알려준 매정한 연인. 언제나 그로 하여금 위험한 결정을 하게 만드는, 그를 미치게 하는 단 한 사람….

그는 쓸쓸하게 웃으면서, 쌩하니 다가오는 차를 향해 한 발을 내디뎌요. 사람들의 비명 소리와 요란한 클랙슨 소리가 들리고, 머릿속에서 사이렌이 왱 하고 울어요. 위험하다고, 너 이러다간 너무 일찍 죽어버릴 거라고, 여태껏 이러려고 그렇게 비참하게 살아왔냐고, 온몸이 항의를 해요. 하지만 그녀를 위해서라면, 그는 언제나 온몸을 내던졌는걸요.

내가 한심한가요?

좋을 대로 생각하세요. 난 이제 현실 세계에는 일절 발걸음을 끊을 테니까. 더 이상 늙기는 싫은걸요.

이게 고향으로 돌아가는 느낌인가요. 이제 드디어 그의 소중한 고향 원더랜드로 돌아가, 그의 세계에 있는 진짜 친구들과 함께할 수 있는 걸까요. 그를 이해해 주는 사람들. 피터팬으로서의 그의 소명을 이해해 주고 도리어 도와줄 사람들. 팅커벨….

아, 그러고 보니 가방 속에 그녀의 책 한 권을, 사인이라도 해 달랠 생각으로 넣어 왔는데, 그게 더러워질 게 걱정이네요.

너무너무 미안해요. 하지만 사랑하는걸요.

먼 옛날 그날, 당신과 내가 옥상에서 일단은 완전히 헤어지자고, 꽃다발도 편지도 보내지 말고, 먼 훗날에나 우연처럼 다시 만나자고, 그런 한심하도록 순진하기만 한 약속을 했을 때, 그때 그냥 막무가내로 당신을 꽉 안았더라면, 내가 원했던 대로 당신의 팔을 꽉 잡았더라면, 놓아주지 않았더라면, 그랬더라면 혹시, 혹시나 나는 지금보다 행복했을까요?

　우리 사랑을 기억하냐고요, 웬디?
　나는, 슬프지만 나는, 기억해요. 여전히, 나는 당신을 사랑하고 있어요. 그게 우리의 운명이니까. 서로 다른 세계에서, 서로 접점조차 없는 세계에서, 바보처럼 영원히 서로를 동경하면서.
　당신과 함께한 짧은 시간, 그 시간이 내게도 생애 최고의 시간이었어. 나를 영원히 그 최고의 모습으로, 가장 멋지고 아름다운 모습으로 기억해 줄 당신이니까, 나는 다행이라고 생각해.

　너무 빠르게 달려와 버린 차가 그의 머리를 부수고 '찰칵' 하는 가위처럼 생각을 끊어버리기 직전에, 정말, 정말 다행이라고, 그는 마지막으로 그런 생각을 했어요.

30대 전과자, 달리는 차에 뛰어들어 자살!

　어제 저녁 5시 21분 △△로에서, 전과자 이 모 씨(33세)가 달리는 차를 향해 몸을 던져 스스로 목숨을 끊었다.

　이 모 씨는 미성년자 희롱죄나 불법 장기기증 혐의 등으로 만 9세 이후로 여러 차례 징역을 산 경험이 있으며, 심각한 정신질환에 시달려 온 것으로 알려졌다. 그는 자신이 소위 '피터팬신드롬'에 시달리고 있는 데다 스스로 해결할 방법을 전혀 찾지 못하고 있노라고, 소년원에 드나들던 시절 정신과 전문의와의 상담 끝에 인정한 바 있다. 즉 자신이 어린아이들에게 동심을 찾아주어, 너무 빨리 철이 들고 어른이 되어 버리는 '애늙은이'들을 구해 줄 수 있다는 내용의 망상에 사로잡혀 있었던 것이다. 그 망상으로 인하여, 각 학교에서 학업 성적이 가장 높은 여자아이들에게 접근, 그들에게 원치 않는 행위를 강요하거나 감언이설로 유혹하는 등의 기이한 행위로 여러 차례 신고를 당했던 것으로 확인됐다. 그가 스스로 목숨을 끊었다는 사실은, 근처에 있었던 20여 명의 목격자들의 일치된 증언으로 확인되었다.

　그의 사후, 그가 작성해 놓은 장기기증 카드가 발견되어 작은 논란이 일고 있다. 장기기증 카드란, 그가 죽게 되면 기증 가능한 기관들을 필요한 환자들에게 주어도 된다는 일종의 허가서이다. 그는 피부, 신장, 오른쪽 각막을 비롯하여(왼쪽 각막은 ○○지역의 낙후한 의료 시설에서 치료 중이던 배 모 어린이(당시 6세)에게 기증되었으나 불행히도 배 모 어린이는 얼마 후 심각한 이식 부작용으로 인해 사망), 실질적으로 모든 장기를 기증하는 것에 동의하는 카드를 작성해 그의 주머니 속에 보관하고 있었던 것으로 밝혀졌다.

이 씨는 가능하다면 최대한 어린 아이들에게 기증을 해 주었으면 좋겠다는, 일종의 유언까지 적어놓았다고 한다.

한편 장기기증이 턱없이 부족한 상황에서 그의 기증은 큰 도움이 될 수도 있으나, 그가 생전 어떤 사람이었는지가 알려지면서 심각한 논란의 여지가 생겼다. 이 모 씨가 불법 장기기증 혐의로 구속된 바 있다는 사실과, 수감 시설들을 전전하고 정해진 거처 없이 낙후된 지역들을 떠돌아다녔던 것으로 볼 때, 그의 장기들은 이식하기 전에 철저한 검사를 시행해야 할 것으로 지적되었다. 뿐만 아니라 수많은 환자들과 가족들이 언제 목숨을 잃을지 모르는 매우 위급한 상황임에도 불구하고, '그런 정신병자의 장기는 받고 싶지 않다'며 그의 장기를 거부하고 있어 화제가 되고 있다.

그는 자살 직전, 거리에서 전혀 연고가 없던 한 여성을 갑자기 끌어안으며 이상한 행동을 보인 것으로 알려졌다. 이 여성은 은행 업무를 보러 가던 32세의 오 모 양으로, 이 모 씨가 혼잣말을 중얼거리며 멍한 시선으로 눈의 초점을 맞추지 못하는 등, 겉보기에도 정말 이상한 상태였다고 증언했다. 특히 오 양은 본지와의 단독 인터뷰에서, "정말 이상해 보였다. 정신없이 멍해 보였고… 나를 한참 동안이나 안고 있더니, 내가 여러 번 놓아 달라는 말을 했을 때에서야 내게서 손을 뗐다. 온몸이 떨리고 식은땀이 날 만큼 무서웠지만, 그 사람이 금방이라도 울음을 터뜨릴 것처럼 서 있는데다 몸도 불편해 보이기에 조용히 놔 달라는 말만 반복했다…. 어느 순간 갑자기 손을 떼더니, 죄송하다고, 사람을 잘못 봤다는 말을 거듭 하며 고개를 푹 숙이더라. 술 냄새도 나지 않았고 말도 어눌하지 않았다. 정말 이상한 사람이라는 생각에 얼른 도망쳤는데, 아주 큰일 날 뻔했다"는 말을 전했다.

피터팬신드롬

초판 1쇄 인쇄 2010년 9월 5일
초판 1쇄 발행 2010년 9월 10일

지은이 ㅣ 오재현
펴낸이 ㅣ 金泰奉
펴낸곳 ㅣ 한솜미디어
등 록 ㅣ 제5-213호

편   집 ㅣ 박창서, 김주영, 김미란, 이혜정
마케팅 ㅣ 김영길, 김명준
홍 보 ㅣ 장승윤

주 소 ㅣ (우143-200) 서울시 광진구 구의동 243-22
전 화 ㅣ (02)454-0492(代)
팩 스 ㅣ (02)454-0493
이메일 hansom@hansom.co.kr
홈페이지 www.hansom.co.kr

값 9,000원
ISBN 978-89-5959-242-5 (03810)

*잘못 만들어진 책은 구입하신 서점에서 친절하게 바꿔드립니다